D1931682

VdN

KARL EMIL FRANZOS

# *Judith Trachtenberg*

ERZÄHLUNG

VERLAG
DER NATION
BERLIN

Mit einem Nachwort von Günter Creutzburg
Mit Illustrationen von Rosemarie Heinze

ISBN 3-373-00154-4

1. Auflage 1987
Verlag der Nation Berlin
© für diese Ausgabe Verlag der Nation 1987
Lizenz-Nr. 400/52/87
LSV 7311
Einband und Typographie: Manfred Damaszynski
Lichtsatz: INTERDRUCK Graphischer Großbetrieb
Leipzig – III/18/97
Druck und buchbinderische Verarbeitung:
Buchkunst Leipzig, Betrieb der VOB National
Best.-Nr. 696 888 5
01280

## *Erstes Kapitel*

Vor etwa zwei Menschenaltern, in der Regierungszeit des Kaisers Franz, lebte in einer kleinen Stadt Ostgaliziens ein wackerer und vom Geschick reich gesegneter Mann, Nathaniel Trachtenberg mit Namen und seines Zeichens ein Lichtzieher. Er hatte dies Gewerbe von seinem Vater in bescheidenem Stande übernommen, es aber allmählich durch Tatkraft und Ausdauer hoch empor gebracht, indem er auch die Erzeugung von Wachskerzen hinzufügte und durch die Gediegenheit seiner Ware, vielleicht noch mehr durch die weise Mäßigung im Einfordern der Zahlungen fast alle Vornehmen des Landes zu seinen Kunden zu machen wußte. Mit dieser Festigung seines Reichtums hielt auch die innere Klärung des Mannes gleichen Schritt. Von der Natur mit guten Gaben ausgerüstet, erwarb er in stetem Verkehr mit den Adeligen und Beamten und durch die zahlreichen Reisen, welche er zu Geschäftszwecken nach dem Westen unternahm, im Lauf der Jahre größere Bildung, als damals den meisten seiner Glaubensgenossen gegönnt war. Er sprach und schrieb das Deutsche rein und geläufig, las regelmäßig die Wiener Zeitungen und in seinen Mußestunden sogar zuweilen einen Dichter, Lessing oder Schiller. Aber wie sehr sich dadurch seine Ansichten über Ziel und Zweck des Lebens von denen seiner armen, umdüsterten Glaubensbrüder entfernen mochten, so blieb er doch mit ihnen durch Tracht und

Lebensführung eng verbunden und kam nicht bloß jedem Gebote des Glaubens, sondern auch jeder Satzung der Rabbinen mit ängstlicher Treue nach. «Sie kennen die Luft nicht, in der wir atmen müssen!» pflegte er seinen aufgeklärten jüdischen Geschäftsfreunden in Wien oder Breslau zu erwidern, wenn sie ihm leise Vorwürfe darüber machten. «Ob ich es wirklich für sündhaft halte, am Sabbat einen Stock zu tragen, ist gleichgültig; wesentlich aber ist, unsere Leute durch das Beispiel eines Mannes, den sie achten müssen, darüber zu beruhigen, daß man deutsche Bücher lesen, mit den Christen in reinem Deutsch sprechen und dabei doch ein frommer Jude bleiben kann. Darum wäre es fast ein Frevel, wenn ich heute meinen Talar zu einem deutschen Rock verschneiden ließe – und glauben Sie, daß mich dies meinen Edelleuten oder dem Herrn Kreiskommissär näher brächte? Mitnichten, sie würden derlei nur als den ohnmächtigen Versuch verhöhnen, mich ihnen gleichzustellen! So müssen denn wir wenigen Gebildeteren im Lande vorläufig nach außen bleiben, wie wir sind!» Dies, fügte er stets hinzu, sei seine innerste Überzeugung, und wie ernst es ihm damit war, bewies er auch durch die Art, wie er seine heiligste Pflicht erfüllte, die Erziehung der beiden Kinder, welche die frühverstorbene, zärtlich geliebte Gattin hinterlassen.

Es war dies ein Knabe, Rafael, und ein um zwei Jahre jüngeres Mädchen, Judith, welches sehr schön zu werden versprach. Beide erhielten durch einen Lehrer, Herrn Bergheimer, welchen Trachtenberg aus Mainz in sein Haus berufen, eine sorgliche, den Anforderungen der neuen Zeit entsprechende Erziehung, aber mit nicht geringerer Sorge wachte der Vater über ihrem Unterricht im Hebräischen und den Gebeten. «Ich will», sagte er dem Lehrer, «nicht entscheiden, ob es ein Glück oder ein Unglück ist, als Jude geboren zu sein; ich habe darüber meine besonderen Gedanken, welche Sie, den kindlich frommen Mann, vielleicht tief erschrecken würden. Aber ein Schicksal ist es, und sein Schicksal soll der Mensch unverbittert tragen lernen. Darum suche ich meine Kinder in der vollen Pietät für das Judentum zu erziehen; die Demütigungen, welche ihnen aus ihrer Abstammung erwachsen werden, kann ich ihnen nicht lindern oder gar fernhalten, so suche ich ihnen wenigstens als Wegzehrung den Trost ins Leben mitzugeben, daß sie für etwas leiden, was ihrem Herzen teuer und der Schmerzen wert ist.» Diesen Gesinnungen entsprach es auch, daß er zwar jeden Keim des Christenhasses im Gemüte der Kinder mit Eifer bekämpfte, aber sie dennoch früh mit dem Gedanken vertraut machte, einst ihres Glaubens, ja ihrer Gesichtsbildung wegen schwere Kränkung erdulden zu müssen. «Sie sollen sich daran gewöhnen», pflegte er mit traurigem Lächeln zu sagen und ließ es vielleicht nur darum geschehen, daß Rafael und Judith mit den Kindern einiger christlicher Honoratioren verkehrten. Allerdings gestatteten dies nur jene Familien, welche guten Grund hatten, dem reichen jüdischen Fabrikherrn die kleine Gefälligkeit zu erweisen, aber deren gab es, wie nun einmal die Verhältnisse der Landstadt lagen, nicht wenige.

Nathaniel Trachtenberg maß diesem Verkehr geringe Bedeutung bei, und vollends kam ihm nie zu Sinn, daß derselbe jemals in anderer Art, als ihm vorschwebte, Einfluß auf die Gemüter seiner Kinder üben könne. Und dennoch lag es hauptsächlich an diesen Eindrükken, wenn die Geschwister in einer ganz seltsamen Atmosphäre emporwuchsen, gleichsam auf der Grenzscheide, wo sich der dumpfe Brodem des Ghetto mit einer anderen, nicht reineren Luft mischte, welche von dem Weihrauchduft eines fanatischen Glaubens, von dem Moderdunst verfallener polnischer Adelsherrlichkeit geschwängert war. Von den Judenkindern der Stadt durch Sitten, Sprechweise und Wissen geschieden, standen sie ihren christlichen Gespielen nicht minder fern durch jenen anerzogenen Instinkt, jene tausend Äußerungen des Vorurteils, welche sich hüben und drüben fast unwillkürlich regten und jeden wahrhaft herzlichen Verkehr unmöglich machten. Aber wer je in ein Kindesherz geblickt, weiß ja, daß es auf die Stillung jedes Bedürfnisses verzichten kann, nur nicht des Dranges, Liebe zu geben und zu empfangen. Wie eifrig auch der Vater seinen Lieblingen das Gefühl des Alleinstehens in einer fremden oder fremd gewordenen Umgebung zu lindern suchte, so sollte doch die Zeit kommen, wo er sich gestehen mußte, die Bitternis solcher Vereinsamung für ein junges Gemüt nicht voll ermessen zu haben, die Zeit, da der sonst so lebenskundige Mann fast hilflos zusah, wie die beiden den ersehnten Anschluß an ihre Altersgenossen gleichsam mit Gewalt zu erzwingen suchten.

Es geschah dies, als Rafael das einundzwanzigste, Judith das neunzehnte Jahr erreichte. Beide hatten eben den Tanzkursus beendigt, welcher im gastlichen Hause des Kreiskommissärs von Wroblewski, eines der kostspieligsten Freunde Trachtenbergs, abgehalten worden war. Der Jüngling, welcher von Bergheimer durch häuslichen Unterricht für die Hochschule vorgebildet wurde, erklärte nun mit bitterer Entschiedenheit, er habe es satt, sich um seiner krausen Haare und runden Augen willen schlecht behandeln zu lassen; er werde nie wieder ein Christenhaus betreten und seinen Verkehr ausschließlich unter jenen suchen, zu denen er durch Abstammung und gemeinsames Leid gehöre. Im entgegengesetzten Sinne hatten die Erfahrungen dieses Unterrichts auf Judith gewirkt; sie ward in den christlichen Familien immer heimischer und rümpfte ihr Näschen, wenn sie die hebräische Lehrstunde erledigen mußte. Beiden trat das Machtgebot des Vaters entgegen und hinderte sie, ihren Neigungen ganz zu folgen, aber sie fügten sich doch nur so weit, als sie nicht anders konnten, oder vielmehr, wie sich Nathaniel in ruhigen und gerechten Stunden sagte, soweit sie eben konnten. Denn der kluge Mann hatte wohl erkannt, daß in beiden einer der stärksten Triebe der Menschenbrust seinen Willen durchkreuze, hier die befriedigte, dort die gekränkte Eitelkeit. Der arme Rafael war seinen kleinen Tänzerinnen doppelt häßlich erschienen, weil er ein Jude war, wogegen die früh gereifte Schönheit seines Schwesterchens ihre jugendlichen Hofmacher vielleicht um so mehr entzückte, weil sie der Jüdin gegenüber Hoffnungen hegten, deren sie sich bei Mädchen ihrer Kreise nie erdreistet hätten. Das war alles. Und doch kam dem Vaterherzen allmählich und immer öfter die Befürchtung, daß diese «Kinderei» vielleicht dereinst tief und verhängnisvoll auf ihr Los einwirken werde. Aber durch sein eigenes Wesen und Werden darauf hingeleitet, der klugen, scharfen Berechnung mehr zu vertrauen als unbestimmten Ahnungen, fühlte der Fabrikherr alle Sorgen schwinden, wenn er seiner sorglich ausgeheckten Zukunftspläne gedachte, welche durch diese Neigungen zum mindesten nicht durchkreuzt, ja sogar, wie er sich zuweilen selbst zu überreden suchte, gefördert werden konnten.

Er hatte den einzigen Sohn für das Studium der Rechte, den Beruf eines Rechtsanwalts bestimmt, nicht allein deshalb, weil er nach der Anschauung seines Volkes im Doktordiplom die höchste Auszeichnung des Juden erblickte, sondern weil er den Jüngling so recht zum Muster und Vorkämpfer seiner Glaubensgenossen erziehen wollte. Da nun Rafael sein Leben in Galizien verbringen sollte, so war es vielleicht gut, wenn ihn diese früh erwachte Hingebung an die Unterdrückten für seine Aufgabe stählte, während Judith, welche der Vater einem gebildeten, aufgeklärten Juden in Deutschland zu vermählen gedachte, in den christlichen Kreisen am besten jene Kenntnis feinerer Umgangsformen erlangen mochte, deren sie in der künftigen Heimat bedurfte. Durch diese Erwägungen geleitet, ließ Trachtenberg den Dingen, je länger, so lässiger, den Lauf und trat nur insoweit dem frühreifen Eigenwillen beider entgegen, als er hiervon eine Trübung ihrer geschwisterlichen Liebe befürchtete.

In der Tat gestaltete sich das Verhältnis beider nun immer peinlicher, und an wem die größere Schuld lag, war mindestens dem Vaterherzen zu entscheiden unmöglich. Sicherlich aber wurzelte das Zerwürfnis weder im Mangel an Liebe noch, wie es scheinen mochte, in der Verschiedenheit der Naturen. Denn wohl glichen Rafael und Judith einander körperlich in keinem Zuge – er ein linkischer, hagerer Jüngling, dem um das blasse, scharfgezeichnete Antlitz ein Urwald tiefschwarzen, krausen Haares starrte, sie eine weiche, süße, üppige Mädchenknospe, das helle, schöne Antlitz von goldrot schimmernden Flechten gekrönt –, wohl hob sich ihre Heiterkeit und Genußfreude doppelt grell ab von seiner düsteren, grübelnden, schwerflüssigen Art, dennoch wies es sich in ihrem innersten Wesen so deutlich als irgend möglich, daß sie einst unter demselben Herzen gelegen. Beide waren begabt, feinfühlig und empfindlich, beide ehrgeizig bis zur Eitelkeit, selbstbewußt bis zum Trotz und ein jedes dem anderen fast teurer als sich selbst. Aber gerade diese Gleichheit aller seelischen Kräfte mußte sie scheiden und erbittern; jedes hielt die eigenen Neigungen für die einzig trefflichen, vernünftigen und berechtigten, jedes fühlte sich durch den Tadel des anderen unmäßig verwundet, jedes härmte sich mit grimmiger Sorge um die Zukunft des anderen und drückte sich die billigen Stachelreden der Welt selbstquälerisch ins tiefste Herz ein; sie jede höhnische Bemerkung der polnischen Dämchen über den «finsteren Talmudisten», er jedes giftige Hohnwort des Ghetto über die «Abtrünnige». So kamen die Geschwister, während ihre Liebe heimlich fortglühte, äußerlich fast in Feindschaft und gerieten allmählich, von Trotz und Eitelkeit getrieben, viel weiter, als sie je selbst für möglich gehalten. Weil Judith jüdischen Verkehr immer hochmütiger mied, darum sagte sich Rafael in offener Feindseligkeit von den Christen los, weil er den tausend Geboten des Rituals immer ängstlicher nachkam, vernachlässigte sie dieselben gänzlich. Nur noch darin äußerte sich die einstige Zärtlichkeit, daß keines des Vaters Ohr und Herz mit Anklagen gegen das Geschwister bestürmte. In seiner Gegenwart fiel nie ein hartes Wort; freilich hielten sie sich für diesen Zwang doppelt schadlos, wenn sie einander allein gegenüberstanden.

Namentlich wurde ihr Verkehr zum Gegenstand unerschöpflichen Haders. Sie bespöttelte seine Freunde im Ghetto, ihre Rede- und Denkweise, ihr Gehaben und ihre Lebensführung, wozu ja allerdings Grund genug vorlag; Rafael wurde nicht müde, verachtungsvoll von dem Kreiskommissär und seinen Gästen zu sprechen, und zur Erfindung brauchte auch er wahrlich nicht zu greifen. Herr Ludwig von Wroblewski war der höchstgestellte, aber keineswegs der geachtetste Mann der Stadt, weil ihm die Leute einige an sich gute Eigenschaften nicht verzeihen konnten. Während andere Männer seines Standes, in veralteten Anschauungen befangen, gleichsam die Vorsehung ihres Sprengels spielen wollten und die Bewohner unablässig zur Verbesserung von Wegen und Brücken drängten, war er der Meinung, daß reife Männer ihre Angelegenheiten selbst am besten ordnen könnten, und während jene, wenn ein Verbrechen geschehen war, dem Schuldigen nachspürten, schien seinem feinen sittlichen Empfinden das Bewußtsein des Frevels eine genügende Strafe für den Missetäter. Auch die Beschäftigung mit den Streitigkeiten um Geld und Gut war ihm peinlich. Waren Kläger und Beklagter ganz arme Leute, so glaubte er am humansten zu handeln, wenn er den Akt ruhig verstauben ließ; wo ihn jedoch solche Bedenken nicht hinderten, wandte er den Prozessen seine volle Tatkraft zu, und während andere Richter es vermieden, mit einem der Streitenden zu sprechen, und sich auf das damals geltende schriftliche Verfahren beschränkten, erkannte er, wie wenig zureichend dies Verfahren sei, und pflegte sich daher von den Parteien unter vier Augen die Gründe aufzählen zu lassen, die für ihr Recht sprachen. Selten noch mag ein Richter Sonne und Wind so gewissenhaft verteilt haben: Hatte zum Beispiel der Kläger bloß fünfhundert, der Beklagte tausend Gründe beigebracht, so ruhte er nicht eher, bis der Kläger das Gleichgewicht hergestellt, was dann freilich die Entscheidung sehr erschwerte; ging es gar nicht anders, so überließ sie Herr von Wroblewski dem Schicksal; er zog für jede der beiden Parteien eine Karte, die höhere gewann. Das darf nicht verwundern; die Karten waren ihm überhaupt sehr vertraut; ein vielbeschäftigter Mann muß seine Zerstreuung haben; allerdings zerstreute sich Herr von Wroblewski nicht bloß allabendlich, sondern auch, sofern er nur Partner fand, auch vor- und nachmittags. Er spielte alles, am liebsten freilich, als liberaler Mann und Feind des Polizeistaates, die verbotenen, die Hasardspiele. Außer Hause wechselte sein Glück oft, an seinem eigenen Tische – er bewohnte das erste Stockwerk in Trachtenbergs Hause – gewann er immer. Dieser merkwürdige Zufall wurde viel besprochen und steigerte die Verehrung für den Kreiskommissär nicht erheblich. Vielleicht jedoch bewährte sich auch hier das alte Sprichwort vom Glück im Spiel und Unglück in der Liebe; Herr von Wroblewski war mancher Dame der Stadt gefährlich geworden, aber in seinen eigenen vier Pfählen hatte er sich geringer Zärtlichkeit zu erfreuen. Seine Gattin, Frau Anna, eine starke Blondine am Ausgang der Dreißig, stammte aus einem alten polnischen Geschlecht, war aber eine warme Anhängerin des Metternichschen Regimes, welches sich bekanntlich auf Kirche und Armee stützte; auch von ihr war es schwer zu entscheiden, ob sie sich lieber auf den dicken Prior der Dominikaner, Pater Hieronymus, oder auf den geschmeidigen Husarenrittmeister, Herrn von Bariassy, stützte. Sie hatte ihre Mädchenjahre im Hause ihrer Tante, der Gattin eines der höchstgestellten Beamten in Lemberg, verbracht und wußte dem kinderlosen Ehepaar das Leben so angenehm zu machen, daß der dankbare Oheim ihr eine Mitgift und den Bräutigam schaffte, auch in der Folge noch für sie sorgte. Auch sie schien ihm ein stetes, dankbares Erinnern bewahrt zu haben, und dadurch erklärte sich auch das Naturspiel, daß ihr ältestes Töchterchen Wanda dem gütigen Oheim sehr ähnlich sah. Der einflußreiche Mann erhielt Herrn Ludwig auf seinem Posten, welche Klagen immer gegen ihn erhoben wurden, und darum erachteten sich auch die Honoratioren der Stadt nicht für verpflichtet, strenger und sittlicher zu denken als die Regierung. Die

Empfangsabende des Herrn Kreiskommissärs waren die glänzendsten auf fünf Meilen im Umkreis; freiwillig blieb ihnen niemand fern.

Damit pflegte auch Judith den Bruder zu schlagen, wenn er wieder einmal seine Verachtung über den Mann im ersten Stockwerk aussprach, und im Grunde wußte auch Trachtenberg dem Sohne auf solche Reden nicht viel anderes zu erwidern. «Du bist jung», sagte er ihm, «und willst die Welt besser machen! Aber wenn du älter wirst, so wirst du erkennen, daß es nur eine Möglichkeit dazu gibt: sich selbst immer mehr zum Guten zu erziehen. Dieser Pflicht ringe auch ich nach; mehr zu tun ist mir – wenigstens in unseren Zeiten und Umständen – nicht möglich. Gewiß, Wroblewski ist ein bestechlicher Richter, ein Falschspieler, ein Schurke. Würde er aufhören, es zu sein, wenn ich den Verkehr mit ihm abbrechen wollte? Ich habe meinen Einfluß auf ihn nie zu einer Schlechtigkeit benutzt; sooft er mir nahegelegt hat, sein Vermittler bei einem unsauberen Geschäft zu sein, ich habe es stets abgelehnt. Er wirbt mir Kunden, dafür wohnt er umsonst; er spricht mir meine Forderung zu, wenn ich sie einklagen muß, dafür bekommt er zwanzig Perzent. Täte ich's nicht, so würde er einen anderen Fabrikanten empfehlen, und ich käme auch zu meinen achtzig Perzent nicht.»

«Gut! Aber Judith?» wandte Rafael ein. «Fordert es auch dein Geschäft, daß Judith jeden Dienstag in dieser Gesellschaft verweilt?»

«Warum sollt' ich ihr das Vergnügen nicht gönnen?» war die Antwort. «Der Hausherr ist verächtlich, die Hausfrau nicht tadellos, aber die Gäste? Auch die Tochter des Physikus, des Apothekers kommen regelmäßig, strenggehütete Mädchen braver Eltern. Jene laufen keine Gefahr – warum deine Schwester?»

«Jene nicht, aber Judith!» Wie oft hatte Rafael diese Worte auf der Zunge, und sie blieben doch stets ungesprochen.

Womit sollte er auch seine Befürchtungen begründen? Er hatte ja keine Tatsachen zu bieten, nur Beobachtungen, die der Vater schwerlich als unbefangen hätte gelten lassen.

In diesen unerquicklichen Stimmungen verfloß ein Jahr. Rafael mußte nun eine Hochschule beziehen, der Vater entschied sich für Heidelberg; Bergheimer sollte den weltfremden Jüngling dahin geleiten und noch einige Monate an seiner Seite bleiben. Auch einen anderen Auftrag gab Trachtenberg dem alten Lehrer mit: einen Bewerber für Judith ausfindig zu machen. Denn da das Mädchen nun herrlicher aufgeblüht war, als selbst er, der zärtlichste der Väter, je zu hoffen gewagt, und er sich zudem seines Reichtums stolz bewußt war, so schien ihm für sie der Beste gerade gut genug, und weil er die Juden Westdeutschlands auf seinen Reisen vor allen anderen schätzen gelernt, so schwebte seinem Ehrgeiz ein gebildeter, angesehener Freier aus jener Gegend als höchstes Ziel vor. Judith ahnte nichts davon, vielleicht weil sie gerade in diesen Tagen von bitterem Kummer erfüllt war: dem Weh über die baldige Trennung von dem trotz alledem so heißgeliebten Bruder. Zwar setzte sie nun gerade ihren Verkehr mit den Christen doppelt eifrig fort und schlug keine Einladung zu einer Landpartie oder einem Tanzkränzchen aus, aber gern hätte sie ein Jahr ihrer lauten Freuden darum hingegeben, wenn ihr Rafael durch ein einziges herzliches Wort die Möglichkeit gewährt hätte, ihm wenigstens jetzt ihre Reue und Liebe zu bekennen. Aber ohne solche Ermunterung dies Geständnis abzulegen, schien ihr unmöglich; war er doch gerade in diesen Tagen düsterer und schroffer als jemals, freilich nur, weil ihm dasselbe Weh schier das Herz abdrückte.

So kam der letzte Tag vor seinem Scheiden heran, ein sonniger Septembertag, und Judith nahm sich am Morgen fest vor, nun endlich ihren Stolz zu bezähmen und die ersehnte Unterredung herbeizuführen. Ein Zufall verhinderte es; der Tag, für das Haus Trachtenbergs betrüblich, war ein festlicher für die anderen Bewohner der Stadt; der neue Gutsherr, Graf Agenor Baranowski, sollte zum ersten Male ihr Weichbild betreten. Von seiner Gunst hing viel für die Bürgerschaft ab; war er doch durch seinen großen Besitz der einflußreichste Mann des Kreises. Darum hatte man ihm zu Ehren die Häuser geschmückt, die Wege ausgebessert, ja sogar – ein seltener Fall – die Straßen blank gekehrt; am eifrigsten waren dabei die Juden gewesen und hatten eine Unmenge von Reisig und buntem Papier verbraucht, nicht weil sie sich den jungen Gebieter besonders wohlgesinnt wußten, sondern im Gegenteil, weil ihm der Ruf schroffen Judenhasses voraufging. Rafael hatte für diese «knechtische Demut» die schärfsten Worte; der kluge Vater dachte anders, sein Haus war am reichsten geschmückt, vom Giebel flatterte sogar eine Fahne in den Hausfarben der Baranowski, Hellblau und Silber. Dem Wunsche Rafaels, die nächsten Stunden auf der Heide zu verbringen, bis die «Komödie» vorüber sei, trat er nicht entgegen; er selbst jedoch begab sich zu der Triumphpforte, die nächst seinem Hause errichtet war, um als Sprecher der Juden den Einziehenden zu begrüßen, während Judith in das obere Stockwerk ging.

Die Wohnung des Herrn Kreiskommissärs präsentierte sich im Sonnenlicht nicht eben günstig; der verschossene Samt der Möbel, der Staub in allen Ritzen und Ecken, das seltsame Durcheinander von Prunkstücken und kümmerlichem Hausrat traten grell hervor. Es paßte dazu, daß Frau Anna, die üppigen Formen in ein Kleid von schwerer, roter Seide gepreßt und ein Turm künstlicher Blumen auf dem Haupte, mit einem Staubwedel hantierte und gleichzeitig ihren Dienerinnen Befehle gab, während sie die Gäste empfing. Denn Herr von Wroblewski, welcher den Grafen von Lemberg her kannte, hatte sich lange vorher die Ehre gesichert, ihn schon an diesem ersten Abend in seinem Hause begrüßen zu dürfen; auch viele Gäste aus der Nachbarschaft waren geladen und ein Teil schon am Morgen eingetroffen; die Herren standen unten an der Triumphpforte, die Damen wollten den Einzug aus Frau Annas Fenstern ansehen. Die stattliche Frau fluchte im stillen und hatte doch für jede ein freundliches Wort, sogar für Judith! «Kind, wie schön du dich gemacht hast!» rief sie ihr zu; in der Tat sah das Mädchen in dem Kleide von blauem Kattun reizend aus; wie gesponnenes Gold schimmerten die Flechten um die feine Stirn; den Hals hatte sie mit einem weißen Seidenbande geschmückt, dessen Schleifen weit hinabfielen.

«Die Hausfarben!» Frau Anna hob schelmisch drohend den Finger. «Wie schlau du bist!»

«Ein Zufall!» stammelte Judith, von dunkler Röte übergossen, und sie log nicht.

Frau Anna lachte. «Du brauchst es nicht zu leugnen. Ich wollte nur, ich wäre für meine Wanda auf den Einfall gekommen! Wie schade, daß ich dich für den Abend nicht laden konnte, aber wir sind ohnehin an hundert Personen, mir graut, wenn ich an das Souper denke. Nun für jetzt wenigstens habe ich dir einen guten Platz frei gehalten.» Und sie führte sie an das entlegenste Fenster, wo sie einige arme Verwandte untergebracht. Die mußten die Einladung ohnehin nur als unverdiente

Gnade empfinden und durften nicht murren, wenn man ihnen die Gesellschaft der Jüdin zumutete.

Drunten standen die Leute zwischen dem Spalier, welches die Bauern der Umgebung bildeten, festgekeilt und machten vergebliche Versuche, der Triumphpforte näher zu kommen, wo die Honoratioren Stellung genommen, zur Rechten der Kreiskommissär, der Prior, der Bürgermeister und mehrere christliche Handwerksleute, zur Linken Nathaniel, der Rabbi und einige jüdische Männer, die unter einem roten Baldachin die Thorarollen trugen. Judith konnte nicht allzuviel davon sehen, und Frau Annas Nichten gebrauchten ihre Ellenbogen, zum Glück währte das Harren nicht lange. Die Böller dröhnten, dann fielen die Glocken des Klosters ein, schon wurde das Bauernbanderium sichtbar, welches den Gebieter eingeholt, dann seine Karosse, der er rasch entstieg. Der Bürgermeister – zur Zeit bekleidete der Apotheker der Stadt diese Würde – begann seine Rede, ein kleiner, hagerer Mann mit einem verschrumpften Gesicht, welcher, wenn er schwieg, einem lebensmüden Hühnchen glich, aber eine Löwenstimme in der Kehle hatte und im ganzen Kreise als Demosthenes berühmt war. Er machte seinem Rufe auch diesmal keine Unehre; mit Begeisterung vertiefte er sich in die Tage der Vorzeit und erörterte die Frage, ob das Geschlecht der Baranowski älter sei oder jenes der Jagellonen, woran sich ein Überblick der polnischen Geschichte knüpfte. Graf Agenor, ein junger, hochgewachsener Mann mit schönem, ernstem Antlitz, welches vielleicht nur durch den tiefschwarzen Vollbart etwas bleich erschien, hörte anfangs aufmerksam zu, dann begann sein Blick umherzuschweifen, er glitt über die Fensterreihe des Trachtenbergschen Hauses und – Judith errötete tief, sie sah deutlich, wie sich sein Antlitz belebte, wie er dann, als müßte es sein, nach ihrem Fenster starrte; galt dies ihr? Auch ihre Nachbarinnen bemerkten es und begannen zu zischeln – «die Hausfarben haben gewirkt» –, sie hörte es deutlich und wollte sich zurückziehen, aber im selben Moment hatte auch der Apotheker endlich seine Rede beendet, die Menge rief Hoch!, der Graf dankte in kurzen Worten und wollte wieder seinen Wagen besteigen, als Nathaniel hervortrat. Sie sah deutlich, wie sich der junge Edelmann ungeduldig abkehrte und seinen Blick nach ihrem Fenster richtete; abermals überflog eine Glutwelle ihr Antlitz. Ihr Vater sprach nur wenige Worte, der Graf dankte durch ein Kopfnicken und fuhr, von dem Banderium geleitet, weiter. Als er an ihrem Fenster vorüberkam, blickte er zu ihr empor und legte sogar, wie zum Gruße, die Hand an die diamantengeschmückte Konfederatka.

«Es ist gewiß, daß er uns nicht eben liebt», sagte Trachtenberg einige Stunden später beim Mittagessen, als aber Rafael wieder eine scharfe Bemerkung machte, fragte er lächelnd: «Hätte er uns lieber gewonnen, wenn wir gegen Brauch und Anstand an seiner Begrüßung nicht teilgenommen hätten?» Rafael erwiderte nichts mehr, er saß nun schweigend da, finsterer als je, und erhob sich sofort nach Schluß der Mahlzeit, um noch, wie er sagte, die Koffer auf seiner Stube in Ordnung zu bringen. Da faßte sich Judith ein Herz und bot ihm ihre Hilfe an, allerdings schnippisch genug und seine Ungeschicklichkeit bespöttelnd. Sie hatte diesen Ton freilich nur angeschlagen, um sich Mut zu machen und im Falle der Abweisung einen gedeckten Rückzug zu sichern, er aber hörte bloß den Hohn heraus, erwiderte bitter, daß er sich wohl auch in diesem Letzten ohne sie werde behelfen können, und verließ zornig das Zimmer. Gleichwohl blieb sie bei ihrer guten Absicht und war froh, als ihr der Zufall später die Möglichkeit einer neuen Anknüpfung bot.

Da kam nämlich, schon in der Dämmerung und kurz nachdem Herr von Wroblewski von der Empfangsfeier im Schlosse der Baranowski heimgekehrt, Fräulein Wanda die Treppe hinabgestürzt und richtete ihr fliegenden Atems die Bitte der Mutter aus, am Abend doch jedenfalls zu erscheinen, da einige junge Damen in letzter Stunde abgesagt. Ähnliches hatte sich schon oft begeben, Judith hatte kein Arg darin gefunden, daß man die Hausgenossin gleichsam zur Aushilfe lade, auch diesmal lehnte sie nur deshalb ab, weil dies ja der letzte Abend war, welchen Rafael daheim verbrachte. Aber Wanda ließ dies nicht gelten. «Du mußt kommen», bat sie, «du kannst ja Rafael mitbringen.» Er hatte seit einem Jahre die Treppe zum oberen Stockwerk nicht mehr betreten, und daß Frau Anna den «finsteren Talmudisten» zu ihrem glänzendsten Feste lud, war etwas befremdlich. Aber das schoß ihr nur eben durchs Hirn. Sie lädt ihn, dachte sie, weil sie weiß, daß er nicht kommen wird, und richtete danach die Antwort ein, sie werde mit Vergnügen erscheinen, wenn sie Rafael gleichfalls dazu bewegen könne. Als jedoch Wanda darauf förmlich in Erregung geriet und versicherte, mit diesem Bescheid wage sie kaum heimzukommen, es liege Mama so viel daran und Papa auch, ja Papa besonders, kurz, Mama werde sie sehr schelten, war Judith abermals etwas erstaunt, blieb aber desto hartnäckiger bei ihrer Antwort und begab sich, nachdem Wanda unter nochmaligen Bitten gegangen war, zu ihrem Bruder.

Ihr Herz schlug, als sie die Tür aufklinkte. Er saß an seinem nun leeren Arbeitstische, das Haupt auf die Arme gestützt, und starrte trübe in das Licht der Kerzen. Mühsam brachte sie die wenigen Worte hervor.

«Wie taktvoll!» Er lachte höhnisch auf. «Nun, ich gehe natürlich nicht, aber dich will ich nicht hindern. Es wäre dir ein Opfer und mir keine Freude!»

Sein Ton weckte ihren Trotz. «Wenn es dir so gleichgültig ist», erwiderte sie scharf, «so habe ich dir freilich nichts mehr zu sagen!»

«Aber ich dir», rief er wild, erhob sich und faßte sie am Arm. «Es ist das letzte Mal, wo ich es noch tun kann, und darum will ich es dir deutlicher sagen als bisher! Du bist kein Kind mehr, Judith, begreifst du noch immer nicht, welche Rolle du unter denen da oben spielst? Du bist eine Jüdin, und darum fällt es ihnen sowenig bei, dich für ihresgleichen zu halten als etwa ich unseren Haushund für meinesgleichen. Und wärest du schön wie Sulamith und weise wie die Königin von Saba und gut wie ein Engel des Herrn, du bist eine Jüdin und darum kein Wesen wie sie. Fühlst du dies nicht? Mein Gott, Mädchen, bist du wirklich fühllos für diese Schmach?»

«Du redest irre», sagte sie höhnisch, «dich verblendet die gekränkte Eitelkeit! Wer die Ghettoluft in den Salon mitbringt, darf sich freilich nicht beklagen ...» Sie suchte ihren Arm frei zu machen.

Aber er ließ sie nicht. «Nur immer zu», rief er, «sprich, was dir beliebt, du zärtliche Schwester, aber dann höre auch mich! Verstehst du noch immer nicht, warum sie dich laden? Frag das Hauptbuch des Vaters!»

«Das alte Lied!» rief sie und riß ihren Arm los.

«Nun denn», rief er in höchster Erregung, «dann höre etwas Neues, was ich dir bisher verschwiegen habe! Du bist kein Kind mehr, ein vollerblühtes, ein schönes Mädchen, Judith – schön und eine Jüdin! Ist es dir wirklich noch nicht aufgefallen, daß dich diese Herrchen anders behandeln als ihre christlichen Tänzerinnen, daß sie sich gegen dich solcher Reden erfrechen ...»

Sie stand schwer atmend, von Purpurröte übergossen. «Du lügst!» stieß sie hervor.

«Ich wollte, es wäre so», erwiderte er und rang wie verzweifelt die Hände. «Da könnt' ich morgen ruhiger reisen! Laß dich warnen, Schwester. Der Ehrenmann da oben lädt dich nicht allein deshalb, weil er dem Vater den Mietzins schuldig bleibt, sondern auch, weil es die jungen adligen Herren wünschen, denen er nach dem Tanz ihr Geld im Pharao abnimmt. Die wollen ihren Spaß mit der schönen Jüdin haben! Hüte deine Seele, Schwester, hüte deine Ehre, du wärest die erste nicht ...»

So weit hatte sie ihn, wie erstarrt vor Entrüstung, angehört. Nun aber trat sie auf ihn zu, das Antlitz so totenbleich, so wild verzerrt, daß er unwillkürlich zurückwich. Sie setzte an, sie wollte reden, aber die Stimme versagte ihr. «Das verzeihe dir Gott!» stieß sie endlich heiser hervor und verließ wankenden Schrittes die Stube.

Sie eilte auf ihr Zimmer, schob den Riegel hinter sich zu und warf sich auf ihr Ruhebett nieder. Da lag sie wohl zwei Stunden in der Dunkelheit, das ungestüme Gemüt von wilden, kämpfenden Empfindungen zerwühlt. Der Zorn der gekränkten Eitelkeit, der ungerecht erlittenen Schmach durchtobte ihre Pulse; ihre Finger krümmten, ihre Arme erhoben sich, als wollte sie den Beleidiger erwürgen. Aber es war ja Rafael, und daß es ihr Geliebtester auf Erden war, der so ihre unschuldigen Freuden und sie selbst befleckt, trieb ihr die Tränen in die Augen, daß sie wie Bäche über die Wangen stürzten. Aber waren diese Freuden wirklich so unschuldig, wie sie bisher gewähnt? Judith war bis zu jenem Augenblick ein so reines Geschöpf gewesen, wie nur je eines unter zärtlicher Hut emporgeblüht, ihr Blut wußte nichts von

Begierden, ihre Phantasie nichts von verlockenden Bildern; wie ein Schleier hatte bisher die einfältige, selige Unschuld ihre sonst so klugen Augen verhüllt. Nun aber – noch riß jener Schleier nicht, aber er ward immer durchsichtiger, je tiefer sie sich in ihr wildes Weh hineinwühlte; heißer als von den Tränen brannten nun ihre Wangen von Scham – und wie hilflos mußte sie sich diesen häßlichen Gedanken hingeben! «Ach», stöhnte sie, «er weiß nicht, welches Verbrechen er an mir begangen hat!» Aber diese Anklage, so schmerzlich sie war, riß sie doch empor, der Zorn trat wieder in sein Recht, der Zorn gegen den Bruder, und der wilde Trotz dazu und drängten alles zurück. Sie grübelte nicht mehr über sich selbst, sie wollte nicht ergründen, ob er recht gesehen, ob ihr wirklich jene Männer und Jünglinge anders begegneten als den andern Mädchen – er sollte nicht recht behalten, sie wollte es nicht! Ihn verblendete der Christenhaß, und sie war schuldlos, sollte sie sich deshalb in Einsamkeit vergraben, weil es ihm so beliebte? Und als es in diesem Augenblick an ihre Tür pochte und sie Wandas Stimme hörte: «Mama schickt mich noch einmal, sie läßt herzlichst bitten!», erwiderte sie: «Ich komme!», wusch sich hastig die Tränenspuren von den Wangen, rief die Dienerin und kleidete sich an.

Als sie eine halbe Stunde später den Saal betrat, kam ihr Frau Anna entgegen, diesmal auf die Kirche gestützt. «Endlich!» rief sie erfreut. «Und bei Gott, heute hast du deinen guten Tag. So schön wie jetzt habe ich dich kaum noch gesehen!» In der Tat gab die Erregung dem schönen Antlitz einen Reiz mehr. Auch der dicke Prior schmunzelte wie ein Faun und strich ihr ums Kinn. «He! He! – und wie ihr die Wangen glühen, pocht das Herzchen so sehr?» Er schien nicht übel Lust zu haben, sich davon zu überzeugen – Judith wurde totenbleich und wich zurück. «Was fällt Ihnen bei!» flüsterte Frau Anna zornig ihrem würdigen Anbeter zu, der offenbar vom Büfett kam, und riß ihn zurück. Sie ließ ihren Blick durch den Saal gleiten, die Paare ordneten sich eben zu einer Quadrille. Da war auch Graf Baranowski, er erfüllte eben eine bittere Pflicht der Höflichkeit, indem er die sehr umfangreiche Gattin des dünnen Bürgermeisters zum Tanze führte. «Wer weiß», sagte Frau Anna lächelnd, «welche Ehre dir beschieden gewesen wäre, wenn du früher gekommen wärest, nun mußt du dich mit dem jungen Wolczinski begnügen ... Wladko!»

Der lange, unbeholfene Mensch stolperte eilig heran. «Sie tanzen mit Fräulein Judith die Quadrille!» Er zögerte. «Ich bin ...», stammelte er, «ich habe ...» – «Was? Schon engagiert?» – «Nein, aber ...» – «Was sonst? Müde?» Frau Annas Augen blitzten ihn nicht eben freundlich an. «Wird's? Allons!» Er zuckte die Achseln und bot dem Mädchen den Arm.

Judith folgte ihm unsicheren Schrittes, gesenkten Hauptes, wie von der Demütigung erdrückt. Habe ich derlei, grübelte sie, früher nicht erlebt, oder bemerke ich es erst heute? Wladko freilich war schon früher recht unhöflich gegen sie gewesen, er hatte getan, also ob er sie nicht erkenne, ebenso seine Schwestern. Aber sie hatte sich leicht darüber getröstet, weil sie den Grund kannte: das Haupt der Familie, Herr Severin von Wolczinski, dem von den Gütern seines Hauses schließlich nur noch ein kleiner Meierhof in der Nähe des Städtchens gehörte, hatte Nathaniel vergeblich um ein Darlehen ersucht; der Fabrikant hatte erwidert, daß er die Rechnung für die gelieferten Wachskerzen in den Rauchfang schreiben wolle, aber Geldgeschäfte mache er grundsätzlich nicht.

Der junge Herr sprach keine Silbe, er vermied es so-

gar, seine Tänzerin anzusehen. Dann schien ihm endlich ein Einfall gekommen. «Auf Ehre», begann er, «ich erkenne Sie jetzt erst wieder! Die Kerzen brennen so dunkel – schlechte Ware, von irgendeinem betrügerischen Juden um teures Geld geliefert!»

Judith atmete tief auf. «Mein Vater hat sie geliefert», sagte sie laut. «Die Ware ist gut, auch billig, obwohl er bei manchem betrügerischen Edelmann um sein Geld kommt!»

Die Nebenpaare waren aufmerksam geworden. Das stachelte Herrn Wladko auf. «Ein Edelmann betrügt niemals!» rief er.

«Zuweilen doch», war die Antwort. «Ware beziehen, die man nie bezahlen kann, ist ein Betrug!»

Einige lachten, auch der Prior kam herangewankt; er war eben wieder im Büfettzimmer gewesen, nun hielt er sich kaum mehr auf den Füßen. «Aber Wladko», lallte er, «was zankst du mit der schönen Jüdin? Küsse sie doch lieber!»

«Meinen Sie?» Der junge Mensch lachte verlegen. Im nächsten Augenblick hatte er seine Arme um die Zitternde geschlungen und sie auf den Nacken geküßt. Lachen und Händeklatschen lohnte die kühne Tat.

Totenbleich, zitternd riß sich Judith los. «Welch feiges Bubenstück!» rief sie außer sich.

«Sie haben recht!» sagte eine tiefe, klangvolle Stimme, so laut, daß sie den Lärm übertönte. «Ein feiges Bubenstück!» Es war Agenor Baranôwski.

«Herr Graf!» fuhr Wladko auf.

«Ich stehe gleich zu Diensten … Darf ich Sie um Ihren Arm bitten, mein Fräulein?»

Er führte die Bebende durch die Reihen, die sich lautlos vor ihnen öffneten. «Wohin darf ich Sie geleiten?» fragte er. «Ist Ihre Frau Mutter hier?»

«Nein, ich habe keine Mutter ... Aber ich wohne hier im Hause ...»

«Ich weiß», erwiderte er, «Sie sind die Tochter des Herrn Trachtenberg, der mich heute so freundlich begrüßt hat ... Also zur Hausfrau ...»

«Zur Treppe ...» Das Mädchen fühlte seine Kräfte schwinden.

Er geleitete sie in den Flur und verabschiedete sich mit einer tiefen Verbeugung.

«Aber Judith!» Atemlos kam Frau von Wroblewska aus einem der Gemächer nachgestürzt.

Das Mädchen hörte sie nicht mehr, auch der Graf war wieder in den Salon zurückgekehrt.

## *Zweites Kapitel*

AM NÄCHSTEN TAG sprach man überall nur von dem verhängnisvollen Kuß und seinen Folgen: im Salon des Herrn Kreiskommissärs, in der Weinstube des Aaron Siebenschläfer, wo sich die christlichen Honoratioren zusammenfanden, und im Vorhof der Betschul, wo die öffentliche Meinung des Ghetto zusammengebraut wurde.

«Das kommt davon», klagten die Juden, «wenn ein jüdisch Kind, schamlos entblößt, unter Christen geht und mit Männern tanzt. Und was muß sie gleich so empfindlich sein, wenn der junge Herr einen Witz über ihren Vater macht! Aber der Schuldige sündigt, der Unschuldige büßt. Jetzt werden der Wladko und der Agenor mit Pistolen aufeinander schießen, und wenn der eine tot bleibt oder gar – was Gott verhüten möge – alle beide, über wen kommt das Blut? Über uns alle! Ein jüdisch Kind hat es ja angestiftet!»

«Das dreiste Ding!» riefen auch die Christen. «Freilich, schön ist sie; dadurch hat sie auch den Grafen verhext, und das ist zugleich seine einzige Entschuldigung. Was ging's ihn an? Er hätte sie gleichfalls küssen sollen! Übrigens hat der Skandal schon damit angefangen, daß man die Jüdin zu einem solchen Fest lud.» Frau Anna hatte, wenn derlei in ihrer Gegenwart angedeutet wurde, die Verteidigung bereit. «Er hat es selbst ausdrücklich gewünscht», beteuerte sie. «Da zieht die Kokette schon beim Einzug seinen Blick auf sich, so daß er gleich darauf meinen Mann nach ihrem Namen frägt und ihm dann beim Abschied so recht nachdrücklich sagt: ‹Ich freue mich, die vielen schönen Damen heute abend wiederzusehen!› Sagen Sie selbst, blieb mir da etwas anderes übrig? Und nun wird das kecke Ding noch gar auf seine Heldentat stolz sein!»

Da irrte sie freilich; der armen Schönheit war es zumute, als könnte sie ihr Antlitz nie wieder der Welt zeigen; die Reue zernagte ihr hilfloses Herz, und die Tränen quollen über die erblichenen Wangen. Sie hatte seit jenem Vorfall ihre Stube nur einmal verlassen, im Morgengrauen, als der Wagen vorfuhr, welcher den Bruder in die Ferne führen sollte. Da war sie ihm um den Hals gefallen und hatte in heißem Schmerze sein Antlitz, sein Gewand, seine Hände mit ihren Küssen und Tränen bedeckt, daß auch seine Liebe stürmisch hervorbrach und sich seine Tränen mit den ihrigen mischten. «Verzeih», stammelte sie dabei immer wieder, «du hast es gut gemeint und stets recht gehabt, tausendmal recht, auch gestern abend, und ich will mein Leben lang daran denken!» Er hatte keine Ahnung von der peinlichen Szene, ebensowenig der Vater, der gerührt dabeistand. So reisten sie leichten Herzens ab; Nathaniel, um den Sohne noch eine Tagereise weit das Geleite zu geben; er wollte erst am Abend des nächsten Tages heimkehren. Bis dahin barg sich Judith in ihrer Stube; selbst Frau Anna klopfte vergeblich an. Sie war gekommen, um vernünftig mit dem Mädchen zu sprechen, ehe Nathaniel heimkehrte; dieser alte Jude war ja sehr klug, aber man konnte doch nicht wissen, wie er die Sache auffaßte, und das war schon deshalb von Wichtigkeit, weil ihn Herr von Wroblewski eben um einen Vorschuß für die nächsten Prozesse anzugehen gedachte.

Unruhig ging sie fort, als hinter der Tür kein Laut hörbar wurde, aber sie verlor wenig dabei, daß die Unterredung nicht stattfand. Und wenn ihr der eigene Vater gesagt hätte, daß sie unrecht getan, als sie Schimpf mit Schimpf vergolten, Judith hätte es nicht geglaubt. Darin schwankte ihr Empfinden keinen Atemzug lang, aber ebensowenig in der Erkenntnis, daß jene Menschen, deren Verkehr ihr zum Stolz und zur Freude gewesen, sie nur widerwillig geduldet – ach, wie beschämend erschien ihr nur die Freundlichkeit, die man ihr zugewendet, beschämender noch als der Schimpf! Und weil ihr leidenschaftliches Herz so heiß danach lechzte, sich im Haß berauschen zu können, darum empfand sie es fast störend, daß sie des einen, des Vornehmsten in diesem Kreise, mit Achtung, mit Dankbarkeit gedenken mußte. «Muß ich?» knirschte sie dann. Sie gedachte seiner Blicke am Vormittag; ihr Antlitz hatte ihn bestochen, vielleicht war es sogar nur der Wunsch gewesen, sich ihren Dank zu verdienen! Dann aber mußte sie daran denken, wie ritterlich er für sie eingetreten, wie ehrfurchtsvoll er sie durch den Saal geleitet. Und sein Antlitz tauchte wieder vor ihrem Blick empor, das blasse, edle, ernste Antlitz mit den gebietenden Augen … «Nein, nein», schluchzte sie dann wieder auf, «er ist gewiß nicht besser als seinesgleichen.» Aber auch dieser

Gedanke brachte ihrem armen Herzen nicht Stärkung, sondern neues Weh …

Auch ein anderes Menschenwesen weinte um jener Szene willen bittere Tränen, nur daß es dabei nicht ganz so schön anzusehen war wie das goldhaarige Judenkind: Herr Wladko von Wolczinski. Und mit ihm schluchzten der Vater, die Mutter und die vier Schwestern, daß der Meierhof von Jammer widerhallte. Nur sein Vetter Jan blieb hart. «Heule nur zu», brummte er. «Wolltest du dich nicht duellieren, so durftest du dich nicht von uns zur Forderung bewegen lassen. Fünfundzwanzig Schritt, einmaliger Kugelwechsel – Memme, sei ein Mann! Schieße du ihn über den Haufen. Rehe triffst du doch auf zwanzig Schritt.» – «Jan!» rief Wladko. «Wie du nur so herzlos sein kannst! Hat denn ein Reh dabei auch eine Pistole in der Hand, mit der es auf mich zielt? Das ist ein verdammtes Gefühl!» Und da auch die Damen im Quintett zu schluchzen fortfuhren, so entschloß sich der alte Herr Severin endlich, einen Versuch zu machen, und begab sich zum Kreiskommissär.

«Ich will Ihnen», begann er düster und energisch, «keine Vorwürfe machen, aber Blutvergießen zu verhindern ist Ihre Pflicht. Graf Agenor ist der Letzte seines Stammes; von der Hand eines Wolczinski soll er nicht fallen. Er mag meinem Sohne eine bündige schriftliche Abbitte leisten, die wir in der ‹Lemberger Zeitung› veröffentlichen, dann braucht das Duell nicht stattzufinden.»

Herr von Wroblewski hatte Mühe, seine Heiterkeit zu verbergen, ganz gelang es ihm nicht. «Das wird nicht gehen», sagte er, «Graf Agenor war, ehe er durch seines Vetters Tod Herr dieser Güter wurde, Ulanenoffizier und hat mit Charge quittiert.»

«So?» rief der Baron und tat, als ob er erstaunt wäre.

«Das erfahre ich erst jetzt! Dann würden wir ihm freilich nur die Wahl zwischen moralischem und physischem Tod stellen, und das wäre zu hart. Also: eine schriftliche Erklärung, die nicht in die Zeitung kommt!»

Herr von Wroblewski räusperte sich.

«Also meinetwegen – man soll uns nicht nachsagen, daß wir rachsüchtig sind – eine mündliche Abbitte. Wir laden einige Herren ein, er kommt zu uns und ...»

Der Baron stockte, Herr von Wroblewski räusperte sich stärker.

«Oder – hm, wir laden niemand dazu – oder kommen bei Ihnen zusammen! Sie, ich, Wladko, er. Ganz zwanglos, keine langen Erklärungen! Er murmelt so einiges: ‹Nicht so böse gemeint› und so weiter – man schüttelt sich die Hände und ...»

Herr von Wroblewski hatte nun gar einen Hustenanfall.

«Zum Kuckuck», brach der Alte los und wischte sich den Angstschweiß von der Stirn, «leichter können wir es ihm doch nicht machen! Wir können doch nicht zu ihm kommen, damit er die paar Worte sage. Oder – hm – glauben Sie, daß wir das könnten?»

«Es wäre ungewöhnlich», sagte der Kreiskommissär, nun wieder grabesernst.

«Ungewöhnlich! Daran liegt nichts! Mein Gott! Alles auf der Welt muß zum ersten Male geschehen ... Lieber Freund, ich bitte, ich beschwöre Sie ...»

«Ich will das Meine tun», versprach Wroblewski und hielt Wort. Schon am nächsten Morgen begab er sich zum Grafen und trug ihm lachend das seltsame Anerbieten vor.

Auch Agenor lachte laut auf. «Es geht nicht», sagte er dann, «ich bin Offizier. Was immer ich dem braven Jungen sage, es würde als Abbitte gedeutet werden.»

«Aber Sie dürsten doch nicht nach seinem Blute! Erwägen Sie nur: ein junger Mensch – der Champagner – eine Jüdin ...»

«Er traf sie als Gast in Ihrem Hause!»

«Freilich! Glauben Sie, daß ich den Wladko entschuldigen will? Ein dummer Junge! Aber – Hand aufs Herz, lieber Graf, wir kennen uns ja nicht erst seit gestern – hätten Sie eine Silbe gesprochen, wenn das Mädchen häßlich gewesen wäre?»

«Ja!» erwiderte Agenor ernst und fest. «Sehen Sie, ich liebe die Juden gewiß nicht, im Gegenteil. Und zwar keineswegs um jener Erfahrungen willen, die ich selbst als junger Offizier mit ihnen gemacht; das find ich begreiflich, verzeihlich, sogar natürlich; jedes Wesen auf Erden wehrt sich mit seinen Waffen, die ihren sind das Geld und die List. Noch mehr, ich habe mich oft gefragt, wessen Schuld es ist, daß ihnen nur diese Waffen möglich sind – es sind ja Menschen, die auch vortreffliche Eigenschaften haben und in mancher Beziehung streng sittlich empfinden, sittlicher als wir –, ich gebe zu, es ist vielleicht zum größeren Teil unsere Schuld. Aber es ist nun einmal ein Kampf; wir schlagen mit Keulen auf sie los, und sie stechen uns in die Ferse. Und darum stelle ich mich, ohne über Schuld und Nichtschuld zu grübeln, in die Reihen jener, zu denen ich nach Blut und Stand gehöre ...»

«Aber lieber Graf», unterbrach ihn der Beamte, «als ob es der Worte bedürfte! Glauben Sie, daß ich die Juden liebe?»

«Aber Ihr Standpunkt ist nicht der meinige», erwiderte Agenor etwas scharf. «Sie als Richter dürfen keine Partei nehmen, ich als Privatmann darf es, und als Mann von altem Adel muß ich es. In diesem Kampfe geht zunächst mein Stand zugrunde, und das schneidet mir durchs Herz, denn ich denke sehr hoch von diesem Stande, seiner Notwendigkeit, seinen Aufgaben. Wir Aristokraten – ich meine: wir wirklichen, reichen, reinblütigen, alten Geschlechter – sind die einzigen festen Pfeiler jedes Staates und wir polnischen Aristokraten sogar die einzige Hoffnung unseres Volkes; es hat niemand als uns, einen Bürgerstand gibt es kaum, die Bauern sind gegen uns. Und nun sehen Sie sich im Lande um: Ein Mann um den anderen, ein Geschlecht ums andere sinkt und fällt. Durch Leichtsinn, Trägheit, schlechte Wirtschaft? Gewiß! Aber wäre der Jude nicht im Lande, ginge das Schuldenmachen so leicht? Und wer ist der Erbe? Der Jude! Wer sitzt auf den Gütern der Wolczinski, denen noch vor hundert Jahren zwei Quadratmeilen gehörten? Armenier als Scheinbesitzer für die Juden, weil diese keinen Grundbesitz erwerben können!»

«Sehr wahr!» rief Wroblewski. «Aber deshalb dürfen Sie doch den letzten Sprößling des Geschlechts nicht totschießen!»

«Das will ich auch nicht», wehrte der Graf lächelnd ab, «obwohl es vielleicht», fügte er sehr ernst hinzu, «für ihn und seinesgleichen noch das beste Ende wäre! Denn was wird aus ihnen? Nur wenige vermögen sich noch durch die Heirat mit einer Bürgerlichen zu rangieren; und auch das ist ein Unglück, eine Erniedrigung. So weit wie in den westlichen Provinzen sind wir allerdings noch nicht, dort hat neulich ein Graf Wagenspergh eine Eskeles geheiratet. Soll es auch bei uns noch dazu kommen? Und darum lautet die erste Regel in diesem Kampfe: keine gesellschaftliche Berührung mit den Juden, keine Verwischung der Gegensätze!»

«Das ist doch nicht etwa ein Vorwurf?» fragte der Beamte gekränkt. «Sie haben es ja selbst gewünscht.»

Und er erzählte, wie er jene Worte des Grafen gedeutet.

«Sie haben mich vielleicht verstanden!» erwiderte Agenor etwas verlegen. «Allerdings sagten Sie mir, daß das Mädchen auch sonst in Ihrem Hause verkehre, aber es war doch recht inkonsequent von mir und hat sich ja auch gerächt! Schwer gerächt! Glauben Sie, daß es mir angenehm ist, mich einer Jüdin wegen schlagen zu müssen? Aber so geht's, wir glauben, nur einen Schritt vom Wege zu tun, und Er führt uns eine Meile weit ab. Es war zum ersten Male in meinem Leben, daß ich einer Jüdin in Gesellschaft begegnete, aber da ich sie da fand, so mußte sie mir als Dame gelten wie jede andere und stand, da ihr eine Beleidigung widerfuhr und ich zufällig in ihrer Nähe war, unter meinem Schutze. Und darum versichere ich: Ich hätte mich auch einer Häßlichen angenommen. Übrigens ist die Frage müßig – Judith ist schön, sehr schön, leider!»

«Leider?»

«Ja!» Der Graf blickte ernst, ja düster vor sich nieder. «Lieber Wroblewski», sagte er gepreßt, «wenn ich nicht so gründlich davor bewahrt wäre, von Ihnen für einen Heiligen gehalten zu werden, ich würde mich des Bekenntnisses schämen, daß ich seit dem ersten Blick in dies schöne Antlitz ... Aber Worte sagen's wirklich nicht ... Kurz, jammerschade, daß sie eine Jüdin ist und ...»

«Und ...»

«Ein braves Mädchen!» Der Graf atmete tief auf, eine Blutwelle schlug über sein Antlitz bis zur Stirne empor, und die Finger umkrallten das Papiermesser von Elfenbein, mit dem sie bisher gespielt, so fest, daß das dünne Stäbchen zerbrach.

Die Augen des Kommissärs hatten sich weit geöffnet,

nun kniff er sie listig zu, und der Mund rundete sich, als setzte er zu einem Pfiff an. Dann aber sagte er halblaut: «Man muß immer hoffen ... Sie haben einen alten Freund in dieser Stadt, auf den Sie unbedingt zählen können ... Unbedingt und in allem, lieber Graf ...»

Der junge Aristokrat wandte ihm jäh sein Antlitz zu, es war noch immer gerötet, und die Lippen bebten.

«Was soll das heißen?» stieß er barsch hervor.

Wroblewski blickte ihn fest an und lächelte. Er sagte nichts. Der Graf schlug die Augen nieder. «Sprechen wir nicht mehr davon ...» Er atmete mühsam. «Wenigstens», fügte er fast murmelnd hinzu, «wenigstens heute nicht mehr ... Und was Ihren Schützling, den Wolczinski, betrifft, so kann ich ihm nicht helfen.»

Er erhob sich, der Kommissär griff zum Hut. «Leben Sie wohl, lieber Freund», sagte er und streckte dem anderen die Rechte entgegen.

Aber der Graf hielt beide Hände in die Taschen seines kurzen Reitrocks versenkt. «Adieu, Herr von Wroblewski!»

Der Kommissär lächelte noch verbindlicher und ging. Auf dem Korridor vor der Tür blieb er einen Augenblick stehen. «Ich hätte nicht gedacht, daß du noch so jung bist, mein Gönner!» murmelte er. «Der Händedruck aber, den du mir schuldig geblieben, wird dich unter allen Umständen Geld kosten, viel Geld, Liebster!»

Dann begab er sich in das Haus der Wolczinski. Seine Mitteilung entfesselte die Tränenströme von neuem; nur Herr Severin behielt seine Fassung. «Daß sich zwei junge Edelleute einer Jüdin wegen morden, darf der Himmel nicht zulassen. Ich bin getrost, Gott wird ein Wunder tun.»

Die fromme Zuversicht des Greises sollte nicht trügen; das Wunder geschah.

Am Abend desselben Tages war Nathaniel heimgekehrt. Er war tief erschreckt, als ihm Judith verstört entgegentrat. Auch nachdem er ihre Beichte vernommen, ging er noch lange schweigend, in ungewohnter Erregung auf und nieder.

«Nun, Fassung, Kind», sagte er dann endlich und strich ihr zärtlich das wirre Haar aus der Stirn. «Vielleicht wäre es würdiger gewesen, auf die erste Stichelrede des Burschen nichts zu erwidern, aber das ist geschehen. Aus dem Gerede der Leute mache dir nichts, es wird rasch verstummen! Mich betrüben nur die Folgen für dein eigenes Herz! Wie unglücklich würdest du sein, wie einsam bleiben, wenn du deine heutige Meinung über die Christen festhieltest! Das aber wirst du nicht, denn diese schlechte Meinung ist ebenso falsch wie die frühere gute. Und nun geh, armes Kind, und schlafe dein Kopfweh aus.»

Er selbst blieb noch lange wach. Dem alten Manne war sehr bitter zumute. Armes Kind, dachte er, selbst deine Schönheit, dein Frohsinn hat den Haß nicht entwaffnen können. Und wie schwer wirst du vielleicht an jener Stunde zu leiden haben! Wärest du eine Polin, du würdest durch das Abenteuer nur noch begehrenswerter werden, und brächen sich gar die beiden um dich den Hals, so würden dir hundert andere nachlaufen. Aber du bist die Tochter eines Stammes, bei dem ein Mädchen verloren ist, wenn es durch etwas anderes zuerst von sich reden macht als durch die Kunde seiner Verlobung …

Verloren, verdammt, wenigstens in der eigenen Heimat. Er sah da nicht zu schwarz, er kannte seine Leute. Schon daß er sie das zwanzigste Jahr hatte erreichen lassen, ohne sie zu vermählen, war ihnen befremdlich genug erschienen – wie mußten sie erst jetzt urteilen! Ob ihm Bergheimer einen Freier aus der Fremde schaffte, war nun zur Lebensfrage für Judith geworden; daheim fand sie keinen mehr. Und wenn er als Mitgift Berge Goldes aufschütten wollte – das war unmöglich, gleichviel ob es zum Duell kam oder nicht. Fand es aber statt und gab dem Gerücht Flügel durchs ganze Land, dann erfuhr auch der fremde Freier schon in der ersten galizischen Stadt, wem er entgegenreise …

Mit furchtbarer Wucht senkte sich diese Befürchtung auf des alten Mannes Gemüt. Und bin ich selbst ganz schuldlos? fragte er sich. Habe ich meinem Kinde jene Erziehung gegeben, die ihm frommen konnte? Tat ich recht, Rafaels Warnungen zurückzuweisen?

Am nächsten Morgen ging er nicht in sein Kontor, sondern auf die Straße, zu Bekannten, in die Weinstube des Aaron Siebenschläfer. Unbefangen brachte er die Rede auf die Begebenheit und behandelte sie scherzhaft. Die Leute waren sehr erstaunt, dann aber wunderten sich mindestens die Christen darüber, daß sie die Kleinigkeit so ernst genommen; die Juden freilich schüttelten die Köpfe.

Um die Mittagsstunde begab sich Nathaniel zu seinem Mieter ins erste Stockwerk. Den Wortschwall Wroblewskis schnitt er kurz ab. «Ich weiß», sagte er, «Sie können nichts dafür. Nun aber müssen Sie mir einen Gefallen tun, das Duell darf nicht stattfinden!»

«Aber wie soll ich's verhindern? Der Graf und Wladko, beide schnauben Rache!»

Nathaniel war ein rücksichtsvoller Mann, im Notfall aber konnte er auch sehr deutlich werden. «Da irren Sie!» sagte er sanft und leise. «Wladko stirbt vor Angst; der Graf hat Ihnen gestern erklärt, wie peinlich ihm das Duell um einer Jüdin willen ist. Sie irren, weil Sie für die Vermittlung eine hohe Forderung an mich stellen und die Höhe durch die Schwierigkeit der Aufgabe rechtfertigen wollen. Daraus kann aber nichts werden. Sie wissen, ich lasse Sie gern verdienen – an diese Sache wende ich keinen Heller; daß ich den Ruf meiner Tochter durch Geld fleckenlos erhalten hätte, lasse ich mir nicht nachsagen. Wollen Sie es aber aus alter Freundschaft tun …»

Herr von Wroblewski machte eine Miene, als hätte ihn Trachtenberg eben seiner wärmsten Verehrung versichert. «Was braucht es vieler Worte zwischen uns. Sprechen Sie, alter Freund!»

«Die Schwierigkeit», fuhr der Jude fort, «liegt in der Form. Der Graf kann keinerlei Abbitte leisten, Wladko nicht ohne Abbitte zurücktreten. Das wird durch folgendes umgangen: Wladko erscheint mit seinem Vater morgen elf Uhr bei mir und bittet mich, den Vater, um Entschuldigung. Der Graf nimmt davon Kenntnis und erklärt: so scharf er Wladkos Haltung an jenem Abend mißbillige, so warm erkenne er die Ritterlichkeit dieser freiwilligen Sühne an.»

«Vortrefflich!» rief der Beamte. «Aber wenn nun Wladko …»

«Sich weigert? Der kommt gern! Höchstens wird Severin der Meinung sein, daß ich auch ihm bei dieser Gelegenheit Genugtuung wegen des verweigerten Darlehns geben sollte. Aber Sie machen ihm gewiß begreiflich …»

«Daß dies keine Gelegenheit ist, wo ein Ehrenmann Geld fordern kann! Selbstverständlich! Also morgen elf Uhr! Und je feierlicher, desto besser – nicht wahr?»

«Nein! Nur das Notwendige!»

«Aber der Graf – sollten wir ihn und seinen Kartellträger, den Rittmeister, nicht dazu laden? Er hört Wladkos Erklärung an, gibt sofort die seine ab, und die Sache ist in Ordnung!»

Nathaniel dachte nach, dann nickte er kurz. «Wenn mir der Herr Graf die Ehre geben will ...»

«Ich darf ihn also in Ihrem und Fräulein Judiths Namen einladen?»

«Nur in meinem. Jüdische Mädchen laden keine Kavaliere ein ...»

«Natürlich!» rief der Beamte eifrig. «Sie sind immer taktvoll! Aber dabeisein wird sie wohl?»

«Ich denke, nein ...»

«Aber Pani Nathaniel», rief der Beamte eifrig, «das geht nicht! Sie verlangen Genugtuung für Ihre Tochter, nicht weil sie eine Jüdin, sondern weil sie eine unbemakelte Dame ist. Und darum müssen Sie sich in jene Form fügen, die man wählen würde, wenn sie eine Christin wäre ...»

Nathaniel dachte nach. «Meinetwegen!» sagte er dann kurz.

Herr von Wroblewski atmete auf. «Sie sollen sehen, ob ich Ihr Freund bin! Bis zum Abend haben Sie Nachricht!»

Schon zwei Stunden später konnte er melden, daß es geglückt sei. Gleichzeitig ging das Gerücht von dieser Austragung der Sache durch die ganze Stadt. Die Christen ärgerten, die Juden freuten sich, beide aber fragten: «Was mag es den Nathaniel gekostet haben?»

Als Judith am nächsten Vormittag gegen die elfte Stunde das Empfangszimmer betrat, klang ihr von der Straße her, trotz der geschlossenen Fenster, ein dumpfes Brausen entgegen. Sie warf einen scheuen Blick hinaus, draußen stand Kopf an Kopf die schaulustige Menge. Erblassend wich sie zurück.

«Was wundert's dich?» fragte Nathaniel lächelnd. «Es ist Merkwürdigeres zu sehen als vor fünf Tagen! Daß ein neuer Gutsherr einzieht, ist schon oft dagewesen, aber daß ein Schlachziz kommt, ein jüdisch Mädchen um Verzeihung zu bitten, noch nicht. Übrigens hätte ich viel darum gegeben, wenn ...»

Er unterbrach sich: Wie sie so vor ihm stand, so bleich und ernst und harmvoll, da wollte ihm das Herz vor Mitleid überquellen, und der leise Vorwurf starb ihm auf den Lippen. «Mein armes Kind!» murmelte er gerührt. Vielleicht lag's auch an dem schwarzen Wollkleid und daß sie gegen ihre Gewohnheit heute jede Blume, jeden Schmuck verschmäht, aber sie schien ihm so ganz anders als sonst: ein ernstes Mädchen mit wissenden, traurigen Augen, nicht sein holdes, übermütiges Kind mehr. Die Gestalt schien schmächtiger, die Züge schärfer geworden. «Hast du heut nacht geschlafen?» fragte er und streichelte zärtlich die blasse Wange.

«Gewiß!» erwiderte sie gedrückt. Sie blickte nach der Uhr: noch fünf Minuten zu elf. «Wanda war eben hier», erzählte sie dann, «morgen liest Wiliszewski oben seine Gedichte vor, sie lud mich dazu ein ... Ich habe abgelehnt.»

«Mit Unrecht!» rief Trachtenberg eifrig. «Schon die Klugheit gebietet es, sich nicht zu stellen, als ob du neulich einen unsühnbaren Frevel erduldet hättest – und willst du plötzlich wie eine Nonne leben? Ich bitte dich also ...»

«Vater», unterbrach sie ihn flehend, «wenn du wüßtest ...»

«Ich weiß! ... Aber ich bitte dich, Judith!»

Sie verstummte, das war ein Befehl, gegen den es keinen Widerspruch gab. Draußen hielt ein Wagen, aus der Menge wurden einzelne Hochrufe hörbar. Judiths Wangen bedeckten sich mit glühender Röte. «Der Graf», sagte Nathaniel.

Er eilte dem jungen Manne entgegen und beugte sein

weißes Haupt so tief, als begrüßte er einen Herrscher. «Gott segne Ihren Eintritt!» sagte er pathetisch und doch herzlich. «Und Er lohne Ihnen Ihren Edelmut! Ich kann es freilich nicht in Worten sagen ...»

«Aber Herr Trachtenberg!» sagte Agenor abwehrend. Sein Blick fiel auf Judith, sie war nun wieder bleich, ein Zittern überflog ihren Leib. «Sie sind doch nicht krank?» rief er und trat auf sie zu.

«Nein ...»

«Ich fürchtete schon – die Folgen der Aufregung ...»

Sie schien fassungslos vor Verlegenheit, auch er fühlte sich befangen, nicht zum wenigsten deshalb, weil das bleiche Mädchen im schwarzen Kleide so wenig jenem Bilde glich, welches er zuerst von ihr empfangen und das ihm seine erregten Sinne seither so oft vorgegaukelt. Der Vater faßte ihre Hand. «Willst du nicht dem gnädigsten Herrn Grafen danken?» fragte er. «Verzeihen Sie dem Kinde», fügte er dann hinzu. «Die Erinnerung an den peinlichen Vorfall ... Sie weiß sonst zu antworten ...»

«Das hat Herr von Wolczinski erfahren», sagte Agenor lächelnd. «Auch bedarf es wahrlich des Dankes nicht – niemand hätte an meiner Stelle anders gehandelt. Das war eine Pflicht, die ich gegen jede Dame erfüllt hätte ...»

Judiths Antlitz belebte sich. «Gegen jede?» fragte sie hastig.

«Gewiß!» erwiderte er. Dann schien ihm der Sinn der Frage aufzugehen. «Ich wußte, daß Sie ...»

«Eine Jüdin, ja!» fiel sie ihm ins Wort. «Aber hätten Sie es für jede Jüdin getan? Ich meine, wenn ich alt und häßlich ...»

«Judith!» rief Nathaniel. «Was sprichst du da?» Er war ganz fassungslos, auch der Graf schien betreten. Welch plumpe Koketterie! fuhr es ihm durchs Hirn. Aber das schmerzvolle Beben um die blassen Lippen schien dagegenzusprechen.

Des Vaters Zuruf brachte ihr erst zum Bewußtsein, wie ihre Frage gedeutet werden konnte. Wieder schlug ihr die Purpurröte übers Antlitz. «Nein!» rief sie abwehrend, während sich die Augen mit Tränen füllten. «Mein Gott, ich meinte nur ...»

Sie konnte es nicht aussprechen. Herr von Wroblewski und der Rittmeister traten ein, dicht hinter ihnen Herr Severin mit seinem Sprößling und dem Vetter Jan. Die Szene spielte sich programmgemäß ab. Wladko stammelte die ihm von Wroblewski vorgeschriebenen Worte; der Graf gab seine Erklärung ab, Jan sprach seine Ansicht aus, daß Wladko sich nicht mehr gekränkt fühlen könne; die Herren schüttelten einander die Hände. Das alles währte kaum drei Minuten. Judith stand fast anteilslos da. «Kein Wunder», meinte Herr Severin, als er mit seinem Anhang das Zimmer verließ, zum Rittmeister, «sie ist von der Ehre betäubt.» Erst als sich auch der Graf zum Gehen anschickte, faßte sie sich wieder.

«Gnädigster Herr Graf», begann sie mit zitternder Stimme, und ihre Hände falteten sich unwillkürlich. «Sie dürfen nicht etwa glauben, als ob ich vorhin ... Nein, bei Gott, Sie täten mir unrecht! Aber sehen Sie – ich weiß freilich nicht, ob Sie mich verstehen können, Sie, der vornehmste Herr hier, aus dessen Umgang sich jeder eine Ehre macht ...»

Die Tränen erstickten ihre Stimme.

Ihm wurde seltsam zumute, als das arme, blasse, schöne Kind so in zittriger Angst, mit emporgehobenen Händen vor ihm stand. Und das Gefühl, das sich dabei in seinem Herzen regte, ließ ihn auch das wirre Stammeln verstehen. «Es wäre Ihnen zum Troste», fragte er, «wenn ich Ihre Frage von vorhin ehrlich bejahen könnte? Sie würden daraus schließen, daß einige unter uns das Vorurteil» – er verstummte – «nicht teilen», hatte er sagen wollen; das durfte er als ehrlicher Mann nicht aussprechen: Er teilte es.

«Ja, ja!» rief sie.

«Nun denn – ich hätte es für jede andere Dame Ihres Glaubens getan. Ich könnte mich sogar auf einen Zeugen berufen, Herrn von Wroblewski hier. Er hat mir vorgestern zufällig dieselbe Frage gestellt und dieselbe Antwort erhalten.»

Der Kreiskommissär hatte bisher mit angehaltenem Atem gelauscht. «So ist es!» rief er eifrig.

«Dank! Dank!» murmelte Judith, und ehe der Graf es hindern konnte, hatte sie seine Hand erfaßt und geküßt.

Als Agenor in der nächsten Minute mit Wroblewski vor seinem Wagen stand und einsteigen wollte, fragte der Kommissär: »Wollen Sie uns eine große Ehre erweisen, lieber Graf? Morgen liest uns der Dichter Wiliszewski, den Sie vielleicht dem Namen nach kennen, seine neuesten Verse vor. Engster Kreis, wir sind bisher nur unser fünf; meine Frau hat nämlich noch die Judith eingeladen, obwohl sich das Mädchen eigentlich nicht für Wiliszewski interessiert und das letzte Mal, als er las, den ganzen Abend im Nebenzimmer allein in den Albums geblättert hat ... Dürfen wir auf Sie hoffen?»

Er blickte dem Grafen forschend ins erregte Antlitz. Der verachtungsvolle Blick, der ihn traf, schien ihn gar nicht zu kränken, im Gegenteil, nun lächelte er sogar. Der Graf hatte den Blick gesenkt; die Hand auf den Wagenschlag gelehnt, stand er unschlüssig da.

«Bedaure», stieß er endlich kurz hervor. «Für morgen abend bin ich versagt.»

«Wie schade!» rief der Kommissär. Der Wagen rollte davon, er sah ihm lächelnd nach, und dasselbe Lächeln lag auf seinen Lippen, als er, in seiner Wohnung angelangt, seiner Frau sagte: «Für morgen sechs Gedecke!»

## *Drittes Kapitel*

Herr Thaddäus von Wiliszewski war, einige geringe Unterschiede abgerechnet, eine Art polnischer Walther von der Vogelweide. Auch er wirkte weniger durch sein Wissen als durch sein Talent, zog von Hof zu Hof, mahnte die Adligen zur Milde, jubelte, wenn er ein neues Gewand bekam, und bemühte sich viel um Lehen; so viel mag sogar selten ein Mensch geliehen haben. Und gleich Walther war auch er ein vorwiegend politischer Lyriker, aber von der Einseitigkeit des Deutschen fern; den Adligen las er Kampflieder gegen Österreich vor und besang auf Bestellung des Kreisamts den Geburtstag des Kaisers; für Bürgerliche hatte er Spottverse auf den Adel, für Adlige Verhöhnungen des Bürgertums bereit. Auch er war später sicherlich von Adel, denn das «von» stand unter seinen Gedichten und auf seinen Briefen ein Wappen, aber auch seine adlige Geburt ließ sich nicht bestimmt erweisen; einige hielten ihn für einen Schusterssohn, der im Gymnasium durchgefallen, die übrigen für einen ehemaligen Barbiergesellen. Auch seine Geburtsstätte ließ sich nicht erkunden; auch um ihn stritten einige Landschaften, da jede die Ehre ablehnte; er selbst pflegte sich immer als den Sohn jener Gegend zu bezeichnen, in welcher er gerade Subskribenten für seine Gedichte erwarb. Wäre dies Buch je erschienen, so hätte es in sehr großer Auflage hergestellt werden müssen, denn von wie vielen Thaddäus die drei

Gulden dafür erhob, ist nicht zu zählen; aber gleich dem Minnesänger ließ er sich an der mündlichen Wirkung genügen. Ungeladen und plötzlich, recht wie eine Gabe des Himmels, pflegte er auf den Gutshöfen einzutreffen; einige warfen ihn nach drei, andere nach acht Tagen hinaus, freiwillig ging er niemals. Da man von der Poesie allein nicht leben kann, so vermittelte er zuweilen eine kleine Bestechung oder sonstige Niedertracht; daher auch seine Freundschaft mit dem Kreiskommissär.

Dieser Sohn der Musen war's, dem zu Ehren Frau Anna die kleine Gesellschaft versammelt. Die langen, graublonden Locken noch wirrer als gewöhnlich, auf den hageren Wangen die Röte der Erregung, saß Thaddäus da und deklamierte die Gedichte zur Verherrlichung des Adels. Ein Graf hatte ihn schon lange nicht angehört, und Agenor war gekommen, obwohl er gestern abgesagt – nur aus Interesse für den Dichter hatte er es in letzter Stunde ermöglicht! Was aber Thaddäus am meisten beglückte, war die gespannte Aufmerksamkeit dieses reichen Mannes. Er las eben seine historische Ballade: «Der blutige Tag»; der Held war eigentlich ein Poniatowski, aber der Dichter las immer «Baranowski» – ins Versmaß paßte es ja! Das Hochgefühl dichterischer Begeisterung erfüllte seine Brust. Hol mich der Teufel, dachte er, wenn das nicht fünfzig Gulden trägt!

Nachdem er geschlossen, blieb es still; die Gesichter seiner Hörer konnte er nicht genau unterscheiden, weil Frau Anna den Lampenschirm so gestellt, daß das Licht nur auf das Manuskript fiel, aber dies Schweigen war ja das deutlichste Zeichen der tiefen Wirkung.

«Wunderbar!» sagte endlich die Hausfrau. Das Versgeklingel war unbeachtet an ihrem Ohr vorbeigeglitten; sie hatte nur den Grafen betrachtet, wie er so regungslos dasaß, befangen wie ein Knabe. Ein Seufzer hob den üppigen Busen: Ein Prachtmensch! Und das alles dieses Judenmädels wegen!

«Sehr – sehr anmutig», murmelte nun auch der Graf und fuhr aus seinem Brüten empor.

«Besonders die Schilderung der Landschaft!» rief der Kreiskommissär.

«Der Landschaft?» fragte Judith erstaunt. Sie allein war dem Gedichte gefolgt, schon um Fassung zu gewinnen, das unruhig pochende Herz zur Ruhe zu zwingen. Daß sie leichteren Herzens dem Befehl des Vaters gehorcht und gekommen, war nur des Grafen Verdienst, seine Beteuerung hatte ihr den Glauben an diese Menschen zurückgegeben, aber nun er so unvermutet eingetreten, war es ihr, als müßte sie fliehen, sich selbst entfliehen.

Herr von Wroblewski tat, als hätte er ihren leisen Einwand überhört. «Und diese Menschen ...!» rief er begeistert. «Man sieht sie ordentlich vor sich stehen! ... Und die Gefühle!» fügte er vorsichtshalber hinzu. Etwas, zum Henker, dachte er, wird doch in dem langweiligen Zeug vorgekommen sein. Dann gab er seiner Tochter einen Wink, sie glitt unbemerkt zur Türe hinaus.

«Ein Meister, unser Thaddäus!» fuhr er laut fort. «Einige seiner Balladen reichen an Mickiewicz heran, auf Ehre, an Mickiewicz! Und wie vielseitig er ist! Sie würden ihn wohl, lieber Graf, nach dem bisher Gehörten unter die sentimentalen Poeten zählen? Und nun, Thaddäus, nun lesen Sie uns die Lieder ‹Venus im Schlafrock›!»

Es war eine Reihe schlüpfriger Gedichte, welche Judith bei der letzten Vorlesung ins Nebenzimmer getrieben. Sie hatte nicht recht verstanden, warum die anderen Hörer so sehr gekichert, aber ihr Instinkt hatte ihr gesagt, daß derlei nicht für ihre Ohren tauge.

«Vielleicht später», sagte der Poet. «Nun möchte ich das Gedicht ‹König Kasimir und die schöne Esther› lesen.»

«Was fällt Ihnen bei?» rief Wroblewski erschreckt; er kannte es, es war ein wüster Schimpf gegen die Juden.

«Lassen Sie nur», beruhigte ihn Thaddäus. «Sie kennen die neue Fassung noch nicht!» Da sich nämlich in den letzten Jahren auch einige jüdische Gutspächter in Ostgalizien so weit für die polnische Literatur interessierten, daß sie ihn ab und zu einige Tage beherbergten, so hatte er die Geschichte von Kasimir dem Großen und seiner jüdischen Geliebten auch in judenfreundlicher Tendenz bearbeitet. Das paßt heute ausgezeichnet, dachte er, und bringt die fünfzig vielleicht auf hundert Gulden! Denn jene Ballszene war ihm ja wohlbekannt, und der Charakter seines edlen Freundes bürgte ihm dafür, daß er heute nicht zufällig bloß Judith und den Grafen zu seinen Hörern zählte.

Und er begann zu lesen; schon die ersten Verse beruhigten den Hausherrn; die Worte der früheren Fassung, der Dichter wolle verkünden, wie sich die Judenpest in Polen eingenistet, waren nun durch die sanfte Wendung ersetzt: wie das Volk des Alten Bundes hier eine Freistatt gefunden. In dieser Tonart war das ganze Gedicht umgeschrieben: wie Kasimir der schönen Esther zuliebe den Juden Freibriefe geschenkt und sogar die Geliebte zur Königin erhoben – der Schluß war eine warme Mahnung zur «Brüderlichkeit».

Wieder war es eine Weile still. «Ausgezeichnet!» murmelte endlich der Hausherr und blickte dabei nach dem Grafen. Aber diesem war nur eine Empfindung vom Antlitz abzulesen: Wie verzückt starrte er in die erregten Züge des schönen Mädchens ihm gegenüber. Judith gewahrte es nicht; schwer atmend, mit halbgeschlossenen Augen saß sie, in sich versunken, den stürmischen Empfindungen hingegeben, welche die Dichtung in ihr erweckt. Sie hatte nie vorher von der schönen Esther vernommen; wie eine tröstliche Offenbarung überkam nun ihr verzagtes Herz die Erkenntnis, daß jene Schranken, welche sie in den letzten Tagen so qualvoll empfunden, nicht von der Natur selbst gesetzt seien. Es hatte eine Zeit gegeben, wo sie nicht bestanden; eine Jüdin war Königin von Polen gewesen – und Gott hatte es nicht gewehrt und die Menschen nicht gehindert! Und dann mußte sie des heißen, dunklen Gefühls gedenken, welches sie seit jener Ballszene erfüllte – ein Graf war noch lange kein König ... Sie richtete sich auf, als wollte sie den Gedanken abschütteln, der sie überkommen, und begegnete dabei dem starren, glutvollen Blick des Grafen. Sie zuckte zusammen, eine Blutwelle jagte über ihr Antlitz, sie erhob sich, als wollte sie fliehen ...

«Ausgezeichnet!» wiederholte Wroblewski mit ungeheuchelter Wärme – nun aber um Gottes willen, fügte er in Gedanken bei, ein Gespräch unter vier Augen. «Und jetzt, bitte, bitte, lieber Poet, die Venuslieder!» Er lachte wie ein Faun. «Sie sind köstlich, Graf, auf Ehre!»

Gefügig griff der Sänger nach dem sehr verschlissenen Manuskript; diese Lieder wurden am häufigsten von ihm gewünscht. Aber der Graf legte sich ins Mittel. «Ich denke», sagte er sehr bestimmt, «wir bitten Herrn Wiliszewski um etwas anderes, was auch für Damen taugt.» Dagegen gab es keinen Widerspruch, der Dichter las eine schauerliche, aber unbedenkliche Ballade. Dann ging man zum Souper; es verlief still genug. Der Graf und Judith schwiegen, und der Poet hielt, wie immer, Sprechen bei der Mahlzeit für sündige Vergeudung einer kostbaren Zeit, die ja für ihn nicht alle Tage wiederkehrte. So mußte Wroblewski allein die Kosten der

Unterhaltung tragen, denn auch Frau Anna blickte in stummem Sinnen vor sich nieder. Sie war übel gelaunt; den Plan ihres biederen Eheherrn zu fördern war sie nicht gewillt – im Gegenteil! «Der Prachtmensch!» seufzte sie immer wieder. Und wie sie sich so das junge, verträumte Mädchen ansah, schien ihr ein guter Einfall zu kommen.

«Aber Judith», sagte sie lachend, «du nimmst ja keinen Bissen! Hat es dich so tief gerührt, daß unser Wiliszewski die schöne Esther Königin werden läßt?»

Die Wirkung war tiefer, als Frau Anna gehofft. Das Mädchen zuckte zusammen und wechselte die Farbe. «Wurde sie dies nicht?» fragte sie fast tonlos.

Frau Anna lachte laut auf. «Aber du hast es doch nicht im Ernst geglaubt?»

«Warum nicht?» rief der Kommissär und warf seiner Gattin einen wütenden Blick zu. «Auch ich glaube es. Es war doch wirklich so, lieber Wiliszewski?»

Der Poet hatte gerade den Mund so voll, daß er zunächst gar nichts erwidern konnte. Eine ausweichende Antwort schien ihm geraten. «Einige» – er schluckte krampfhaft –, «einige Chronisten sagen es.»

«Die verläßlichsten!» bestätigte Wroblewski energisch.

«Aber so kommen Sie mir doch zu Hilfe!» wandte sich Frau Anna an den Grafen. «Ich habe immer nur gelesen: sie war des Königs Geliebte!»

Der Graf zauderte, aber kaum eine Sekunde lang. «So war es auch», sagte er. «Unser Poet kennt ja die alten Chronisten zweifellos besser als ich, aber vor der modernen Forschung würde sein Gedicht überhaupt schlecht bestehen. Es ist erwiesen, daß Kasimir der Große den Juden nur aus denselben Gründen das Land öffnete wie den Deutschen: um Ersatz für den fehlenden Bürgerstand zu schaffen. Daß ihn die schöne Esther länger gefesselt als seine anderen Freundinnen, steht fest, aber großen Einfluß auf seine Handlungen schreibt ihr die Geschichte nicht zu.»

«Ihre Kenntnisse in Ehren», sagte der Kommissär, «doch ich habe oft das Gegenteil gelesen – auf Ehre, sehr oft. Aber daß der große Kasimir, der letzte Piast, die Jüdin heißer geliebt hat als je vorher eine Christin, geben auch Sie zu?»

«Gewiß», erwiderte Agenor, «das berichten alle.»

Die Tafel wurde aufgehoben; die Gesellschaft ging in den Salon. Wanda und Judith setzten sich an den Albumtisch, Frau Anna verwickelte den Grafen in ein Gespräch; der Poet nahm den Hausherrn in Beschlag. Aber dieser hörte zerstreut zu, obwohl Wiliszewski ein geschäftliches Anerbieten, das er ihm bereits früher gemacht, nun neuerdings und dringlicher entwickelte. Der Kommissär hatte einen Spitzbuben aus guter Familie verschiedener Betrügereien wegen in Untersuchungshaft gesetzt. Thaddäus schilderte beweglich den Schmerz der Angehörigen; nachdem der Mensch als Novize in einem Franziskanerkloster nicht gut getan, wollten sie ihn nun nach Rußland schicken, aber eine Verurteilung werde seine Geschwister schwer treffen. «Es ist gut», fiel ihm der Kommissär endlich ins Wort. «Ich bin ja kein Unmensch – wir sprechen nächstens darüber. Nun aber gehen Sie ins Rauchzimmer!» Der Poet gehorchte, der Kommissär trat auf Wanda zu, sie verschwand auf seinen Blick, und die gleiche Wirkung erreichte er auch bei seiner Gattin, wenn auch nicht ganz so rasch. Aber Frau Anna verstand sich auf seine Mienen; sie erkannte, daß sie ihm heute nicht straflos zum zweiten Male den Willen durchkreuzen würde.

«Und nun, lieber Graf», bat der Kommissär mit einem Blick auf Judith, «müssen Sie auch mich entschuldigen!»

«Herr von Wroblewski ...», begann Agenor.

«Sie befehlen?»

«Ich muß Ihnen sagen, daß ich – daß ich die Art nicht billigen kann, mit welcher Sie ...»

Er verstummte, obwohl der Hausherr mit gesenktem Blick, wie ein reuiger Sünder, vor ihm stand. «Schelten Sie mich nicht», sagte der Kommissär. «Verderben Sie mir die Freude, die große Freude nicht, Sie heute unvermutet hier zu haben, trotz Ihrer gestrigen Ablehnung.» Er verbeugte sich und glitt geräuschlos hinaus.

Der Graf biß sich auf die Lippen; unschlüssig blickte er ihm nach und dann auf Judith; sie starrte auf das Buch, das vor ihr lag; das Licht der Lampe beschien die rotgoldenen Flechten, das feine Oval des blühenden Gesichts. Er holte tief Atem und trat auf sie zu.

Sie schreckte bei seinem Nahen empor, und als sie sah, daß sie mit ihm allein war, schien es, daß sie fliehen wollte. «Was hat Sie so gefesselt?» fragte er möglichst unbefangen und blickte auf den aufgeschlagenen Stahlstich. «Heidelberg? Eine herrliche Stadt! Mein Regiment lag einige Zeit als Bundesgarnison in Mainz, da bin ich oft drüben gewesen.»

«Mein Bruder soll dort studieren», sagte sie.

Er fragte, warum Rafael nicht eine österreichische Hochschule aufgesucht; sie erwiderte, es sei auf Bergheimers Rat geschehen, der die Heidelberger Juristenfakultät besonders gerühmt. Der Vater habe zu Bergheimer das größte Vertrauen, wie er ihm ja auch des Bruders und ihre Erziehung ganz anvertraut. Und als er nun wissen wollte, in welchen Gegenständen und wie sie von ihm unterrichtet worden, erzählte sie eingehend darüber. Wenn der Kreiskommissär etwa horchte, so konnte er von dieser Führung des Gesprächs wenig erbaut sein.

Aber es sollte bald eine bedeutungsvollere Wendung

nehmen. Sie erzählte, daß Bergheimer ein überaus eifriger Botaniker sei und ein großes Herbarium Ostgaliziens angelegt habe.

«Da hat ihn wohl auch der Schloßgarten sehr interessiert?» fragt Agenor.

«Gewiß! Aber dort ist er nie gewesen.»

«Warum nicht?»

«Er durfte ja nicht. Der Eintritt ist Juden verboten, wie die Tafel am Eingang sagt ... Sie dürfen aber nicht glauben», fügte sie hinzu, «daß ihn dies verbittert hat. ‹Es ist wohl kein böser Wille unserer Herrschaft›, pflegte er zu sagen, ‹an jedem Schloßgarten in Podolien steht eine solche Tafel; wer sie wegtun wollte, dem würde das am Ende gar verargt werden!› Bergheimer ist ein so milder, edler Mensch! Und für sich eine Ausnahme zu erwirken, war er nicht zu bewegen, sosehr es ihn zu den Blumen zog. ‹Vielleicht erlaubt es der Gärtner›, meinte er, ‹aber ich will's nicht besser haben als meine Brüder!› – und er hat recht gehabt!»

«Da haben wohl auch Sie den Garten nie betreten?»

«O doch!» erwiderte sie errötend. «Ich bin oft dort gewesen, mit Wanda oder den Töchtern des Bürgermeisters, zuweilen auch allein. Die Wächter kannten mich, aber sie schwiegen. Und ich» – sie stockte –, «ich war schwach genug, mich dessen zu freuen; ich dünkte mich besser als die andern. Aber ich habe es redlich abgebüßt! Wie mir zumute war, als ich erkannte ...»

«Durch die Szene hier im Hause?» fiel er ihr ins Wort. «Ich weiß ja seit gestern, welchen Eindruck sie Ihnen gemacht haben muß. Mit Unrecht, Fräulein Judith! Glauben Sie mir, diese Kluft ...»

Sie lauschte regungslos, gleichwohl stockte er. Nein, er konnte und durfte nicht lügen.

«Diese Kluft!» mahnte sie endlich.

«Ist doch wohl nicht so tief … Aber wozu darüber sprechen … Also in Heidelberg wird …»

Ein trauriges Lächeln umspielte ihren Mund. «Sie sind ein ehrlicher Mann, Herr Graf», sagte sie. «Auch vorhin hatten Sie allein den Mut, die Wahrheit zu sagen. Und nun verstehe ich auch, warum ich den Namen jener Esther nie gehört habe, weder von meinem Vater noch von Rafael oder von Bergheimer …»

«Wieso?»

Ihr Antlitz flammte. «Sie war ja eine Verworfene», sagte sie.

«Ein sehr herbes Urteil! Erwägen Sie doch, wie sehr Kasimir sie liebte …»

«Das eben glaub ich nicht … Ich sollte vielleicht nicht darüber sprechen, es gilt ja als unschicklich. Aber warum sollte ich's verschweigen? Liebte er sie wahrhaft, so mußte er sie zu seinem Weibe machen, und war dies nicht möglich, weil er ein König war und sie ein Judenkind, so mußte er ihr fernbleiben und sie nicht dem schlimmsten Geschick preisgeben: der Verachtung. Unter uns Juden wenigstens wird ihr Name sicherlich, wenn überhaupt, dann nur zum Bösen genannt.»

«Das weiß ich freilich nicht», erwiderte er, «aber wer menschlich fühlt, dürfte sie selbst dann nicht erbarmungslos richten, wenn Kasimir kein König gewesen wäre. Nehmen Sie an, sie habe ihn aus ganzer Seele geliebt!»

Sie schüttelte den Kopf.

«Das glauben Sie nicht?»

«Ich weiß nicht …» Sie schien fassungslos vor Scham und Verlegenheit, fuhr dann jedoch tapferer fort: «Wenigstens habe ich von solcher Liebe nie unter uns gehört. Meine Eltern – eine zärtlichere und glücklichere Ehe hat es schwerlich gegeben, und doch haben sie sich erst bei der Verlobung kennengelernt. Und so ist's fast immer. Ich glaube, darin sind wir anders!»

«Glauben Sie dies wirklich?» rief er. «Dann wäre ja auch jene Kluft von der Natur selbst gezogen, dann wären Sie nicht Menschen wie wir. Aber ich meine, Sie verwechseln Ursache und Wirkung. Die Abgeschlossenheit, das Festhalten an der uralten Sitte hat Ihr Volk dazu geführt. Wenn ich Sie so vor mir stehen sehe, warum sollte Ihnen ...»

«Sprechen Sie nicht von mir!» bat sie mit gefalteten Händen und so flehenden Tones, daß er schwieg.

«So stumm?» klang eine lachende Stimme in diese schwüle Stille hinein, es war Frau Anna.

... Als Judith am nächsten Tage zur Mittagsstunde das Speisezimmer betrat, kam ihr der Vater freudig entgegen. «Ein Brief von unseren Lieben», rief er. «Aus Breslau. Sie haben die Reise bisher ohne Unterbrechung zurückgelegt, wollen aber nun acht Tage dort bleiben, ehe sie über Sachsen und Bayern an den Neckar gehen. Denke nur, Bergheimer hat in Breslau einen ehemaligen Mainzer Schüler gefunden, der jetzt als Bankier dort etabliert ist, Berthold Wertheimer heißt er; er kann den jungen Mann nicht genug rühmen. Ich habe schon an Rafael geschrieben, auch die heutige Tat unseres Grafen habe ich ihm mitgeteilt – wie hat er, wie haben wir alle dem edlen Manne unrecht getan!»

«Welche Tat?» fragte Judith.

«Du weißt es noch nicht? In der ganzen Stadt spricht man von nichts anderem. Die Tafel am Eingang des Schloßgartens steht nicht mehr, und er hat es uns Vorstehern in einem freundlichen Briefe mitgeteilt ... Du schreibst doch an Rafael ein Wort hinzu? Er läßt dich herzlich grüßen und fügt bei: ‹Judiths Versprechen beim Abschied, unserer letzten Unterredung eingedenk zu bleiben, macht mich froh und heiter!› Was meint er damit?»

«Nichts», murmelte sie, halb abgewendet. «Eine Kinderei.»

«So dachte ich. Aber bist du nicht wohl, Kind? Du bist so blaß!»

## *Viertes Kapitel*

Es war drei Wochen später, ein milder, heller Oktobertag. Karg ist dieser Landschaft jeglicher Schmuck zugemessen, der anderwärts das Menschenherz erfreut, unendlich ist rings die Ebene ausgegossen, selten erhebt sich in sachter Steigung eine Erdwelle aus der Fläche und verrinnt dann wieder in ihr; trüb und träg rollen zwischen schlammigen Ufern die Flüsse und Bäche ihre Wasser von den fernen Bergen her in das tiefere, noch traurigere Steppenland hinein; mancher versickert am Wege im tiefen Moor oder staut sich in einem Weiher, dessen weiter, trüber Spiegel das Schilfrohr der kleinen, schlammigen Inseln widerspiegelt und das blasse, ewig vom Dunst der Ebene getrübte Blau der Himmelsglocke. Schmutzig sind die Städtchen, wo im dichten Knäuel armseliger Hütten das verstoßene, nur zu unsäglichem Elend auserwählte Volk der Juden haust; dürftig die Dörfer, wo der Ruthene dumpf und trotzig unter des Polen Peitsche den Boden bepflügt. Selten reiht sich an das Ackerland ein Birkengehölz, aber unendlich, Meile um Meile, so weit den Wanderer der Fuß trägt, umgibt ihn die braune Heide, wo nur der Wacholder gedeiht, die Erika blüht. Furchtbar ist hier der Winter, wenn der Sturm aus Norden den Schnee über die ungeheuren Flächen treibt, karg und kurz der Frühling, versengend der Sonnenbrand des Sommers, aber mild und licht erquickt der Herbst die armen Menschen, das dürftige Land. In heller, roter Glut leuchtet die Heide, in dunklerer das Gehölz; tiefblau erscheint durch die größere Klarheit der Luft der Himmel, und selbst um das kahle Steppenfeld ist ein Schmuck gebreitet: das Marienhaar, welches in tausend Fäden dahinschwimmt. Wer im Herbst über die Heide geht, den macht sie nicht fröhlich, aber sein Herz wird ruhiger und sänftigt sich.

Das war auch dem Grafen Agenor beschieden, als er an jenem Oktobertage langsam, während der Klang der Mittagsglocken über die Heide zitterte, wieder seinem Schlosse zuritt. Er war am frühen Morgen aufgebrochen, nach einer schlaflosen Nacht, wo ihn böse Geister gerüttelt und wach erhalten: die Reue und die Begier. Es war zwischen ihm und der schönen Jüdin gekommen, wie es kommen mußte von jener Stunde ab, wo er dem Versucher unterlegen und zur Vorlesung gekommen. Er hatte sie, dank der Geschicklichkeit des Kommissärs, seither wiederholt allein gesprochen und brauchte sie nun nicht mehr zu fragen, ob sie sich wirklich nicht jene Empfindung zutraute, welche die Christen Liebe nennten. Und seit gestern brauchte er der häßlichen Vermittlung nicht mehr; sie war zum ersten Male allein in den Schloßgarten gekommen und war ihm ans Herz gesunken; sein Arm hatte den blühenden Leib umschlingen, sein Mund ihre Lippen berühren dürfen, nur einen Atemzug lang – aber sie hatte ja versprochen, heute wiederzukommen, und hielt sicherlich Wort. Wohl kam er auch heute nicht zum Ziele, und es währte noch wochenlang, bis er jene Glut in ihr wachgeküßt, die in seinen Adern tobte, aber auch diese Stunde mußte kommen, und sie wurde sein eigen! Aber so wild ihn die Leidenschaft rüttelte, daß er emporsprang, die kühle Nachtluft einließ und dann im Lehnstuhl niedersaß, um freier atmen zu können –

diese Gewißheit des Erfolgs machte ihn nicht glücklich, im Gegenteil, so elend, wie er sich in seinem stolzen, bei allem frischen Lebensmut ernsten Gemüte nie gefühlt.

Denn er war, wie sie ihm nachgerühmt, ein ehrlicher Mann. Der junge, stattliche Ulanenoffizier hatte fröhlich genossen, was ihm Frauengunst bescherte, aber sein Gewissen konnte ruhig bleiben; er hatte kein Weib von des Gatten Seite gerissen, kein Mädchen ins Elend gebracht. Was ihn davon abhielt, war ein aufs Äußerste getriebenes Gefühl der Pflichten, welche seine adlige Geburt an die Makellosigkeit seiner Lebensführung stellte; daneben die völlige Abhängigkeit von dem Willen seines nun kürzlich verstorbenen Vaters. Der kluge, tüchtige Mann hatte früh erkannt, daß es dem Sohne trotz einiger trefflicher Eigenschaften doch an jener fehle, welche für den Sproß einer verarmten Seitenlinie, der Offizier werden sollte, die wichtigste war: an Willensstärke, an Kraft des Entsagens. Es gab unter seinen Kameraden wenige, die nicht in kleinen Dingen Einfluß auf ihn hatten, ein Achselzucken, ein bestimmt gesprochenes Wort verfehlte selten die Wirkung auf seinen leicht bestimmbaren Sinn; einigen war er wohl auch in großen Dingen williger gefolgt, als ihm ersprießlich war, nicht gerade aus überstarker Genußsucht, sondern weil er sich nicht ausschließen, nicht alleinstehen konnte. «Das gehört zum Aristokraten!» oder: «Bist du nicht Offizier?» – die Worte hatten den an sich so braven Mann oft genug weit in die Irre geführt. Darum eben hatte der Vater mit guter Absicht seinen Einfluß auf ihn mit aller Zähigkeit festgehalten und gemehrt. Diesem Einfluß war es mit, vielleicht hauptsächlich zu danken, daß sich Agenor doch stets mit Ehren behauptet, bis ihn des Vaters, dann des Vetters Tod zum Haupt des Geschlechts machte, und nie war ein unwahres Wort über seine Lippen gekommen. Nun aber hatte er schon bisher gelogen und betrogen und mußte es noch weit dreister tun, wenn er ans Ziel gelangen wollte. Er hatte Judith gewonnen, weil sie ihn für ritterlich und edel hielt, frei von Vorurteilen gegen ihr Volk, weil sie seiner Ehrlichkeit, seiner Liebe vertraute; ein Wort von der Kluft, die sie schied, eine Andeutung der Unmöglichkeit, sie zu seinem Weibe zu machen – und sie war ihm für immer verloren. Sie hatte bisher nie von der Zukunft gesprochen, keine Frage an ihn gestellt, aber wenn sie es tat? Und wenn es nicht dazu kam, wenn sein Betrug, seine Lüge auch ferner im Schweigen oder in vieldeutigen Antworten bestanden, durfte sie ihm deshalb minder das Gewissen beschweren?

Und die er betrog, er begehrte sie nicht bloß, sondern liebte sie auch, heiß und aus ganzer Seele. Wie ist das nur über mich gekommen? fragte er sich oft und fand keine Antwort. Gewiß, ihre Schönheit hatte auf den ersten Blick seine Sinne entzündet, aber daran allein lag es nicht. Sie war so gut, so achtungswert in ihrem Stolz, so rührend in ihrer Hingebung, so bedauernswert durch die Art, wie sie ihre Stellung unter den Menschen empfang, eine Stellung, die ihr fremder Wille gegeben. Aber auch dies alles genügte nicht, um ihm selbst das Wunder zu erklären, welches sich mit seinem Herzen begeben. Vielleicht, dachte er zuweilen, vielleicht ist's nur das Mitleid, das Grauen vor dem Schicksal, welchem ich sie entgegenführe, wenn ich schwach bleibe!

Dieses Schicksal war ihm stets düster genug erschienen. Das ist kein Mädchen, sagte er sich, welches sich in das Los einer Mätresse fügen könnte oder schlau und niedrig genug dächte, sich durch Betrug an einem anderen Manne zu retten. In dieser qualvollen Nacht aber überkam es ihn vollends: Sie überlebt es nicht! Du wirst ihr Mörder! Es trieb ihn auf; mit fiebernden Pulsen ging er in seiner Schlafstube auf und nieder, bis ihn die Ermattung wieder in den Lehnstuhl sinken ließ. Aber die Stimme seines Gewissens sprach fort durch die nächtliche Stille: «Ihr Mörder, wenn deine Schwäche fortwährt.»

Konnte er stark sein, ihr entsagen? Es schien ihm unmöglich; jetzt, wo jeder Nerv seines Körpers in heißer, fast schmerzhafter Begier zuckte, mehr als je unmöglich. Konnte er sie zu seinem Weibe machen? Lieber sterben, sagte er sich. Und wie er so dasaß und brütete, da schien ihm nur eins noch gleich schlimm wie die Schmach, dem Stammbaum seines Geschlechts den Namen der Tochter des Nathaniel Trachtenberg einzufügen: eine ehrlose Handlung zu begehen.

In diesen wirren, kämpfenden Gedanken fand ihn der Morgen. Er ließ sein Roß satteln und jagte in die Heide hinaus. Querfeldein stürmte er dahin, ohne Rast, ohne Ziel, dann ließ er dem Pferd die Zügel, und wie er so langsam über die Heide dahinritt, von welcher sacht die Morgennebel wichen, da ward's auch ihm heller im Hirn und im Gemüte. Er hatte alles zu düster gesehen, zu scharf zugespitzt im Dunkel dieser peinvollen Nacht; mit tausend Gründen suchte er sich in dieser tröstlicheren Auffassung zu festigen. Nur an eins konnte er auch nun nicht glauben: der Fall, daß ein Mann aus edlem Geschlecht ein Mädchen an sein Herz nahm, das ihm nicht ebenbürtig war, und sie fand nach Jahren, wenn sich ihre Wege trennten, ein neues Glück – dieser Fall konnte sich hier nicht wiederholen. Aber wenn auch nicht zu seinem Weibe, zur Gefährtin seines Lebens konnte er die Schöne, Stolze machen – und war dies eine Schmach, welche sie entrüstet zurückweisen mußte? Sie tat es nicht, wenn sie ihn liebte, wie nach der rührenden

Schilderung der Chronisten die Esther jenen König geliebt. Aber ehrlich wollte er bleiben und ihr sagen, daß sie auf seine Treue, seine Liebe rechnen dürfe, nicht auf seine Hand. Das nahm er sich fest vor, wie er so über die rotglühende Heide ritt. Er wollte keine Schuld auf sich laden, kein Verbrechen an ihr begehen. Und riß sie sich von ihm los, so mußte er die Kraft finden, es zu tragen. Wer nie an die Möglichkeit des Entsagens gedacht, die Heide im Herbst lehrt es ihn.

Stilleren Herzens, voll guter Vorsätze kehrte er heim. Als er in den Schloßhof ritt, zogen sich seine Brauen finster zusammen. Vor dem Portal hielt die Britschka des Kommissärs.

Die Begegnungen mit dem Manne waren ihm nun immer peinlicher geworden, je dreister und vertraulicher er sich gegen ihn benahm – und in der Stimmung, die ihn jetzt erfüllte, fiel ihm nichts schwerer als ein Gespräch mit seinem «treuen Helfer».

Er traf den unwillkommenen Gast im Frühstückszimmer. «Sie sehen, Liebster», rief er dem Grafen lachend entgegen, «daß ich keine Umstände mache – auch ein Kuvert habe ich mir schon von Ihrem Jan besorgen lassen.»

Agenor nickte, nahm Platz und lud ihn durch eine Handbewegung ein, sich zu bedienen. «Was verschafft mit die Ehre?» fragte er kurz.

«Gar zu hoch scheinen Sie die Ehre nicht anzuschlagen!» sagte der Beamte lustig und versorgte seinen Teller. «Mit Unrecht! Sie können wahrlich mit mir zufrieden sein! Oder glauben Sie, daß Sie das Mädel ohne meine Hilfe zu einem Rendezvous im Schloßpark gebracht hätten?»

«Nicht diesen Ton!» fuhr der junge Mann auf. «Das also wissen Sie auch schon?»

«Oh, ich weiß noch mehr! Meinen Glückwunsch zum ersten Kuß! Ich war ja selbst im Garten – auf Ehre! Ganz zufällig. Und daß ich schweigen werde – unter Ehrenmännern braucht man wohl darüber nicht erst Worte zu machen.»

Daß er das Wort «Ehre» in jedem Satze wiederholte, konnte nicht verwundern, denn jeder Satz war eine Lüge. Nicht er hatte die beiden belauscht, sondern seine Gattin, die, von Neugierde und Neid getrieben, Judith gefolgt war, als sie das Haus verlassen, und nicht bloß ihm hatte sie ihre Beobachtungen anvertraut, sondern auch der Frau Bürgermeisterin, einer Dame, die mit seltenem Pflichteifer eine Lücke im Leben des Städtchens ausfüllte, indem sie, so weit ihr der Atem reichte, die Aufgaben eines Lokalblattes erfüllte. In diesem Augenblick wußte es wohl schon jeder Einwohner, der das zehnte Lebensjahr überschritten.

«Wollten Sie mir nur dies sagen?» fragte der Graf.

Der Beamte wurde elegisch. «Das verdiene ich nicht, ich bin in bester Absicht gekommen, und weil ich es für nötig hielt. Es ist ja möglich, daß Sie die Abwesenheit des Trachtenberg ausnützen wollen und auch für heute ein Rendezvous verabredet haben. Da wollte ich Sie warnen: der Alte erfährt's sonst gewiß. Schon gestern sah ich da zwei Judenmädel herumstreichen, die möglicherweise alles gesehen haben. Vergessen Sie nicht, daß die Tafel verschwunden ist. Es war ja sehr edel von Ihnen – ganz König Kasimir, der auf Esthers Geheiß den Juden alle Pforten öffnet –, aber Vorsicht! Der Alte ist nur nach Tarnopol gefahren, er kommt ja schon heute wieder. Nun weiß ich freilich nicht, wie weit Sie mit dem Mädchen sind, aber eine Einmischung des Vaters käme doch vielleicht zu früh für Ihre Pläne …»

Der Graf fühlte die Röte der Scham in seine Wangen

steigen, er wollte ein heftiges Wort sagen – aber hatte er diesem Manne gegenüber nicht das Recht dazu verwirkt?

«Und nun, Liebster», fuhr der Kommissär fort, «habe auch ich noch eine Bitte für mich ...»

Er stockte. Der Graf langte nach seiner Brieftasche. «Wieviel?» fragte er.

«Nein, so ist's nicht gemeint! Es kostet Sie nichts als ein gutes Wort an einen Menschen, der von Ihnen abhängt, und mir ist geholfen. Ich bin da in eine verdammte Klemme geraten, aus Gutmütigkeit – auf Ehre! –, aus purer Gutmütigkeit!»

Agenor blickte nach der Wanduhr; sie wies auf eins; in einer halben Stunde sollte er Judith im Park treffen. «Bitte – ohne Umschweife!»

«Sie erinnern sich wohl noch des Pächters, der auf Ihrem Gute Syczkow sitzt. Ein Armenier, Bogdan Afanasiewicz. Er war zu Ihrem Einzug hier.»

«Gewiß», erwiderte Agenor. «Ein dicker Mann mit langem, schwarzem Bart. Er wurde mir als braver, frommer, aber sehr geiziger Mensch geschildert.»

«Sehr richtig! Sein Geiz und seine Frömmigkeit sind mir eben zum Unglück geworden. Zu diesem Herrn Afanasiewicz also kommt vor etwa vier Monaten, im Juni, ein junger Priester, der auf der Durchreise nach seiner neuen Pfarre begriffen ist, und bittet um ein Nachtlager. Der fromme Bogdan nimmt ihn freudig auf und klagt ihm beim Nachtessen seine liebe Not: es herrscht große Dürre, Regen kann nur eine feierliche Prozession bringen. Der Pfarrer von Syczkow ist krank, und jener des Nachbarortes fordert dafür zwölf Gulden. Der junge Priester erbietet sich, es um fünf Gulden zu tun; der kranke Pfarrer leiht ihm sein Meßgewand, die Prozession findet statt, und am Tage darauf fällt Regen. Da also, nach dieser Probe zu schließen, der Fremde sein Handwerk versteht, so läßt Bogdan um weitere fünf Gulden ein neues Vorratshaus von ihm einweihen; auch die Bauern benutzen die Gelegenheit, um ihre Kinder billiger taufen zu lassen – und so weiter. Nach einer Woche zieht der Priester weiter, und wäre er nicht wiedergekommen, so könnten beide Teile noch heute zufrieden sein und ich säße nicht im Unglück ...»

«Wieso?» fragte Agenor etwas ungeduldig mit einem Blick auf die Uhr.

«Werden Sie gleich hören. Er kommt wieder, und schon dies fällt Bogdan auf – der Mann wollte ja nach seiner Pfarre –, auch dem Geistlichen von Syczkow, der nun wieder genesen ist, kommt der Konkurrent bedenklich vor; er geht der Sache nach, hält Umfrage, und was stellt sich heraus? Er ist ein Lump, der seiner Familie, wohlbegüterten Leuten im Zolkiewer Kreise, schon viel Herzeleid gemacht hat; den geistlichen Hokuspokus hat er deshalb weg, weil er Novize in einem Kloster war, aus dem er eines Kirchendiebstahls wegen weggejagt wurde, nachdem er bereits die niederen Weihen empfangen. Bogdan macht mir die Anzeige, es melden sich noch einige andere, bei denen er dieselben oder ähnliche Streiche verübt; ich lasse den Menschen verhaften. Nun aber schicken seine Brüder einen Freund zu mir, der großen Einfluß auf mich hat, dessen Talent ich hochschätze, den Dichter Wiliszewski, und dieser überredet mich, den Lumpen um seiner unbescholtenen Familie willen laufenzulassen; sie verpflichteten sich, ihn nach Rußland zu schicken. Ich sträube mich und sage endlich doch ja, weil ich dem liebenswürdigen Poeten nicht gern etwas weigere. Und nun denken Sie, was dieser Bogdan tut! Er erklärt, ich sei bestochen worden, den Betrüger, der zudem einen Kirchenfrevel begangen, freizugeben – bestochen, ich! –, und richtet eine Eingabe an das Gubernium in Lemberg ...»

«Das kann Ihnen doch nichts schaden», sagte der Graf. «Der Onkel Ihrer Frau ...»

«Hat seine Schuldigkeit getan», fiel ihm der Kommissär ins Wort, «und Bogdan bekam auf seine Beschwerde die gebührende Antwort. Aber die Frömmigkeit und der Geiz lassen den Mann nicht ruhen; ihn schmerzen die zehn Gulden und der ‹Mißbrauch des Heiligsten›, wie er es nennt – und heute morgen höre ich, daß er sich von einem hiesigen Winkelschreiber eine Eingabe an den Lemberger Erzbischof aufsetzen läßt. Nun kennen Sie ja die Ordnung in unserem Österreich: Der Beamte vermag viel, aber der Pfaffe alles! Gelangt die Eingabe an den Erzbischof, so wird die Sache untersucht, und so rein mein Gewissen ist ...»

«Ich verstehe! Ich soll Bogdan ersuchen, die Sache auf sich beruhen zu lassen. Aber wie kann ich mich einmischen? Der Mann ist ja im Recht?»

«Der Freund fordert Ihre Hilfe», sagte der Kommissär sehr bestimmt. «Da fragt man nicht viel nach Recht und Unrecht. Auch ich habe es Ihnen gegenüber nicht getan. Der Mensch heißt Ignaz Trudka. Bitte, notieren Sie den Namen und schreiben Sie Ihrem Pächter noch heute!»

Agenor hatte sich abgewendet; dann ging er eine Weile im Zimmer auf und nieder. Endlich zog er sein Notizbuch hervor und schrieb den Namen ein.

«Herzlichen Dank!» rief der Kommissär. «Und der Brief geht noch heute ab, nicht wahr? Auf Wiedersehen, lieber Freund!»

## *Fünftes Kapitel*

UNTER DEM EINDRUCK dieser Unterredung begab sich Agenor zu dem Stelldichein mit der Geliebten. «Abschütteln!» murmelte er, indem er die Treppe zum Park hinabschritt, und ballte die Faust, daß ihm die Nägel schmerzhaft ins Fleisch drangen. «Ich muß die Kröte abschütteln, die mich befleckt, mich und sie ...» Aber als er nun über das raschelnde Laub hastig der Tannenallee zuschritt – es war die einzige, die in dieser Jahreszeit durch das dichte nadelige Geäst einigen Schutz vor neugierigen Augen gewährte, und er hatte darum schon gestern die Geliebte hierher beschieden –, mit jedem Schritt wich der Zorn immer mehr, und als er nun harrend zwischen dem grünen Gezweig auf und nieder ging, da war nur noch eine Empfindung in ihm: der brennende Durst nach ihren Lippen. Ich will ihr alles sagen, dachte er wohl zuweilen, sie soll frei entscheiden – und der Gedanke trat ihm sogar in leisem Flüstern über die Lippen, aber er fühlte: er sagte es nur, um sich in dem Vorsatz zu stärken. Und als er eine halbe Stunde geharrt, da fanden seine Lippen nur noch ein Wort, das er unablässig, wie im Fieber, bald halblaut hervorstieß, bald aus zugeschnürter Kehle heiser flüsterte: «Komm! ... Komm! ... Komm!»

Endlich hörte er ihren flüchtigen Schritt im Laub, sah ihr Kleid durch die Zweige schimmern. Eilig kam sie heran, das Antlitz glühend; das Spitzentüchlein, das sie ums Haupt geschlungen, hatte sich halb gelöst und flatterte um das goldrote Haar. «Endlich!» murmelte er und stürzte ihr entgegen. Sie blieb stehen, und als sie in seine entflammten Züge blickte, überflog ein Schauer ihre Glieder, und sie streckte wie abwehrend die Hände vor.

Er gewahrte es kaum. «Endlich!» wiederholte er stammelnd, riß die Widerstrebende in seine Arme, und sein Mund suchte ihre Lippen, bis er sie gefunden. Nur einen Atemzug, dann hatte sie sich ihm wieder entzogen. «Ich bitte Sie ...», rief sie, und es war ein so ängstliches Flehen in ihrer Stimme, daß er von ihr ließ. «Machen Sie es mir nicht noch schwerer ... Es ist ohnehin so bitter ...»

«Sie?» murmelte er. «Du hast gestern du zu mir gesagt ...»

«Und ich will es auch heute sagen», erwiderte sie, fuhr sich rasch mit dem Tüchlein über die feuchten Augen und versuchte zu lächeln. «So schickt es sich ja seit gestern. Du hast mich geküßt, ich bin deine Verlobte, wir gehören fürs Leben zusammen ...»

Sie sagte es mit einer Innigkeit, einem Vertrauen, daß ihm der Ton ans Herz griff. Er ließ wie beschämt den Arm sinken, mit dem er sie wieder hatte umschlingen wollen. «Du Liebe, Gute», sagte er unsicher und hatte Mühe, die Stimme zu festigen, während er weitersprach. «Gewiß – wir gehören nun einander. Uns kann nichts mehr trennen, nichts, Judith. Und was in meiner Macht liegt, soll geschehen, daß du es nie bereust.» Das durfte er versprechen, das war sein fester Entschluß. «Bei Gott dem Allmächtigen, ich liebe dich wie nie eine andere zuvor ...»

Ein seliges Lächeln lag auf ihren Zügen, aber dabei füllten sich doch wieder die Augen mit Tränen. «Ich glaube dir», sagte sie. «Wäre mir nur einen Augenblick ein Zweifel an dir gekommen und daß du es ehrlich und redlich meinst – wär ich sonst hier? Wär ich gestern hergekommen? Ich säße dann in meiner Stube und weinte mir die Augen aus über mein Unglück, einen Mann lieben zu müssen, der mich nicht liebt, mich nicht zu sei-

nem Weibe machen will ... Und vielleicht», rief sie plötzlich fast schrill, in wieder ausbrechender Leidenschaft, «vielleicht ertrüge ich es dann nicht, so fortzuleben, mit solcher Scham, solchem Weh im Herzen ...»

«Judith!» murmelte er erschreckt. «Was sind dies für Gedanken!»

«Törichte Gedanken!» Sie nickte. «Aber sieh, wie viel ist in diesen Tagen über mich gekommen! Ich bin ja wie verwandelt, ich glaube, so ist es noch nie einem Mädchen ergangen. Ich habe keine Macht mehr über mein Herz, es befiehlt mir, und ich muß zu dir gehen und mich von dir küssen lassen und dich küssen! Und ähnlich ist's mit meinen Gedanken, die schweifen umher, wirr und wild ... Nur wenn ich an dich denke, bin ich ruhig. Ich kenne dich ja ...»

«Und dennoch», sagte er und blickte sie zärtlich an, «dennoch mußt du seit gestern viel geweint haben.»

«Wundert's dich?» fragte sie mit trübem Lächeln. «Bedenke, auch mein Vater, mein Bruder lieben mich, und ich liebe sie. Wie werden sie erschrecken, wenn du um mich wirbst, wie tief wird es sie betrüben, daß ich Christin werden muß. Vielleicht verliere ich dadurch ihr Herz für immer, sie wenden sich von mir ab und wollen nichts mehr von mir wissen. Du weißt nicht, was es bei uns heißt, vom Glauben abzufallen. Da lebt in unserer Gemeinde eine arme, alte Witwe, Miriam Gold, welche sich jetzt als Krankenpflegerin ernährt. Ihr Mann war Schankwirt auf einem Dorf, und ihre einzige Tochter verliebte sich in einen Bauern, wurde Christin und heiratete ihn. Der Vater starb aus Gram über die Schande, die Hohnreden unserer Leute, und auch das Leben der Mutter ist elend genug. Wäre nicht mein Vater für sie eingetreten, sie wäre wohl zugrunde gegangen. Und sie hatte sich doch von ihrer Tochter losgesagt und spricht fast nie von ihr. So wenigstens beteuerte sie mir; sie hätte heute seit langen Jahren zuerst wieder von ihr gesprochen ...»

Der Graf hatte stumm, in qualvollem Wirrsal der Empfindungen zugehört. «Heute?» fragte er befremdet.

«Soeben – nur darum, weil sie so dringend bat, mir ihr Geschick erzählen zu dürfen, mußte ich dich warten lassen. Vielleicht» – sie atmete tief auf –, «vielleicht war es kein Zufall; sie weiß, wie es um mich steht, und wollte mich warnen. Dann erfährt es auch wohl mein Vater, und das wäre schlimm. Denn die Ehrlichkeit erfordert es, daß er es nicht von anderen, sondern von uns erfährt, aus deinem Munde – oder dem meinen, wenn es dir so richtiger erscheint ...»

«Das will überlegt sein!» sagte der Graf gepreßt. «Ich möchte dir nutzlose Kämpfe ersparen ...» Bekenne die Wahrheit! rief ihm sein Gewissen zu, du bist ein Schurke, wenn du nun schweigst. Aber wie es sagen! Und wie wird sie es aufnehmen? Vielleicht ertrüge ich es nicht, so fortzuleben! hatte sie vorhin ausgerufen. «Nutzlose Kämpfe erbittern ja nur ...», fuhr er fort; er sagte es mechanisch; er fühlte, wie ihm alles Blut zum Herzen strömte, wie er bleich wurde. «Sieh, Judith, daß ich dich liebe ...»

«Das weiß ich!» unterbrach sie ihn. «Und weil ich es weiß, darum will ich ruhig sein und dir überlassen, wann und wie du mit meinem Vater sprechen willst. Fragt er vorher mich, so werde ich ihm freilich die Wahrheit sagen. Daß es mir bitter wäre, fühlst du mir gewiß nach. Und darum ersparst du es mir sicherlich, wenn du kannst, und sprichst selbst, sobald es dir möglich ist. Und weil du mich liebst, darum ersparst du es mir gewiß auch, dich heimlich zu sehen. Wenn du wüßtest, wie mir gestern, heute zumute war, eh ich herkam. Es ist nicht recht! rief es in mir, und ich fühlte die Scham auf meinen Wangen brennen, und das helle Tageslicht quälte mich – und ich kam doch! Ich mußte, wie mit Ketten hat es mich zu dir gezogen, denn ich liebe dich, ich liebe dich!»

Und wie sie so vor ihm stand, das glühende Antlitz mit den zuckenden, blutroten Lippen gesenkt, den bebenden Leib vorgebeugt, da wich das letzte, was noch an Kraft in ihm war, und jene Stimme schwieg vor dem Brausen des Blutes in seinen Ohren. Er preßte sie an sich und bedeckte sie mit Küssen, das Haupt, das Antlitz, das Gewand, bis sie sich nach einigen Sekunden mit aller Kraft losriß.

«Ich habe es geduldet», sagte sie atemlos, «weil es das letzte Mal ist – vor deiner Werbung. Leb wohl!»

«Darf ich dich nicht begleiten?» bat er und suchte den Arm um ihren Nacken zu schlingen.

Sie schüttelte stumm den Kopf und eilte hinweg. Noch einmal blickte sie zurück; er stand regungslos und starrte ihr mit glühenden Augen nach. Sie winkte mit dem Tüchlein und eilte dem Ausgang zu. Aber als sie nun die Straße betrat, welche vom Schlosse durchs Städtchen zu ihrem Hause führte, zauderte sie; es schien ihr unmöglich, so vor aller Welt Augen dahinzugehen, ihr war's, als müßte jeder die Küsse sehen, die ihr auf den Wangen brannten. Sie schlug einen Fußpfad ein, der an der Rückseite der Häuser dahinführte, saß auf einem Bänkchen am Wege nieder und wehrte den Tränen nicht, die ihr plötzlich wie ein Bach über die Wangen quollen. Dann, nachdem sie sich ruhiger geweint, setzte sie den Weg fort und schlüpfte durch die Hinterpforte ins Haus.

Im Hofe stand der Wagen ihres Vaters, er war also bereits heimgekehrt. Im Hausflur trat ihr die alte Dienerin des Hauses entgegen, die sie einst auf den Armen getragen. Die alte Sarah war sehr bleich und zitterte an allen Gliedern. «Da bist du endlich!» schrie sie schrill auf und rang die Hände. «O Gott, barmherziger Gott, warum hast du mich das erleben lassen!»

Auch Judith wurde weiß wie die Wand, an die sie sich tastend lehnen mußte. Aber der Augenblick der Schwäche ging rasch vorbei. «Wo ist der Vater?» fragte sie.

«Im Empfangszimmer ... Aber du kannst jetzt nicht zu ihm; der Bürgermeister ist drin, der hat ihm alles erzählt ... Ich habe es eben erst durch die Köchin des Kommissärs erfahren. O Kind, was ...»

«Du meldest mir, sobald der Vater allein ist», unterbrach Judith die Alte und ging auf ihr Zimmer.

Sie hatte lange zu harren, für ihre Nervenqual unerträglich lange. Denn der Bürgermeister war ein braver Mann – es schien ihm notwendig, daß der Vater ungesäumt erfahre, was die ganze Stadt wußte, aber er war auch ein begabter Redner. Und darum hatte er zunächst mit einer Abhandlung über die Pflichten der Freundschaft begonnen, dann die Sittenverderbnis der neuesten Zeit eingehend erörtert, bis der unglückliche Mann endlich erfuhr, um was es sich handle. Es war fast unheimlich anzusehen, wie er so im Lehnstuhl dasaß, totenfahl, regungslos; nur zuweilen strich er mit zitternder Hand über den silberweißen Bart.

«Ich danke Ihnen», sagte er, nachdem der Redner endlich geschlossen. Seine Stimme klang etwas heiser, aber er sprach langsam und ruhig wie sonst. «Sie haben es gut gemeint. Aber nun die Hauptsache: Hat Ihre Frau Gemahlin selbst jenen angeblichen Kuß im Park gesehen?»

«Nein. Frau von Wroblewska.»

«Und das sagen Sie erst jetzt?» rief Trachtenberg laut, fast fröhlich. Und nun gelang es ihm wirklich, zu lachen. «Eine verläßliche Zeugin! ... Nun bin ich ganz beruhigt, allzu bestürzt war ich übrigens von vornherein nicht. Ich kenne ja mein Kind! Daß Judith im Park spazierengegangen und dem Herrn Grafen, der sie artig angesprochen, ebenso artig geantwortet, glaube ich gern, alles andere ist Lüge. Davon bin ich, der Vater, überzeugt.»

«Nun, wenn Sie, Pani Trachtenberg ...»

«Ja, ich, der Vater! Sagen Sie dies jedem, der es hören will – ich bitte Sie darum!»

Er geleitete den Besucher, der etwas verdutzt war, zur Türe. Dann schritt er langsam wieder dem Lehnstuhl zu. Erst da brach er mit einem dumpfen Wehlaut zusammen und barg sein Antlitz in den Händen.

So lag er regungslos und hörte es in seinem wilden Schmerze nicht, daß ein leiser, zögernder Schritt das Zimmer durchmaß. Erst als Judith seine Hand zu berühren wagte, fuhr er empor.

«Vater», begann sie mit zitternder Stimme, «zürne mir nicht. Es ist ein anderes Glück, als du mir vorbestimmt hast, aber ich habe es ja nicht ausgewählt, es ist über mich gekommen ...»

«Schweig!» schrie er auf und schleuderte ihre Hand hinweg. Daß sie vor ihn hinzutreten, ihn anzureden wagte – der Zorn darüber raubte ihm fast die Besinnung. Dann erst trat ihm ins Bewußtsein, was sie gesprochen. «Glück?» stieß er hervor. «Was faselst du da?»

«Mein Glück», erwiderte sie leise, aber entschieden. «Denn ich liebe ihn. Er wird mich zu seinem Weibe machen!»

Der alte Mann schnellte jählings empor. Die Augen wurden starr und drängten fast aus ihren Höhlen, die Lippen zuckten; wie abwehrend streckte er die zitternden Hände vor. «A-ah!» klang es langgedehnt von seinen Lippen, wie ein dumpfer Schrei. Im nächsten Atemzug hatte er ihre beiden Hände gefaßt und zerrte die Bebende dem Fenster, dem helleren Licht zu. Seine Augen suchten die ihrigen und hielten sie fest – immer bohrender senkte sich sein Blick in den ihren. Schwer, fast röchelnd ging der Atem über seine Lippen, aber er fand kein Wort in dieser höchsten Not seiner Seele; nur in seinen starren, entsetzten Augen lag die Frage, auf die er Antwort gebot.

Sie hielt seinen Blick aus; das blasse Antlitz färbte sich immer höher, bis der Purpur Stirn und Nacken bedeckte, aber die Wimpern senkten sich nicht. Ihr Blut, das Entsetzen in seinen Zügen, ließ die Reine die Frage dieser Augen fassen und verstehen. Und sie gab die Antwort ... Er atmete tief, tief auf und ließ ihre Hände fahren. «Erzähle!» befahl er dann kurz. Sie zögerte. «Hab ich kein Recht darauf?» schrie er auf.

«Ja – vielleicht ...», murmelte sie, «ich weiß nicht ... Vater», rief sie dann flehend, «ich weiß ja selbst kaum, wie es gekommen ist. Ich wollte ja nicht, ich mußte, und ihm mag es ebenso ergangen sein. Aber er meint es ehrlich mit mir ...»

«Davon später!» befahl er. «Erzähle!»

Sie begann zu berichten, zuerst in wirren, halblauten Worten, wie sie beim Einzug von seinem Blick getroffen worden, welchen Aufruhr der Empfindungen sein Betragen an jenem Ballabend in ihr wachgerufen. Dann aber, als sie von jener Unterredung nach der Vorlesung Wiliszewskis berichtete, bezwang sie ihr Bangen; sie erzählte alles, wie sie es wußte, die volle Wahrheit.

Er stand unbeweglich, die Stirn an das Fensterkreuz gedrückt, und horchte still. Nur einmal unterbrach er sie. Als sie der folgenden Unterredungen im Hause des Kommissärs gedachte, fragte er plötzlich: «Und es fiel dir nicht auf, daß ihr immer allein wart?»

«Nein ... Es war ja wohl auch nur ...»

«Ein Zufall!» fiel er höhnisch ein und schüttelte die geballte Faust gegen die Decke des Zimmers. «Aber weiter ...»

Er ließ sich wieder in den Lehnstuhl sinken; sie saß neben ihm nieder und brachte ihre Erzählung zu Ende. Auch von der heutigen Unterredung verschwieg sie nichts. «Vater», schloß sie flehend, «ich habe nicht vergessen und kann es nie, wie schwer ich dich und Rafael kränke. Ganz glücklich kann ich darum nicht werden. Aber du bist gut und klug, du wirst einsehen, daß ich nicht anders kann!» Sie sank zu seinen Füßen nieder und umschloß seine Knie. «Vater, zürne mir nicht!»

Er saß lange schweigend und regte sich nicht. Dann tastete er sacht nach ihren Händen und löste sie von seinen Knien, erhob sich, trat ans Fenster und blickte auf die Straße hinaus, auf welche sich die frühe Dämmerung des Spätherbstes senkte. Nur einmal flüsterte er vor sich hin: «Und ich Tor habe deinen frühen Tod so oft beklagt! Wohl dir!» Gleich darauf begann er laut: «Deine Mutter ...», aber er brach ab und stand wieder schweigend.

Das währte lange; es wurde immer dunkler im Gemache. Da raffte er sich endlich auf, entzündete die Kerzen auf dem Tische und trat an sein Kind heran, das noch immer auf den Knien lag, das Haupt an den Stuhl gelehnt. «Steh auf!» befahl er und trat dicht vor sie hin. Sie gehorchte. Sie wollte ihm ins Auge blicken und konnte es nicht, so tief erschütterte es sie, wie jählings gealtert sein Antlitz erschien. Aber seine Stimme bebte nicht mehr.

«Das ist ein schweres Unglück», sagte er. «Mein Herz ruft seinen Dank zu Gott, daß Er uns nicht ganz vernichtet hat, aber was Er über uns gesendet, ist furchtbar genug. Ich mache dir keinen Vorwurf, du hättest keine Heimlichkeiten vor mir haben sollen, aber du bist so jung und er ein schöner Mensch, ein Graf. Und klagte ich dich an, so müßte ich mich anklagen; ich hätte erwägen sollen, unter welche Menschen ich dich sende, wie ihr Verkehr auf dich wirken muß. Ich hätte klüger sein sollen, so klug wie mein armer, braver Knabe, dem das Herz bräche, wenn er es je erführe. Er soll es nicht erfahren, niemals! ...»

Sie machte eine Bewegung, als ob sie sprechen wollte.

«Niemals!» wiederholte er. «Höre, Judith! Ich weiß, daß der Wahn heute dein Auge verblendet, dein Ohr taub macht, du kannst jetzt nicht verstehen, was ich dir zu sagen habe, die Wand hier könnte es besser als du. Aber du sollst schon jetzt wissen: so denkt mein Vater, der mich mehr liebt als sein eigen Leben, und wird seinen Sinn nicht ändern. Du wirst die Leute da oben und den Grafen nie mehr sehen und sprechen, du wirst auf deinem Zimmer bleiben und es ohne meinen Befehl nicht verlassen. Das beste wär's, ich ließe die Pferde wieder anspannen und brächte dich sofort in das Haus, woher ich komme, zu meiner Schwester Recha in Tarnopol. Sie ist eine kluge, milde Frau, deine Tante Recha, sie weiß mit Kranken umzugehen. Aber das ist leider erst in frühestens einer Woche möglich – das Gerede wüchse sonst noch mehr ...»

«Vater», rief sie, «zertritt mich nicht!»

«Das wollen andere und waren auf dem besten Wege dazu – ich, dein Vater, will dich retten. Ob der Graf ein schurkischer Verführer ist, der kaltblütig gehandelt und sich den Schurken da oben zum Helfer gemietet hat, ob er nur ein schwacher Mensch ist, der sich im Rausch seines Blutes den Beistand des Elenden hat gefallen lassen – ich weiß es nicht, es ist auch gleichgültig, in beiden Fällen wäre dein Los gleich furchtbar gewesen ...»

«Beschimpf ihn nicht!» schrie sie auf. «Er ist gut und

ehrlich! Frag ihn, wenn du zweifelst, oder hör ihn an, wenn er um mich werben kommt.»

«Das könnt' ich ruhig versprechen», erwiderte er bitter, «denn er wird nicht kommen. Und fragen werd ich ihn nicht, weil ich die Antwort kenne und mich nicht verhöhnen lassen will: ‹Der Alte hat aus Verzweiflung den Verstand verloren und den Grafen wirklich und wahrhaftig angefleht, die Verführte zu seinem Weibe zu machen.› Und nun ...»

«Aber wenn er kommt?»

«Dann würde ich nein sagen: Nein und nein, solange ein Atem in mir ist, dich vor Unglück zu schützen. Denn Feuer und Wasser mischt sich nicht friedlich, und ein Weib, welches seinem Manne zum Fluche wird, ist das unseligste Geschöpf der Welt. Wäre der Graf Agenor Baranowski wirklich wahnsinnig genug, meine Tochter zu heiraten, er wäre moralisch tot. Drei Monate Rausch, und dann ein Leben voller Jammer – du verdienst ein besseres Geschick. Und nun kein Wort mehr», fuhr er gebieterisch fort, als sie wieder sprechen wollte. «Meinen Willen mußtest du schon heute erfahren – verstehen kannst du mich heute nicht!»

Sie trat einen Schritt vor und hob flehend die Hände. Er schüttelte stumm das Haupt. Da ließ sie die Arme sinken, ein Zittern überflog ihren Leib. Gesenkten Hauptes wankte sie hinaus. Er sah ihr traurig nach; auch nachdem sich die Tür längst hinter ihr geschlossen, behielt sein Blick dieselbe Richtung.

So traf ihn die alte Dienerin; sie brachte die Briefe, die in seiner Abwesenheit eingelaufen, und fragte, ob er das Nachtessen wünsche. Er lehnte es ab, setzte sich hin und versuchte die Briefe zu lesen. Es gelang ihm nicht, nur ein Schreiben fesselte ihn. Der ehemalige Schüler Bergheimers, Herr Berthold Wertheimer in Breslau, teilte in wohlgesetzten Worten mit, daß er, auf einer Geschäftsreise durch Galizien begriffen, nächstens seine persönliche Aufwartung machen werde. «Das ist nun auch vorbei», murmelte der alte Mann schmerzvoll. «Ich werde mich glücklich schätzen, wenn das arme Kind in einem, in zwei Jahren genesen sein wird.»

Während er so gramvoll brütete, überhörte er ein Klopfen an der Tür und blickte erst auf, als der Besucher vor ihm stand. Es war Herr von Wroblewski. Mit wehmutsvoller Miene streckte er dem Juden die Hand entgegen. «Pani Nathaniel», sagte er weich, «ich weiß Sie in Sorgen und Schmerzen, da darf der treue Freund nicht fehlen!»

Im Antlitz des alten Mannes zuckte es, er bezwang sich. Die dargebotene Hand nahm er nicht, aber die Stimme klang ruhig, als er fragte: «Und was hat mir der treue Freund zu sagen?»

«Mein Gott, wie Sie mich dabei ansehen! Als ob ich daran schuldig wäre. Da täten Sie mir unrecht, auf Ehre! In meinem Hause ist zwischen den beiden jungen Leuten nie ein verfängliches Wort gefallen, und ich war starr vor Staunen, als ich von der Sache erfuhr ...»

«Schön!» sagte der Jude, noch immer kalt und gemessen. «Aber Sie verlangen nicht, daß ich es Ihnen glaube! ... Wozu die Komödie? Was führt Sie zu mir?»

«Pani Nathaniel, Sie kränken mich! Es war wirklich nur die alte Freundschaft, auf Ehre. Und dann bin ich ja gewissermaßen an der Sache beteiligt. Sie mögen mich behandeln, wie Sie wollen, ich werde doch meine Pflicht tun. Als Ehrenmann, als Ihr Freund. Ich werde morgen oder, wenn Sie es wünschen, noch heute zu dem Grafen gehen und ihm sagen: Sie haben das junge Mädchen in meinem Hause kennengelernt! Ich habe daher das Recht, Sie daran zu erinnern, daß Sie im Begriff sind, ein

Verbrechen an einer ehrenhaften Familie zu begehen. Und ich beschwöre Sie, jeden weiteren Versuch zu unterlassen. Ja, das will und werde ich tun!»

«Gut. Tun Sie, was Sie nicht lassen können!»

«Aber, mein Gott, sind Sie etwa nicht einverstanden? Es ist der einzige Weg, auf den Grafen zu wirken. Und einen besseren Vermittler können Sie ja nicht finden.»

«Gewiß – wenigstens keinen ehrlicheren. Aber ich brauche überhaupt keinen Vermittler in dieser Sache. Ich habe meiner Tochter verboten, je wieder mit dem Grafen oder Ihnen und Ihren Damen auch nur eine Silbe zu sprechen. Und weil sie ein gutes Kind ist, ein jüdisch Kind und im Gehorsam gegen den Vater erzogen, so wird sie gehorchen, es mag ihr nun leicht- oder schwerfallen ...»

Herr von Wroblewski lächelte. «Aber heißt das nicht das Kind mit dem Bade ausschütten? Vielleicht gibt mir der Graf die Antwort: Ich meine es ernst und will das Mädchen heiraten! Möglich ist ja ...»

«Auch dies würde nichts an der Sache ändern. Ich würde nein sagen, und Judith weiß es, nicht aus Abneigung gegen den Christen, sondern weil eine solche Ehe das sichere Unglück für beide wäre.» Er erhob sich.

«Das kann nicht Ihr letztes Wort sein!» rief der Kommissär. «Oder doch? Sie stoßen die Hand des Freundes zurück?»

«Ja», erwiderte der Jude kurz. «Ich nehme Ihnen nicht übel, daß Sie gekommen sind», fuhr er im Tone unsäglicher Verachtung fort, «denn jeder Mensch muß nach seinen Grundsätzen handeln. Ihr Grundsatz als Richter wie als Privatmann lautet: sich von beiden Parteien überzeugen zu lassen. Der Graf hat Sie bereits überzeugt, nun soll ich es tun. Ich verzichte aber ...»

Wroblewski wechselte die Farbe, sein Gesicht verzerrte sich in Haß und Wut. Mühsam suchte er sich zu fassen. «Aber Pani Nathaniel», murmelte er, «man muß mich bei Ihnen verleumdet haben! Vielleicht der Bürgermeister? Oh, wenn Sie wüßten, wie seine Frau … Es fiele mir wirklich schwer, mit diesem Mißton von Ihnen zu scheiden.»

«Und doch», sagte Trachtenberg und richtete sich empor, «werden Sie sich dareinfinden. Ich müßte sonst meinen Kutscher rufen!»

Als der Kommissär wieder in dem dunklen Flur stand, mußte er sich an den Türpfosten halten; die Bestürzung, die Wut drohten ihn zu übermannen. «Das sollst du mir büßen», stöhnte er, «büßen … büßen!» – wohl an die zehn Male wiederholte er das Wort. Dann trat er auf die Straße und ging sinnend auf und nieder. Endlich war sein Entschluß gefaßt. «So wird's gehen … Und heute muß es sein …» Er blickte nach der Uhr. «Neun! Also bequem Zeit!» Raschen Schrittes schlug er die Straße zum Schlosse ein.

Eine halbe Stunde später stand er vor dem Grafen. Der junge Mann hatte sich eben von seiner Mahlzeit erhoben. «Sie wollen sich nach dem Brief erkundigen?» fragte er. «Es ist besorgt!»

«Ich habe nicht gezweifelt und bin nur gekommen, um Ihnen meinen Dank durch die Tat zu sagen.» Hastig berichtete er, was geschehen, natürlich in zweckmäßiger Darstellung. «Es muß eine entsetzliche Szene gewesen sein. Das Mädchen schwor, daß es nie von Ihnen lassen könne, der Alte, daß er sogar Ihre Werbung als einen tödlichen Schimpf betrachten würde. Nun hat er sie in ihr Zimmer gesperrt, und morgen, in grauer Frühe, wird er sie fortschleppen, zu Verwandten, in irgendein anderes Ghetto; wer weiß wohin. Das Mädchen ist Ihnen verloren, wenn Sie nicht rasch handeln …»

Der Graf ging erregt auf und nieder. «Was soll ich tun?» fragte er.

«Es wäre schlimm, wenn Sie meiner bedürften, um dies zu erfahren!»

«Eine Entführung! Aber das ist eine Gewalttat ...»

«Die noch nie vorgekommen ist! Übrigens können Sie ruhig sein, Sie werden kein Hindernis finden. Ich kenne das Zimmer des Mädchens.»

«Und wenn sie sich weigert?»

«Hat sie sich geweigert, in den Park zu kommen? Und sie sollte sich weigern, mit Ihnen zu fliehen, jetzt, nachdem der Alte töricht und fanatisch genug war, ihr zu sagen, daß er sogar in eine Ehe nie willigen würde?»

«Aber sie wird einen Schwur von mir verlangen!»

«So schwören Sie! ‹Schwüre der Liebenden› – kennen Sie das Liedchen nicht? Übrigens scheinen Sie schon einige Gewandtheit in dieser schwierigen Situation zu haben. Sind Sie ohne Schwüre so weit gekommen, so wird es Ihnen auch in der Folge glücken!»

«Es geht nicht ... mein Gewissen erlaubt es nicht!» Und während er so sprach, stand vor seinen Augen das Schlößchen, welches er fünf Stunden von hier, am Rande des Waldgebirges, besaß, und der Wagen hielt vor der Pforte, und er trug die Geliebte in seinen Armen hinein.

«Ihr Gewissen?» fragte der Kommissär. «Darüber können natürlich nur Sie entscheiden! ... Überlegen Sie sich die Sache – Sie haben ja noch einige Stunden Zeit. Wollen Sie es wagen, so lassen Sie Ihre Equipage gegen ein Uhr in der Straße hinter dem Hause halten, natürlich mehrere hundert Schritte von der Hofpforte. Ich meinerseits werde um diese Stunde am offenen Fenster, an der Vorderseite, frische Luft schöpfen. Sehe ich Sie mit dem Glockenschlage unten, so öffne ich Ihnen das Tor. Wie

gesagt, überlegen Sie es recht gründlich. Gute Nacht, oder auf Wiedersehen.»

Er wandte sich zum Gehen, eine Bewegung des Grafen hielt ihn zurück. «Nur eine Frage … Trachtenberg hat seiner Tochter gesagt, daß er sogar meine Werbung zurückweisen würde … Ist das wahr?»

«Hab ich jemals gelogen?» fragte Herr von Wroblewski gekränkt und fuhr im selben Atemzuge lächelnd fort: «Halten Sie mich für dumm? Werd ich etwas behaupten, von dessen Unwahrheit Sie sich so bald durch eine kurze Frage an das Mädchen überzeugen könnten? Lernen Sie mich besser kennen, lieber Graf!»

«Also wirklich? Sein Fanatismus geht so weit? …»

«Das wundert Sie doch nicht? Sind wir denn in den Augen dieser Leute überhaupt Menschen? Und wenn dieser Umstand Ihr Gewissen nicht erleichtern kann … Aber das ist Ihre Sache!»

Er verbeugte sich und ging.

## *Sechstes Kapitel*

Es war vier Wochen später, ein wüster, häßlicher Novembertag. Dicht hingen die grauen Schneewolken hernieder, zuweilen, wenn der träge Wind sie noch tiefer hinabpeitschte, fielen die Flocken herab und wurden zu Wasser in der Luft, zu Kot auf dem Erdreich. Und zwischen dem schlüpfrigen, aufgewühlten Boden und der niedrigen Wolkendecke lagen die Nebel, dicht und endlos und unbeweglich; der laue West, der zuweilen die oberen Luftschichten durchstrich, den Schnee zu Flocken löste, drang nicht so tief hinab; wie festgenagelt lagen sie da, und das graue Meer verschlang jeden Ton und jede Farbe; selbst das schärfste Auge konnte nur wenige Schritte weit sehen. Wie ausgestorben lag die Heide; der Mann, der von Westen, aus den Bergen her, einen leichten Wagen dem Städtchen zulenkte, begegnete niemand, den er um den Weg fragen konnte. Der Wagen war leer, und die feurigen Rappen, mit denen er bespannt war, flogen, wenn er ihnen die Zügel ließ, dahin, daß der Kot der Straße wie in Wellen emporschlug, aber ungewiß jagte der Mann in die graue Dämmerung hinein; nun war's um die Mittagszeit, und es war nicht heller als am Morgen, da er aufgebrochen. «Fahr zu, Fedko, es geht um Tod und Leben», hatte ihm der Kastellan gesagt, da er ihn aussandte, und er wußte ja selbst, um was es sich handelte – wieder ließ er die Zügel schießen –, da stand plötzlich der Wagen, hochauf zuckten die Pferde, umsonst, der zähe Morast ließ sie nicht mehr, bis über die Knie waren sie eingesunken. Der Mann sprang ab, nun klebte auch er fest; er mußte bei einer plötzlichen Biegung des Weges von der Heerstraße ins weiche Ackerland gekommen sein. Ratlos stand er da; was tun, wohin sich wenden! – «Jesus Maria», schrie er auf, «vielleicht stirbt sie inzwischen!» Da klang ihm plötzlich ein ferner Ton ins Ohr, er lauschte auf – das war das Mittagsgeläute vom Turm der Dominikaner. Er faßte die Pferde am Zügel und peitschte auf sie los, daß sie sich wild aufbäumten: So brachte er, dem Klang nach, den Wagen auf die Straße zurück. Und da hob sich schon aus dem Nebel das rote Kreuz am Eingang des Städtchens, da war die Wegmaut – noch fünf Minuten, und er hatte dem Kommissär den Brief übergeben.

Es sollte viel länger währen. Als er die ersten Häuser erreicht, traf er auf Menschen. «Gebt Raum!» schrie er, dann aber mußte er im Schritt fahren, und als er den Eingang der Straße erreicht, die er passieren mußte, ging es nicht weiter: ein dichter Menschenknäuel erfüllte sie;

die ganze Bewohnerschaft des Städtchens stand da festgekeilt; Christen und Juden, Männer und Weiber, und drängte bald vor und bald zurück, aber kein lauter Schrei ward hörbar; sie flüsterten nur, und selbst als der Kutscher vorwärts wollte, mahnten sie ihn halblaut ab: «Siehst du nicht: ein Begräbnis!» Der Mann fügte sich darein und drängte den Wagen dicht an die Mauer des Klosters. Er fragte nicht, wem es gelte – was ging's ihn an? Und das war vielleicht gut für ihn; und gut, daß er nicht die Livree seines Herrn trug, des Grafen Agenor Baranowski.

Es waren die Ärmsten, die sich hier versammelt und des Zuges harrten, um sich ihm anzureihen, Knechte, Tagelöhner und Bettler, rohes Volk, welches sonst seine Tage dumpf und stumpf dahinschleppte, von keiner Freude belebt, keinem Schmerz betroffen, es sei denn der Sorge für das eigene, armselige Dasein. Dieser Tote mußte ihnen viel gewesen sein; mit erregten Mienen standen sie da; wollte einer eine laute Frage tun oder ungestüm vorwärts drängen, so wiesen ihn die anderen zur Ruhe. Und unter den jüdischen Männern war keiner, der nicht einen Einschnitt in sein Gewand getan; sonst wird dies Zeichen der Trauer nur für Verwandte getragen; dieser Tote schien allen verwandt. Nur wenn eines der Weiber aufschluchzte, ging ein Flüstern durch die Menge, und nicht bloß der Schmerz, auch die Empörung schien in den Gemütern zu walten; auch ein dumpfer Fluch ward zuweilen hörbar und lief von Mund zu Mund.

Vom Trauerhause her klang Schreien und Weinen. «Es ist seine Schwester aus Tarnopol mit ihren Kindern», murmelten die Leute, «der Sohn ist ja noch nicht da!» Dann hob sich ein dumpfer Ton in den Lüften, schwoll an und verschwamm – das kurze Gebet, welches die

Mitglieder der Begräbnisbrüderschaft sprachen, ehe sie ins Haus traten, die Leiche zu holen. «Gebt Raum», ging es nun durch die Reihen, die Leute drängten enger zusammen und ließen die Mitte der Straße frei. Einige kletterten auf den Wagen des Grafen, der Kutscher wehrte es ihnen nicht, er sprang vom Bock herab und machte sich mit den Pferden zu schaffen. Er war ja nur ein armer, roher Knecht, und als er in jener Nacht vor vier Wochen seinen Herrn und das Judenmädchen in das Schlößchen am Rand der Karpaten geführt, da war seine Schuld daran nicht größer als jene der Pferde, die er lenkte, dennoch war es ihm peinlich, so vor aller Augen auf dem erhöhten Sitz zu bleiben; nun wußte er, wen sie vorbeitragen würden.

Aber ehe dies geschah, sollte noch ein anderes Ereignis die Gemüter erschüttern. Vom Eingang der Straße her klang plötzlich ein gellender Schrei, dann wildes Lärmen und Rufen. «Rafael!» schrien die Leute auf. «Der Sohn ist gekommen!» – bis an das Trauerhaus drangen die Worte; ein neues Gebet, das von dorther hörbar geworden, brach kurz ab. Die Ordnung war gelöst, stürmisch drängte die Menge vor, der Wegmaut zu. Da keilte sie sich wieder fest; alle fragten, ob es wahr sei und wo er geblieben, niemand wußte Antwort. Endlich gab einer der Ordner den Vordersten Bescheid, und die gaben ihn weiter: Rafael habe vom Mautner erfahren, daß er zu spät gekommen, und sei ohnmächtig zusammengesunken, doch habe er sich rasch erholt und sei nun von der Hofseite ins Haus gebracht worden, vom Vater Abschied zu nehmen. «Zurück! Der Zug beginnt bald!» Sie gehorchten und formierten sich wieder zum Spalier. Aber der Zorn und Schmerz äußerten sich nun lauter als früher; gellend klang der Klageruf der Weiber, die Männer ballten die Faust und fluchten Judith und dem Grafen. Tiefer zog der Fedko die Kapuze ins Gesicht. Und dabei wissen sie noch nicht, dachte er, was heut morgen drüben geschehen ist! Wahrlich, er hätte mit seinem gräflichen Herrn nicht tauschen mögen.

Einige Minuten später schien drüben das letzte Wiedersehen vorbei. Wieder begann das Gebet; dumpf und feierlich hallten die Kehllaute des hebräischen Spruches durch die trüben Lüfte. Dann ordnete sich der Zug; voran die Knaben der Gemeinde, an der Spitze fünfjährige Kinder, alle im langen, schwarzen Gewand, von den Lehrern geleitet. Paarweise zogen sie dahin, schweigend, bis sie auf ein Zeichen mit hellen Stimmchen ein Gebet anstimmten, ganz kurz, als hätten die hundert Kinderkehlen plötzlich einen Schrei des Schmerzes gefunden. Aber es war nur ein Spruch für den Frieden des Toten – «Amen! Amen!» hallte das dumpfe Echo aus den Reihen, die sie durchzogen. Dann kamen die Jünglinge, endlich die Männer, auch sie in ihrem besten Gewand, dem Kaftan von Tuch oder Seide, und jeder hatte es auf der Brust aufgeschlitzt, daß man den Riß weithin sah. Einige beteten leise, die meisten zogen mit düsterem Antlitz tief gesenkten Hauptes dahin. Dazwischen klang gellend der Ruf der Totenwächter: «Rettet die Seele!», indem sie den Zuschauern an langen Stöcken die Klingelbeutel entgegenhielten. Nun nahte im langen Sterbegewande die Begräbnisbrüderschaft, den Leib in einen weißen Leinwandkittel gehüllt, das Haupt mit dem weißen Betmantel bedeckt, in ihrer Mitte, auf einem Schragen von sechs Männern getragen, die Leiche, die Füße nach vorn gekehrt, nur von einer weißen Decke, nicht von einem Sarg umhüllt, daß die Umrisse sichtbar waren. Die Frauen schluchzten auf, die Männer schlugen sich an die Brust und murmelten: «Friede! Friede!». Aber nachdem die andere Hälfte der Brüderschaft, die allein den Toten umgeben darf, vorbeigezogen und die Leidtragenden sichtbar wurden, da faßte stärkere Bewegung die Menge, und ein anderer Ruf drängte sich auf ihre Lippen. Noch im Reisegewand, von Kot bespritzt, schritt Rafael einher, er mußte sich den Schnitt in die Brustseite des Gewandes so gewaltsam beigebracht haben, daß er bis auf die Haut gegangen, denn einige frische Blutflecken waren an den Rändern sichtbar; fahl, aschenfahl war sein Antlitz, daß sich das schwarze Haar doppelt scharf abhob, die Züge wie versteint. Hoch aufgerichtet schritt er dahin, die Augen starr auf den Schragen, des toten Vaters Haupt gerichtet. Die Stütze des Oheims, der neben ihm ging, lehnte er ab; nur die tief herabgezogenen Mundwinkel, die halbgeöffneten Lippen verrieten, welcher Schmerz ihn durchtobte; nicht wie ein Leidtragender, wie einer, der Rache brütet, war er anzuschauen. «Der Ärmste!» schluchzte zuweilen ein Weib, aber die Männer schwiegen und sahen ihn angehaltenen Atems an, und als einer rief: «Räche ihn! Wir helfen dir!» – da scholl es plötzlich von hundert Lippen nach, als hätten sie alle darauf geharrt. Erschreckt blickten der Stadtarzt und die Vorsteher, die hinter Rafael gingen, zurück, denn ihnen folgten die christlichen Honoratioren, an ihrer Spitze der Bürgermeister, auch Herr von Bariassy hatte sich mit seinen Offizieren eingefunden; der Kreiskommissär fehlte. Langsam schritt der Zug in das Nebelmeer, die triefende Heide hinaus, dem «guten Orte» zu, wie der Jude des Ostens den Friedhof nennt; wer gehen konnte, schloß sich an. Bald hatte Fedko die Bahn frei, gleichwohl schien es ihm richtig, an der Hofseite vorzufahren, als hätte er ein heimliches Geschäft, welches selbst dies trübe Tageslicht nicht vertrug.

Die Treppentür zum ersten Stockwerk war verriegelt. Als der Kutscher daran pochte, trat einer der beiden Husaren, die scheinbar müßig im Flur auf und ab gegangen, heran und fragte nach seinen Wünschen. Nachdem er Bescheid getan, klopfte der Soldat zweimal an die Tür, wieder war's ein Husar, der öffnete. Endlich kam auch die Köchin des Kommissärs zum Vorschein. «Unser Herr ist vor Angst krank», flüsterte sie dem Fedko zu, «er fürchtet sich vor den Juden. Darum haben wir auch die Einquartierung. Dich wird er wohl vorlassen.» In der Tat durfte der Kutscher nach einigen Minuten eintreten.

Der Kommissär saß im Lehnstuhl, er sah übel aus. Aber noch blasser und erregter wurde sein Gesicht, als er den dargereichten Brief überflog. Er enthielt nur zwei Zeilen: «Es ist ein Unglück geschehen, ich bin ratlos. Kommen Sie augenblicklich und bringen Sie den Stadtarzt mit.» Er schnellte empor. «Was ist geschehen?» fragte er bebend.

«Wenn es nicht im Briefe steht ...», begann Fedko zögernd und verstummte wieder.

«Aber so sprich doch! Ich soll nach Borky kommen, den Arzt mitbringen – mir kann's also kein Geheimnis bleiben! Die Jüdin scheint krank zu sein!»

Der Kutscher nickte. «Sehr krank!»

«Sie hat sich wohl ein Leid angetan?»

Der Mann schwieg.

«Aber so rede doch! Wie ist das Unglück geschehen? Der Arzt muß ja geeignete Mittel mitbringen ...»

«Sie – sie ist in den Schloßteich gefallen ...»

«Wann?»

«Heute, in der ersten Frühe. Der Herr Graf schlief noch.»

«Wer hat sie gerettet?»

«Der Kastellan und ich. Es war ein schwer Stück Arbeit, denn sie wehrte sich sehr gegen uns. Erst als sie besinnungslos war, konnten wir sie ans Ufer bringen.»

Der Kommissär ging erregt umher. «Auch das noch!» stöhnte er vor sich hin. «Der Skandal war doch wahrhaftig schon groß genug ... Aber was soll ich dabei?» fuhr er laut fort. «Den Arzt könntest du ja selbst holen. Freilich nicht den Stadtarzt! Unsinn! Der ist ja selbst ein Jude! Und das einzige Gute ist noch, daß sie vorläufig den Ort nicht kennen. Ich werde dir eine Zeile an den Regimentsarzt in Roskowka mitgeben.»

Er trat an den Schreibtisch und setzte die Feder an. Aber nach wenigen Schritten hielt er inne. «Höre, Fedko», sagte er, «das ist doch rätselhaft! Gestern mittag ist der Jude gestorben, heut morgen ist drüben das Unglück geschehen – wer zum Henker hat es dem Mädchen so rasch gemeldet?»

«Niemand, Herr», erwiderte der Kutscher. «Es ist kein Fremder im Schlößchen gewesen. Das weiß sie noch nicht ...»

«Aber welchen anderen Grund könnte sie haben? ... Überspanntes Frauenzimmer! Lebt da in tausend Freuden mit ihrem Gelieb ...»

Mitten im Worte brach er ab. Dieser ruthenische Tölpel da glotzte ihn so sonderbar an. Schlimm, dachte er, sehr schlimm. Dann wiederholt sie's auch ... Und das darf nicht sein, noch dieser Skandal, und ich bin verloren ... Fort müssen sie beide, fort ...

Er erhob sich vom Schreibtisch. «Ich fahre mit dir!» Er trat ans Fenster und lugte auf die Gasse hinab, sie lag völlig verödet. «Wo hält der Wagen? An der Hofpforte? Sehr gut. Da können wir unbeachtet nach Roskowka kommen. Diese dummen Juden haben mir nämlich gestern abend drohen lassen ...»

Er ließ den Kutscher ins Vorzimmer treten und kleidete sich eilig an. Frau Anna kam hinzu, er teilte ihr den Zweck seiner Fahrt mit; die beiden Gatten wechselten kurze, aber kräftige Abschiedsworte. Sie faßte seine Tätigkeit in der Sache in ein einziges Wort zusammen und wünschte, daß er auf der Fahrt den verdienten Lohn dafür finden möge; er dankte mit einem Hinweis auf den Prior und den Rittmeister. Dann schritt er die Treppe hinab und warf, als er vorbei mußte, einen scheuen Blick nach der weitgeöffneten Tür des Sterbezimmers. Die Fenster waren verhangen, die Spiegel gegen die Wand gekehrt; in einem Winkel des halbdunklen Gemachs brannte eine Öllampe, das «Seelenlicht», und über die Dielen lief ein leises Knistern, als atmeten sie, von der unheimlichen Last befreit, auf.

Den Beamten überflog ein Schauer, hastig durcheilte er den Hofraum und bestieg den Wagen. Einer der Husaren nahm auf dem Kutschbock Platz, und fort ging's durch das öde Gäßchen und dann den Fluß entlang nach dem Vorort Roskowka, wo die Husarenkaserne lag und der Regimentsarzt seinen Wohnsitz hatte.

Er war daheim und erklärte sich zur Fahrt bereit; auch das Versprechen der Verschwiegenheit leistete er willig. Als ihm aber nun der Kommissär sagte, wer seiner Hilfe bedürfe, und ihn bat, etwaige Hilfsmittel gleich mitzunehmen, schien der alte, derbe Herr mit den wetterharten Zügen tief erschüttert. «Die Tochter des Trachtenberg?» fragte er, und es zuckte um den borstigen weißen Schnurrbart. «Gestern bin ich am Totenbett des Vaters gestanden, heute die Tochter ... In welchem Glück und Frieden haben diese Menschen noch vor zwei Monaten gelebt! O Herr Kommissär, da ist ein furchtbarer Frevel geschehen!»

«Darüber ließe sich viel sagen!» wehrte der Beamte ab, indem er dem Arzt das Nötige verpacken half. Erst als sie im Wagen saßen – er hatte zwar den Husaren verabschiedet, aber dem Kutscher den Auftrag gegeben, um das Städtchen zu fahren, so daß sie dem heimkehrenden Zuge keinesfalls begegnen konnten –, teilte er dem Arzte seine Auffassung der Sache mit. «Sie sehen», schloß er, «wie unrecht mir der Pöbel tut. Aber auch der Graf ist nicht so schuldig, wie es scheint. Die Wendung zum Unglück hat doch eigentlich erst der Fanatismus des Alten bewirkt. ‹Lieber will ich mein Kind als Leiche sehen denn als Gräfin Baranowska› – das waren seine Worte, auf Ehre! Sonst hätte Agenor nicht zur Gewalt gegriffen!»

«Desto besser», sagte der Arzt. «Dann kann er sie jetzt heiraten. Der Tote kann keinen Einspruch mehr erheben.»

«Hm!» Der Kommissär räusperte sich verlegen, eine Antwort wußte er nicht. Aber der Gedanke wühlte in ihm fort. Das war immerhin ein Ausweg; er gönnte zwar den Juden den Triumph nicht, aber wenn es der Graf tat, dann kam es jedenfalls zu der peinlichen Untersuchung nicht. Doch daran war ja nicht zu denken! In allem übrigen mochte der junge Mann wie Wachs sein, in diesem einen war er eisern. Seine Ahnen, das alte, reine Blut – das war ja seine fixe Idee. Wie hatte er's einmal ausgedrückt? «Nur wenn ich zwischen einer Jüdin und dem Zuchthaus zu wählen hätte, erst dann würde ich erwägen, durch welches von beiden ich meinen Vätern im Grabe die größere Schmach antue!» Aber wenn er keine Trauung wollte und dies doch das einzige Mittel war, Judith am Leben zu erhalten und weiteren «Skandal» zu vermeiden …

Der Beamte schloß unwillkürlich die Augen. Er war ein harter, gewissenloser Mensch und sein ganzes Leben eine einzige große Lüge, aber vor dem Gedanken, der ihn nun überkommen, graute ihm im ersten Augenblicke selbst, und er suchte ihn abzuschütteln. Es wäre zu schlecht – und auch zu gefährlich ... Er bot dem Arzte eine Zigarre an und begann ein Gespräch über das häßliche Wetter. In der Tat war es eine schlimme Fahrt auf den grundlosen Wegen, durch die graue, triefende Öde.

Das Gespräch stockte bald ... Zu gefährlich? Da setzte der Gedanke wieder ein. Aber das doch eigentlich nicht! Die Beteiligten schwiegen gewiß – und außer Landes mußte das Paar ohnehin auf ein, zwei Jahre. Dann war auch Judith ruhiger, und wenn man es ihr vernünftig in guter Manier beibrachte – du lieber Gott, unversorgt sollte sie ja nicht bleiben ... Und der Lump fand sich sicherlich auch bereit und war leicht zu finden; nach Rußland war er trotz seiner Schwüre gewiß noch nicht gegangen ... Wenn also der Graf wollte, so war das im Grunde der beste Ausweg ...

Und nun war er soweit, sich den Plan behaglich, in allen Einzelheiten auszumalen. Ihn erfüllte dabei eine seltsame Empfindung, im tiefsten Herzen graute es ihm doch vor sich selber, und gleichzeitig empfand er einen wollüstigen Kitzel darüber, welch erfinderischer Kopf er sei. Und etwas davon war ihm wohl vom Gesichte abzulesen.

«Was stimmt Sie so heiter?» fragte der Arzt und blickte ihn befremdet an.

Der Kommissär fuhr zusammen. «Ich dachte – woran dacht' ich nur? ... Hm, ich glaube, es wird noch alles gut. Was das Mädchen betrifft, so vertraue ich Ihrer Kunst. Es wäre doch traurig, wenn das schöne Geschöpf so elend zugrunde ginge.»

«Traurig», war die Antwort, «und für Sie sehr unangenehm.»

«Für mich? Aber, liebster Doktor, Sie glauben doch nicht, daß wir uns vor der Anklage fürchten, die der Alte beim Gubernium hat einreichen lassen? Dem Grafen kann wenig, mir nichts geschehen. Mein Gott, wir leben ja in einem Rechtsstaat! Das Gubernium wird sicherlich nach Pflicht und Ordnung handeln und die Schrift der ersten Instanz zur Untersuchung überweisen ...»

«Das sind Sie selbst?»

«Nicht ich, sondern das hiesige Kreiskommissariat. Das ist ein Unterschied! ... Aber da sieht man wieder einmal», fuhr er, und nun elegisch, fort, «welch ein rachgieriges Volk diese Juden sind. Statt seinen Frieden mit Gott zu machen, benutzt dieser Greis die letzte Frist, die ihm noch gegönnt ist, zu einer Tat der Vergeltung an jenen, die er für seine Feinde hält ...»

«Obwohl sie wahrhaft christlich an ihm gehandelt», fiel der Arzt ein, und wieder zuckte es um den weißen Schnurrbart. «Aber ich glaube, der Fall liegt hier anders. Nathaniel Trachtenberg wäre schon viel früher gestorben, wenn er nicht nach seinem Gewissen noch dies letzte auf Erden zu verrichten gehabt hätte. Das ist auch die Überzeugung meines Kollegen, des Stadtarztes. Staunend, ja erschüttert haben wir zugesehen, wie der eiserne Wille den siechen Leib erhielt. Ich bin ja – mein Kollege war über Land gefahren – an jenem Morgen nach der Flucht seiner Tochter der erste Arzt gewesen, der ihm Hilfe geleistet. Er hatte sich, nachdem ihm die alte Dienerin gemeldet, daß ihr Klopfen an des Mädchens Tür vergeblich bleibe, erhoben, war zur Tür geeilt und hatte die Eichenbohlen durch die Wucht seines Leibes eingedrückt, als wären sie Rohr. Dann las er wohl das Zettelchen, welches sie auf dem Tische hinterlassen, und stürzte zusammen. Hirnschlag, linksseitige Lähmung, unbedingt tödlich. Als ich eine Stunde später an sein Lager trat, ihm zur Ader ließ, alles sonstige veranlaßte, tat ich's mit dem traurigen Bewußtsein: Du quälst einen Sterbenden! Den Abend erlebt er nicht! Er blickte mich forschend an und lallte mit gelähmter Zunge eine Frage; ich verstand ihn nicht, da schrieb er's auf: ‹Wieviel Zeit?› Ich wollte lügen und konnte nicht, da ich ihn ansah; ich erwiderte, das stehe in Gottes Hand. Da schrieb er wieder: ‹Erbarmen, noch drei Wochen.› Und den Blick, den er dabei auf mich richtete, diesen Blick, Herr, werde ich nie vergessen ... Die Ältesten der Gemeinde hatten sich bei ihm eingefunden, denen begann er nun seine Wünsche aufzuschreiben. Und sie gehorchten auf den Wink; ein Eilbote nach dem anderen wurde abgefertigt, an seine Verwandten, den Notar, den Advokaten Doktor Rosenberg in Lemberg. Ich wehrte ab, aber als ich zusah, wie sein Auge dabei immer klarer, die Schrift deutlicher wurde, ward mir ganz seltsam zumute, und ich ließ es geschehen. Nun war noch die größte Schwierigkeit zu lösen: Er sehnte sich nach dem Sohne in Heidelberg, und sie rechneten aus, daß er auf eine briefliche Nachricht hin nicht vor fünf Wochen daheim sein könne. Aber da fand sich binnen zehn Minuten ein junger Mensch, der als Kurier hinreisen wollte, Tag und Nacht ... Sehen Sie, Herr Kommissär, diese Juden – es läßt sich ja mit Recht auch viel gegen sie sagen, aber es ist doch ein großer Respekt in ihnen vor den Sterbenden, den Toten ...»

«Leider nur ein allzu großer!» rief Herr von Wroblewski. «Ich will auf den Alten keinen Stein werfen, der Haß hat ihn verblendet. Aber wie kommen diese sonst so klugen Leute dazu, sich von ihm gegen mich in solcher Weise aufwiegeln zu lassen! Es ist ja zu ihrem eigenen Verderben. Ich weiß ganz genau, daß der jüdische Federfuchser aus Lemberg, der Rosenberg, der geriebenste Rabulist in Galizien, eine förmliche Anklageschrift gegen mich aufgenommen hat. Und dieselben

Menschen, die sonst vor meinem Blick kaum zu atmen wagten, drängten sich heran und unterschrieben. Natürlich Lügen, lauter Lügen – auf Ehre! Ein Christ, Herr Doktor, das müssen Sie zugeben, hätte seinen letzten Atem nicht an eine Rachetat gewendet!»

Der Arzt zuckte die Achseln. «Vielleicht war's doch nicht die Rachgier allein, die ihn trieb. Mein Kollege und ich, wir sahen natürlich diese aufregenden, tagelangen Verhöre am Bette des Gelähmten höchst ungern und stemmten uns dagegen. Aber da antwortete er uns ...»

Der alte Herr hielt inne. «Nun?» fragte der Kommissär lächelnd. «Wer ein so gutes Gewissen hat wie ich, kann alles hören!»

«Seine Antwort lautete: ‹Diese Pflicht hält mich noch am Leben. Es schreit gegen Gott, daß ein solcher Mensch Richter ist. Und ich will nicht vor Gottes Thron treten, ehe ich das Meine getan, die Erde von ihm zu reinigen.› Pardon, Herr von Wroblewski ...»

Der Beamte war doch etwas bleich geworden. «O bitte, geniert mich wenig! Es ist ja zu ungerecht, zu töricht! Der Graf entführt ihm die Tochter, und mich will er dafür strafen. Wenn es ihn gar so sehr schmerzte, so hätte er seine letzte Kraft darauf wenden sollen, sie zurückzubekommen. Die Juden sind ein so schlaues Volk, da hätten sie ja wohl den Schlupfwinkel des Grafen erkunden können ...»

«Schloß Borky?» fragte der Arzt. «Das wußten Nathaniel und die Vorsteher schon am Abend nach der Flucht; es war überflüssige Vorsicht von Ihnen, mich zum Schweigen zu verpflichten. Noch mehr: Es fand sich eine Handvoll Männer, welche die Judith mit Gewalt holen wollten, damit sie von der Gemeinde gerichtet werden könne. Nathaniel verhinderte es. ‹Nein›, entschied er. ‹Vielleicht muß einer dabei sein Leben lassen, oder die Gerichte strafen ihn dann hart. Um einer Verworfenen willen soll kein Braver in Gefahr kommen. Und wozu sie richten? Das wird Gott tun! Mir und euch ist sie eine Tote!› Aber im verborgensten Winkel seines Herzens muß doch noch eine Empfindung für die Unglückliche gewesen sein; er sträubte sich lange gegen die furchtbare Zeremonie, welche in solchen Fällen, die ja allerdings sehr selten sind, üblich ist; in der hiesigen Gemeinde soll ja seit zweihundert Jahren kein Mädchen ihren Eltern mit einem Christen entlaufen sein. Und als er sich endlich dareinfand, da stellte er eine Bedingung, welche sicherlich keinem anderen bewilligt worden wäre. Ihm, ihrem Führer, ihrem Vater, konnten sie es nicht weigern ...»

«Ich verstehe nicht. Welche Zeremonie?»

«Das Begräbnis!»

«Was?» rief der Kommissär erstaunt. «Sie haben die Judith begraben?» Er wollte auflachen, aber ein Blick in die Züge seines Nachbars ließ ihn verstummen.

«Es war so schauerlich ... ich werde es nie vergessen ... Weil uns die Gemeinde darum anflehte, hatten es mein Kollege und ich in den letzten Tagen so eingerichtet, daß einer von uns immer um ihn war; wir lösten uns von sechs zu sechs Stunden ab. Aber daß wir das entfliehende Leben nicht mehr zurückhalten konnten, wußten wir nur zu gut. Nachdem der Advokat abgereist, war eine Erschlaffung über ihn gekommen; ein neuer Schlaganfall trat nicht ein, doch das bißchen Lebenskraft war aufgezehrt. Wie im Schlummer lag er da und stammelte nur noch zuweilen den Namen seines Sohnes; hätte er sich nicht so sehr nach ihm gesehnt, er wäre vielleicht schon früher gestorben ... Als ich nun vorgestern abend gegen die elfte Stunde die Wache antrat, flüsterte mir mein Kollege zu: ‹Es geht zu Ende. Bleiben Sie bei ihm … Und fragen Sie nicht, was immer sich heut nacht begeben mag.› Kurz darauf traten die Vorsteher in die Stube, mit ihnen der Rabbi, alle den Betmantel um die Schultern, und neigten sich vor ihm, und der Rabbi fragte, ob es nun geschehen dürfe. Er nickte, da öffneten sie die Türe, und herein traten zwölf Männer der Begräbnisbrüderschaft, alle in die weißen Sterbekittel gehüllt, und in ihrer Mitte trugen sie eine seltsame Last: Es war ein schöner, großer, vollblühender Rosenstrauch, an dessen Wurzeln noch die feuchte Erde hing – weiß Gott, woher sie ihn hatten, vielleicht aus dem Glashaus des Grafen Agenor … Sie trugen den Strauch an das Lager heran, und Nathaniel streckte die Hand aus und rührte an die Krone; seine Lippen bewegten sich, es mochte ein Segensspruch sein, ein Abschiedsgruß. Und während dies geschah, verhüllten die anderen ihr Antlitz mit dem Betmantel, und einige schluchzten laut. Dann trugen sie den Strauch in die Mitte der Stube; der Rabbi trat vor – finsterer habe ich noch nie eines Menschen Gesicht gesehen – und streckte die Hand über ihn und sprach laut und hart einige Worte; wohl einen Fluch. Dann faßte er den Strauch mit beiden Händen und zerbrach ihn und warf die Stücke vor sich nieder. Und einer nach dem anderen traten nun die Männer heran, faßten eine Blüte und zerstreuten die Blätter, bis der Strauch ganz schmucklos und geknickt war. Ich war an das Kopfende des Lagers getreten. Der Greis hielt die Augen geschlossen, aber er mochte wohl wissen, was vorging; ein leises Stöhnen brach aus seinen Lippen, und die Tränen flossen ihm über die Wangen. Und so blieb er, als die Männer ein Öllämpchen hereinbrachten und es als Seelenlicht für jene anzündeten, die von nun ab dem Vater und der Gemeinde für immer eine Tote war, als sie ihm mit einem Messerchen an seinem Hemde jenen Einschnitt machten, welcher den Riß in das Leben des Leidtragenden verdeutlichen soll. Endlich brachten sie den Schragen herein, legten den Strauch darauf und alle Blätter, die sie sorglich aufsammelten, breiteten die weiße Decke darüber und gingen ab. Die Vorsteher folgten, und ich war wieder allein mit Nathaniel, wohl zwei Stunden lang, und hielt seine Hand in der meinen, sprechen konnt' ich nicht. Da kehrten der Rabbi und die Vorsteher wieder, und der Rabbi trat ans Lager. «Es ist vollbracht», sagte er, «und weil du ein Gerechter warst alle Tage deines Lebens, die der Ewige verlängern möge, haben wir nach deinem Willen gehandelt. Deiner Tochter Grab ist zwischen dem deines Weibes – sie ruhe in Frieden – und jenem, das du dir selbst gesichert. Und wenn einst der Herr sie vor Gericht ruft, und sie stirbt in unserem Glauben, so soll ihr dies Grab offenstehen – wir schwören es dir zu!» Nathaniel nickte, seine Atemzüge wurden ruhiger, immer ruhiger und stiller, aber es hat doch noch etwa zehn Stunden gewährt, bis er gestern mittag entschlummert ist ...»

Der Arzt holte tief Atem. «Bitte – nicht jetzt!» sagte er heftig, als der Kommissär sprechen wollte. «Wenn ich an das leere Grab denke und jene, zu der ich soll ...» Er riß das Fenster auf und beugte sich weit vor, wie um leichter zu atmen, bis ihm der Regen die heiße Stirn überflutete.

Ein sentimentaler Mensch, dachte der Kommissär, merkwürdig, die meisten Menschen sind sentimental. Zu sprechen wagte er nicht. So fuhren sie langsam dahin; die Dämmerung war der Nacht gewichen; da sie sich nun den Bergen näherten und der Boden anstieg, schleppten die ermüdeten Pferde den Wagen nur im Schritt durch den Schlamm empor.

Endlich hielt er ganz. «Was gibt's?» rief der Kommissär und beugte sich aus dem Fenster.

«Ich weiß nicht», erwiderte Fedko. «Uns entgegen kommen zwei Reiter mit Fackeln und hinter ihnen ein Wagen. Ich muß anhalten, damit wir auf dem schmalen Wege aneinander vorbei können.»

Es waren gräfliche Diener, im Wagen saß der Kastellan. Er trat an den Schlag. «Endlich, Herr Kommissär! Haben Sie den Arzt mit? Der Herr Graf ist außer sich und sandte mich aus, nach Ihnen zu suchen.»

«Ist eine Verschlimmerung eingetreten?» fragte der Arzt.

«Ich weiß nicht», erwiderte der Kastellan bekümmert. «Es war von Anbeginn schlimm genug. Das heftigste Fieber! Zwei Mägde vermögen die Ärmste kaum auf dem Lager zu erhalten. Wenn die Herren in meinen Wagen übersteigen wollten – die Pferde sind minder ermüdet, da könnten wir in einer halben Stunde im Schlosse sein ...»

Schloß Borky war ursprünglich nur ein Jagdhaus der Baranowski gewesen; erst das jüngst verstorbene Haupt des Geschlechts, ein menschenscheuer, unbeweibter Sonderling, hatte das kleine Bauwerk zum Wohnhaus erweitert. Auf einer der ersten sanften Höhen des Waldgebirges gelegen, bot es einen weiten Blick in die Ebene hinein. Die Aussicht war im Grunde sein einziger Schmuck, auch der Garten war groß, aber reizlos. Der Teich, an dessen Ufern heute jenes verzweifelte Ringen stattgefunden, war künstlich in das Plateau hinter dem Hause eingegraben.

Als sie das Haus erreicht und den Flur betraten, kam ihnen der Graf entgegengestürzt. «Doktor Reiser!» rief er und faßte die Hand des Arztes. «Kommen Sie!»

Er führte ihn die Treppe empor und durch eine

Flucht von Zimmern, bis sie in der Krankenstube standen.

Da ruhte Judith, das hagere Antlitz totenbleich, die Stirn von Schweiß bedeckt, daß das goldrote Haar in wirren Strähnen an den Schläfen klebte. Die Augen waren geschlossen, die Glieder bebten im Fieberfrost. Zwei Wärterinnen, derbe Mägde mit stumpfen Gesichtern, kauerten am Fußende des Lagers. «Sie schläft», flüsterte der Graf.

Der Arzt schüttelte den Kopf, trat leise heran und blickte auf die abgezehrten, erblichenen Züge des jungen Weibes, welches er wenige Wochen zuvor als blühende Schönheit gekannt. Sein Herz krampfte sich zusammen, er mußte jenes Rosenstrauchs gedenken ... Sie schlug die Augen auf; der irre Schein des Fiebers glomm in ihnen. «Agenor!» murmelte sie.

Er eilte herbei und beugte sich zärtlich über sie. «Hier bin ich, was befiehlst du?»

«Agenor!» schrie sie auf. «Erbarme dich, laß mich sterben!» Sie suchte sich emporzuraffen, er drückte sie sanft in die Kissen nieder. «Erbarmen!» wiederholte sie wimmernd, unter heftigem Sträuben. «Du mußt doch selbst einsehen, daß ich so nicht länger leben kann ... Ich will dir nicht fluchen, ich will dich segnen, aber du mußt mich sterben lassen ... Da ist schon der Teich ...» Wieder mußte der Graf sie niederhalten, bis der Paroxysmus vorbei war.

«Das geht nun so seit vierzehn Stunden», flüsterte er dem Arzte zu, «nur daß Frost und Glut wechseln. Aber sie wird nicht müde, dieselben Worte zu rufen. Es ist herzzerreißend.»

«Ja, es ist herzzerreißend», erwiderte dieser ebenso leise, aber die Worte waren kalt und scharf wie ein Dolchstich. Wieder trat er dicht ans Lager heran. Mit

Ausnahme einiger Kontusionen an den Händen und eines Schnittes über die rechte Wange, der wohl von dem scharfen Blatte einer Sumpflilie herrührte, waren keine Verletzungen an ihr zu sehen. Er versuchte die Temperatur zu messen und fühlte nach dem Puls. Sie schlug bei der Berührung die Lider auf und starrte ihn an.

«Doktor Reiser!» schrie sie plötzlich auf. «Sie sind gut ... lassen Sie mich zum Teich! Sie sind ja ein Freund meines Vaters ... ich muß meinem Vater die Schande ersparen ...»

Der Arzt deckte sie sorglich zu, dann schritt er hinaus, ins Nebenzimmer. Agenor folgte ihm. «Was sagen Sie?» fragte er angstvoll.

«Der Arzt hat da nicht viel zu sagen», erwiderte der alte Herr barsch. «Die äußeren Verletzungen sind nicht nennenswert; eine Entzündung der Lungen oder des Gehirns scheint nicht im Anzug; das Fieber ist heftig, aber nicht übermäßig und durch den Vorfall am Morgen durchaus erklärlich. Wäre sie im Gemüt ruhig und nur etwa durch einen Zufall ins Wasser gekommen, so könnte sie übermorgen das Bett verlassen.»

«So aber ...?» fragte der Graf angstvoll.

«Wird's ein schlechtes Ende nehmen. Beschwören kann ich's nicht, aber es ist meine Überzeugung. Ich hoffe, sie wird morgen bei klarem Bewußtsein sein. Aber was soll das nützen? Ist ihre Todessehnsucht nur eine Ausgeburt des Fiebers? Sie wird morgen weder Sie noch mich bitten, sie sterben zu lassen, sondern selbst darnach trachten.»

Agenor rang die Hände. «Ich will ja alles aufbieten, sie zu beruhigen. Sie sieht nur alles zu schwarz, vielleicht gelingt es mir, sie davon zu überzeugen. Ich will sie ja nicht verlassen, ihrem Schicksal preisgeben – niemals!

Und wenn ich sie auf das sorgfältigste überwache und überwachen lasse …»

Der Arzt schüttelte das Haupt. «Nichts da!» sagte er hart. «Ob und wie Sie das arme Ding beruhigen können, ist Ihre Sache. Aber mit dem Überwachen bleiben Sie mir vom Leibe, da hab ich meine Erfahrungen. Und wenn es gelänge, so wäre der Erfolg nur eben ein Unterschied der Todesart. Dann stirbt sie eben nicht im Teich, sondern am Zehrfieber in ihrem Bett. – Gebrochenes Herz – Unsinn, das gibt's nicht, das steht nur in Romanen – aber Zehrfieber, lieber Herr, das gibt's! Ich habe die Judith vor etwa sechs Wochen gesehen und heute wieder; ich muß Ihnen sagen: sie ist auf dem Weg dazu. Für mein Gewissen wäre dieser Unterschied der Todesart nicht sehr beträchtlich; wie Sie es auffassen wollen, muß ich Ihnen überlassen.»

Er trat an seinen Medikamentenkasten und begann einen Trank zu mischen.

Der Graf seufzte tief auf. «Herr Regimentsarzt», sagte er, «Sie beurteilen mich sehr hart. Und ein Mann wie Sie kennt doch das Leben. Sie wissen, wie selten solche Affären tragisch ausgehen … Ich schwöre Ihnen, ich fasse meine Verpflichtungen gegen Judith sehr ernst auf. Aber eine Heirat wäre moralischer Selbstmord – das müssen Sie einsehen …»

Der Arzt wandte sich jäh herum und kehrte ihm sein Antlitz zu; es war sehr finster. «Seh ich auch ein!» sagte er nickend. «Aber darf man einen physischen Mord begehen, um sich den moralischen Selbstmord zu ersparen?»

Der junge Mann wich einen Schritt zurück. «Was soll ich tun?» stöhnte er.

Doktor Reiser zuckte die Achseln. «Wählen!» sagte er. «Wählen, was Ihnen leichter scheint. Überlegen Sie sich die Sache … Sie sehen übel aus, schlafen Sie! Für diese Nacht übernehme ich alle Bürgschaft … Gute Nacht, Herr Graf!»

Er ging in die Krankenstube. Agenor starrte ihm lange nach; dann seufzte er tief auf, ging in sein Schlafzimmer und warf sich dort im Dunkeln auf einen Ruhesitz nieder. So saß er wohl eine Stunde und zermarterte sein Hirn: Mord oder Selbstmord – gab es wirklich kein Drittes?

Ein Klopfen an der Tür ließ ihn emporfahren, es war der Kastellan. «Herr von Wroblewski läßt fragen, ob Sie ihn heute noch sprechen wollen. Sonst ginge er schlafen.» An diesen Mann hatte er in seinem Jammer gar nicht gedacht. Ein Schurke, der ihm bisher zum Schlimmen geraten, aber doch sein einziger Vertrauter in dieser Sache – so hatte er auch heut morgens in seiner Hilflosigkeit zuerst an ihn gedacht. «Ich komme!» rief er hastig.

Er traf seinen Gast im Speisezimmer des Erdgeschosses. Das vorgesetzte Mahl hatte er verzehrt, nun lag er bei Wein und Zigarre behaglich im Lehnstuhl ausgestreckt. «Verzeihen Sie …», begann der Graf.

«Bitte, bitte! Sie haben jetzt schwerere Sorgen! Ich ließ nur fragen, weil ich wirklich etwas müde bin … Setzen Sie sich zu mir und lassen Sie mich wissen, womit ich Ihnen dienen kann. Daß ich wirklich Ihr Freund bin, sehen Sie; es ist mir auf Ehre nicht leichtgefallen, Amt und Familie im Stiche zu lassen … Nun aber, Kopf auf, Graf! Erzählen Sie …»

«Ich danke Ihnen. Was sich heut morgens hier begeben hat …»

«Weiß ich», fiel der Beamte ein, «verstehe es aber doch nicht ganz. Verzeihung, Graf, es soll kein Vorwurf sein, aber Sie scheinen nicht ganz vorsichtig gehandelt zu haben. Als Sie mir bei unsrer Unterredung, am Abend vor der Entführung, andeuteten, das Mädchen werde es vielleicht tragisch nehmen und ihr Gewissen gestatte es Ihnen daher nicht und so weiter – was erwiderte ich da? ‹Ihr Gewissen? Das ist Ihre Sache! Überlegen Sie's.› Nun dacht' ich: Der Graf kennt die Judith genauer als ich und weiß besser, wie er mit ihr steht; entweder findet er seine Bedenken nicht gerechtfertigt, und dann tut er's, oder sie scheinen ihm nach genauer Erwägung begründet, und dann hole ich mir eben aus Freundschaft am offenen Fenster vergeblich einen Schnupfen. Sie kamen, Ihr Gewissen war also ruhig, und das mußte auch mir genügen ...»

«Und so sprechen Sie zu mir!» rief der Graf.

Dem Beamten schien es richtig, den Sinn des schmerzvollen, empörten Ausrufs mißzuverstehen. «Natürlich!» sagte er harmlos. «Wer sonst als ich, Ihr einziger, wahrer Freund. Nun, es soll ja kein Vorwurf sein, sagt' ich schon, Sie haben sich damals eben geirrt. Aber dann mußten Sie doch später Ihres Irrtums innewerden und dem Mädchen seine Illusionen vorsichtig rauben – vorsichtig, zartfühlend, es hat alles seine Form, und auf die Form kommt's an! Und zu einer so brutalen Geschichte wie diesem Kampf im Wasser durften Sie es schon gar nicht kommen lassen. Sie haben ja heute Wärterinnen aufgetrieben, warum nicht bereits gestern?»

«Lassen wir das!» sagte der Graf. «Ob Sie in dieser Sache mein Gewissen wachgerüttelt haben, ob Sie nur immer taten, was ich wollte – schweigen wir darüber! Meine Schuld mindert Ihr Verhalten nicht, wenigstens nicht vor meinem Gewissen; ich habe schlecht, häßlich, erbarmungslos gehandelt. Ob auch unvorsichtig? Möglich! Die ersten Tage und Wochen – wir lebten beide wie im Rausch dahin; ich dachte an nichts in der Welt als an sie und nicht an die nächste Stunde – und ihr ging es wohl ebenso. Dann kam das Erwachen – sie fragte, sie drängte; daß ich ihr die Ehe verweigern könnte, fiel ihr gar nicht bei; sie wunderte sich nur, warum der Priester gar nicht komme, sie zur Christin zu machen und dann mit mir zu trauen. Diese Tage, wo ich sie zu täuschen, ihr die Gedanken wegzuküssen versuchte, wo ich heuchelte und log – glauben Sie mir, einen Teil meiner Schuld habe ich schon abgebüßt. Und obendrein war's nutzlos, gestern blieb sie des Vormittags lange auf ihrem Zimmer, und als sie endlich vor mich hintrat, da las ich's ihr vom Gesichte ab: Sie glaubt dir nicht mehr! Und da sie mich dennoch anscheinend ruhig anhörte, als ich nun beichtete, und immer nickte, auch bei meinem Schwur, sie nie zu verlassen, so glaubt' ich schon: einige Tage, und sie wird darüber hinwegkommen. Darum ließ ich sie auch auf ihren Befehl allein. Am Abend verlangte sie mich zu sprechen; ich erschrak, als ich sie wiedersah – welcher grenzenlose Jammer und dabei keine Träne! Sie flehte und beschwor: ‹Mach mich zu deinem Weibe! Drei Tage will ich's sein, dann gebe ich mir selbst den Tod, und du bist wieder frei!› Es war furchtbar ...»

Er verstummte.

«Kopf auf!» mahnte der Kommissär. «Sie suchten sie natürlich zu beruhigen.»

Der Graf schüttelte den Kopf. «Ich sagte ihr: Mit dir sterben kann ich, zu meinem Weibe kann ich dich nicht machen. Willst du, so ist dies für uns beide die letzte Stunde. Und lehnst du dies ab und gibst dir selbst den Tod, so sterbe ich dir nach. Ich habe es ernst gemeint ...»

«Ich zweifle nicht ... Und dann ließen Sie sie allein?»

«Ich wachte bis zum Morgengrauen an ihrem Lager.

Sie lag regungslos; ich glaubte sie eingeschlafen, und da kämpfte auch ich nicht länger gegen die Müdigkeit. Erst das Rufen der Diener im Hofe ließ mich emporfahren. Der Fedko hatte sie bemerkt und war ihr gefolgt – so blieb das Unglück verhütet ...»

«Hoffen wir zu Gott: für immer», sagte der Beamte salbungsvoll. «Was meint der Arzt?»

Der Graf berichtete es. «Es ist entsetzlich!» stöhnte er und rang die Hände.

«Hm! Und da weiß sie noch nicht, daß der Vater tot ist ...»

«Tot?» rief Agenor und fuhr empor.

Gleichmütig erzählte der Kommissär die näheren Umstände. «Das brauchen wir aber zunächst gar nicht in Rechnung zu ziehen; sie muß es ja nicht erfahren – wenn Sie zum Beispiel eine längere Reise mit ihr antreten, nach Italien, nach Paris ... Aber in der Hauptsache wird das nichts nützen. Zehrfieber – Selbstmord – es läuft einem ordentlich kalt über den Rücken! Das heißt, wenn wir dem Doktor glauben. Aber müssen wir ihm glauben? Er ist nämlich – will ich Ihnen sagen – ein sentimentaler Mensch, ein Philanthrop» – seine Miene wurde immer verächtlicher –, «vielleicht sogar ein Judenfreund!»

«Ich glaube ihm», sagte der Graf. «Und hätten Sie die Ärmste gesehen, Sie würden gleichfalls nicht zweifeln.»

«Schlimm! Aber da heißt es nun vernünftig erwägen. Was Sie ihr da gestern sagten, war – verzeihen Sie – blanker Unsinn. So mag ein Ladendiener handeln, wenn er seine Nähterin nicht heiraten kann; ein Baranowski hat Pflichten. Und was hätten Sie, das Mädchen, die Welt davon, wenn Sie zusammen stürben? Es bleiben also nur zwei Möglichkeiten: Entweder Sie lassen den Dingen ihren Lauf ...»

«Nein! Nein!» schrie der Graf auf.

«Nun, Sie brauchen das nicht so empört zu rufen, ein Barbar bin ich auch nicht. Ich meinte nur: wenn Sie die Reise nach dem Süden sofort antreten, einen Arzt mitnehmen, sie sorglich überwachen. Aber freilich – wenn Sie deshalb doch an eine Katastrophe glauben, so wollen wir darüber nicht weiter reden ...»

«Nein, darüber nicht.»

«Nun, dann haben wir überhaupt nichts mehr zu besprechen, denn den Weg zum nächsten Priester werden Sie auch ohne mich finden ...»

Der Graf stand abgewendet. «Und einen Ausweg kennen auch Sie nicht?»

«Nein ... Also, es tut mir leid, aber da es nun sein muß, meine herzlichsten Glück ...»

Er verstummte; der Graf hatte ihm sein Antlitz wieder zugekehrt, und dieses Antlitz war so totenbleich und düster. «Natürlich», murmelte er, «wo sollt' es da einen Ausweg geben? Verzeihen Sie, ich fragte nur – wenn man vor solchem Wege steht ... – So will ich's denn tun! Bitte, ordnen Sie die Sache mit dem nächsten Pfarrer. Es kann schon morgen geschehen!»

Herr von Wroblewski blickte ihn scharf an; ein Grauen wollte ihn übermannen. «Und nach der Trauung werden Sie sich töten?»

Der Graf schwieg.

Er wird's tun, dachte der Kommissär – gewiß oder höchst wahrscheinlich. Und das darf nicht sein. Jetzt, wo die Juden rebellisch geworden sind, ist er meine einzige Hilfsquelle. Und ist's nicht auch Menschenpflicht, ihn zu retten? «Hm, lieber Graf», sagte er, «ich bin doch auch kein Judenfreund, aber so groß, daß Sie sie nicht überleben könnten, ist die Schande doch eigentlich nicht ...»

Agenor schüttelte das Haupt. «Mit der Vernunft entscheiden sich solche Dinge schlecht. Mein Stolz auf unser Geschlecht, unsern Namen, unser Blut – das war nun einmal das Rückgrat meines Lebens. So hat es mich mein Vater gelehrt, daran habe ich festgehalten mit ganzer Kraft, mit ganzer Seele. Mit zerbrochenem Rückgrat, ein elender Krüppel, kann ich nicht weiterleben. Das ist alles!»

«Das – ist – alles!» wiederholte der Kommissär ganz mechanisch. Er hatte lange gezögert, mit seinem Mittel zu kommen, nun mußte es sein. «Hm!» Er räusperte sich. «Hören Sie, Freund, das bleibt Ihnen noch immer. Aber wenn ich nun – Sie erzählten vorhin, der Arzt habe der Jüdin künstlichen Schlaf für diese Nacht geschaffen –, wenn wir nun ein solches Mittel für ihre Seele fänden, welches für ein Jahr wirkt, zwei, drei Jahre – solange sie irgend wollen? Es läge nur in Ihrer Hand, wann Sie sie wecken wollten.»

«Was meinen Sie?»

«Wie gesagt, in Ihrer Hand! Natürlich täten Sie es nicht eher, als bis Sie wüßten, daß sie es ruhiger aufnimmt als heute. Und das wird ja dann zweifelsohne der Fall sein. Die erste Glut vorbei – sie denkt ihrer Pflichten – ein Kind – oder mehrere wollen versorgt sein. Freilich, außer Landes müßten Sie sofort mit ihr ...»

«Sprechen Sie!»

«Ich meinte nur so – es ging mir eben durch den Kopf. Und aus Freundschaft für Sie sage ich es; entscheiden müssen Sie selbst! ... Der arme Teufel wird es gern für Sie tun, Ihre Hilfe hat ihn ja gerettet, und schweigen wird er im eigenen Interesse ...»

«Wer?»

«Sie erinnern sich doch der Geschichte mit Ihrem Pächter, dem Afanasiewicz? Jener Ignaz Trudka ...»

Der Graf wich zurück. Ein Zittern überlief seine Glieder. «Schweigen Sie!» rief er und streckte wie abwehrend die Hand vor.

«Verzeihen Sie – ich meine ja nur! Aber es ist spät!» Er blickte nach der Uhr. «Wahrhaftig, Mitternacht vorüber!»

«Es wäre ein Verbrechen ...»

«Ja, aber Mord oder Selbstmord sind auch keine schönen Sachen. Überlegen Sie sich's bis morgen. Gute Nacht, lieber Graf ...»

Rasch, ohne zurückzublicken, ging er aus dem Zimmer und ließ sich von dem Diener seine Schlafstube zeigen. Der Teufel hole die Sentimentalität, dachte er, aber obgleich er selbst wahrlich kein sentimentaler Mensch war, währte es doch diesmal lange, bis er den Schlaf fand.

Die Sonne stand hoch am Himmel, als er erwachte. Die Uhr wies auf zehn. Er machte sich rasch zurecht und klingelte dem Diener. Der Herr Graf habe wiederholt nach dem Herrn Kommissär gefragt, berichtete dieser. Der Arzt sei abgereist; die Kranke schlafe noch.

Einige Minuten später stand der Beamte vor dem Hausherrn. Agenor sah übel aus, wie jählings gealtert. «Kurz», stieß er hervor. «Ich will's kurz machen ... Ich willige ein ... Wann kann der Mann hier sein?»

«Haben Sie es auch wohl überlegt?» fragte der Beamte.

«Keine Heuchelei!» brauste der Graf auf. «Es entspricht Ihrem Wunsch – Sie sind nun für Lebenszeit versorgt. Und daß der Ertrinkende in die Schneide des Schwertes greifen würde, das Sie ihm entgegenhalten, wußten Sie im vorhinein ... Ihr Wagen ist bereits angespannt ... Also, welche Summe fordern Sie zunächst, und wann kommen Sie mit dem Menschen?»

Herr von Wroblewski konnte sich auch kurz fassen,

wenn es sein mußte. «Zehntausend Gulden. Übermorgen!»

Der Graf schrieb die Anweisung an seinen Güterdirektor und reichte sie dem Kommissär schweigend hin. Dieser las sie aufmerksam, nickte, steckte sie ein und ging, ohne Verbeugung, ohne Gruß.

## *Siebentes Kapitel*

RAFAEL WAR VON DEM TRAURIGEN GANGE heimgekehrt, wie er ihn angetreten: bleich, starr und aufrecht. Es war unter allen Bewohnern des Städtchens nur eine Stimme des Mitleids für ihn, nun trat die Bewunderung hinzu: Auch jetzt noch achtete er nicht seines Schmerzes, nicht seiner Erschöpfung, sondern der Not anderer. Er ließ all die Armen, denen sein Vater ein Helfer gewesen, zu sich entbieten und sagte ihnen, daß sich nur der Geber gewandelt, nicht die Gabe. Und gegen niemand unter diesen Demütigen und Beladenen war er dabei freundlicher und barmherziger als gegen jene Greisin, welche mit bangerem Herzen vor ihn hingetreten als die anderen, die Miriam Gold, deren Tochter Christin geworden. «Zittert nicht, Miriam», sagte er ihr, «solcher Schimpf kann auch unschuldig treffen!»

Es war auch sein eigener Trost in den ersten Stunden rasenden Schmerzes, dem er sich nun, nachdem er die frommen Pflichten erfüllt, hingeben durfte. Dann freilich, in der Nacht, während er einsam, in einen Winkel des Sterbezimmers hingekauert, die Totenwacht hielt und in den blassen Schein des Seelenlichts starrte, mußte er daran denken, wie sich alles gefügt, und jener Mahnungen, der er selbst vergeblich an den Vater gerichtet. «Waren auch wir nicht ganz ohne Schuld?» –

nichts tat ihm weher als dieser Zweifel. Aber er vermochte ihn wieder zu besiegen, wenn er sich das Unerhörte der Schmach zurückrief, mit welcher sich die Schwester befleckt; die niedrigste Magd des Ghetto, dachte er knirschend, wahrt ihre Ehre und würde lieber sterben als sie preisgeben – und sie, des besten Mannes Tochter, hat dies vermocht! Nein, sie verdiente seine Verachtung, und wenn er bangen Herzens dem Morgen entgegenharrte, wo der Notar das Testament eröffnen sollte, so geschah es nur deshalb, weil er befürchtete, der Sterbende könne ihn darin vielleicht zur Milde gegen die Entartete gemahnt haben.

Die Besorgnis war grundlos. Das Dokument, nach den Wünschen, welche Nathaniel mit erlahmender Hand aufgezeichnet, vom Notar verfaßt, erwähnte Judiths nur, soweit es das Gesetz gebot: Es war ihr das Pflichtteil am Erbe zugewiesen. Für Rafael enthielt es Worte des Segens; seiner eigenen Entscheidung war überlassen, ob er die Fabrik übernehmen oder seine Studien fortsetzen wollte; nur um eines bat der Vater: jene Aufgabe zu fördern, die er dem Anwalt Rosenberg anvertraut. Aber auch dabei handelte es sich nur um den Kommissär, nicht um Judith oder den Grafen. «Ein solcher Mensch darf nicht länger Richter sein», das war alles.

Rafaels Entschluß war rasch gefaßt. Er wolle im Lande bleiben, erklärte er seinen Vormündern, seines Vaters Arbeit fortsetzen und nach seinem Vorbild leben. Nachdem die erste Trauerwoche vorüber war, übernahm er die Leitung der Fabrik; was ihm an Jahren abging, schien er durch Ernst und Eifer ersetzen zu wollen. Auch für Judith hatte das Kreisamt einen Vormund bestellt, den Bürgermeister; allzuviel Mühe machte dies Amt dem Wackeren nicht; nachdem er ihr unter Adresse des Grafen eine Abschrift gesendet, legte er das Geld fruchtbringend an. Die nächste Zeit verging, ohne auch nur eine Antwort von ihr zu bringen. Das wunderte niemand; man wußte, daß sie mit dem Grafen irgendwo im Ausland verweile. Wo, wußte keiner, auch Rafael nicht. Er aber war auch der einzige Mensch im Städtchen, der niemals ihren Namen nannte.

Woche um Woche verstrich; der Winter brach ein und begrub Heide und Städtchen unter der Schneelast; bald sprachen auch die anderen seltener von der schönen Sünderin, die ihrem Vater das Herz gebrochen und nun mit dem Galan unter südlichem Himmel in tausend Freuden lebte. Ein anderer Gesprächsstoff tauchte auf: der Sturz des Kommissärs. Zuerst flüsterte man sich's leise ins Ohr, daß er nicht mehr so fest stehe wie früher, dann sprach man lauter davon, daß Rosenberg eine Untersuchung gegen ihn durchgesetzt, und endlich kam der Februartag, wo alt und jung auf der Straße war, um die Kommission, einen Rat des Kreisamts und seinen Schreiber, einziehen zu sehen. Alle Welt fand dies natürlich: «Es hat ja gar nicht anders kommen können!» riefen die Leute einander zu und jubelten.

Da irrten sie; es war ein Erfolg, der kaum zu erwarten gewesen. Daß die Vorsteher auf Rafaels Bitte jeden Ausbruch der Erregung gegen den Kommissär verhindert, so daß niemand in der Gemeinde sich auch nur durch ein unziemliches Wort gegen ihn verging, war nur der erste schwache Schritt zu diesem Ziele gewesen. Auch jene Beweise, welche der Sterbende, dann sein Sohn gegen den feilen Mann gesammelt, hatten viel, aber nicht alles bewirkt. Denn wohl waren die Räte des Lemberger Guberniums aufmerksam geworden und lasen diese Anklagen eifriger als die früheren, aber im Kollegium saß ja auch als hochgeschätztes Mitglied der zärtliche Oheim der Frau Anna, und da dieser versicherte, daß alles erlogen sei, so wäre ein Widerspruch seitens der anderen Herren eine arge Unhöflichkeit gewesen. Und die hohen Beamten im vormärzlichen Österreich waren gegen ihresgleichen immer höflich. Damals gab auch Rosenberg die Hoffnung auf und konnte auf Rafaels verzweifelten Ausruf: «Wie kann eine Staatsordnung bestehen, wo solches möglich ist!» nur eben erwidern: «Sie besteht aber auch nur diesen Umständen angemessen!» Da erkrankte jener Oheim und mußte einen längeren Urlaub nehmen; das allein hätte noch nicht gefruchtet, aber die Ärzte meinten auch, daß er nie wieder ins Amt zurückkehren werde, und daraufhin kam den Herren die Überzeugung, daß solcher Frevel nicht länger währen dürfe. Die Untersuchung wurde angeordnet, und damit stand auch ihr Ergebnis fest: die Absetzung und Bestrafung des Schuldigen. Denn ein Beamter, der bloß die Absetzung verdiente, kam damals in Österreich nie in Untersuchung; die Gerichte hätten sonst zu angestrengt zu tun gehabt und der freien Stellen wären zu viele geworden.

Das wußte auch Herr von Wroblewski. Er hatte die ersten Monate in stetem Schwanken zwischen Furcht und Hoffnung zugebracht, der Furcht vor dem Toten und dem bleichen, düsteren Jüngling und der Hoffnung auf die Höflichkeit der Lemberger Räte. Dann war wieder eine Zeit gekommen, wo er sich unbefangen der Geldscheine freuen konnte, die ihm der Güterdirektor des Grafen allmonatlich ins Haus brachte; die meisten behielt er, einige wenige schickte er nach Rußland – «Herrn Anton Brodski in Mohilew» stand auf der Adresse; und innen: «Hier, Herr Trudka, das Geld, welches mir der Graf für Sie überschickt hat. Ich hoffe, Sie werden zufrieden sein, denn wären Sie es nicht, so würde Ihnen dies auch nichts nützen; wir fürchten Sie nicht!» So oder ähnlich, häufig gröber, zuweilen sanfter, je nach der Größe der Sendung. Im übrigen aber: Die dummen Juden sollen sich umsonst gefreut haben! dachte er. Als er jedoch die Nachricht von der Untersuchung erhielt, brach er zusammen. Nun war alles entschieden, jeder Kampf nutzlos; er hatte ja seit zwei Jahrzehnten Zeit gehabt, sich genau darüber zu unterrichten, welchen Verlauf solche Dinge nahmen. Das Amt war verloren, nun galt es nur noch einen Versuch, der Strafe zu entrinnen.

Mit dem Stolz des gekränkten Ehrenmannes trat er dem Richter entgegen und überreichte sein Gesuch um Entlassung. «Die Untersuchung wird meine Unschuld erweisen», sagte er, «aber ich lasse mich nicht ungestraft durch Mißtrauen kränken. Ich bin dies meiner Würde, der Würde meines Standes und jener meiner Kollegen schuldig, die ebenso pflichteifrig gehandelt wie ich; ich darf dies mit voller Bestimmtheit sagen, denn ich kenne ihre Amtsführung.» Und er nannte eine Reihe dieser Kollegen, einer übler beleumdet als der andere.

Der Rat horchte auf, da drohte ein unermeßlicher Skandal. Er begann die Untersuchung, berichtete jedoch gleichzeitig nach Lemberg. Die Herren überlegten; der Schurke war unschädlich gemacht, ob er nun vom Staate eine Pension oder einige Jahre Versorgung im Zuchthaus erhielt, schien ihnen nicht wesentlich; auch der Kostenpunkt war fast gleichgültig, denn diese letztere Versorgung verschaffte er dann gewiß auch einer Reihe von Kollegen. Und da zudem sein Gönner noch lebte, so wurde nach zwei Monaten die Untersuchung eingestellt, Herr von Wroblewski pensioniert.

Das Ergebnis befriedigte niemand; am schwersten traf es Rafael. Der Mann war nun nicht mehr Richter, aber seinem verdienten Los war er entgangen. «Weil er fast nur gegen Juden gefrevelt hat!» klagte der Jüngling, und diese Erfahrung verbitterte ihn noch mehr. Hingegen fand sich Wroblewski, nachdem der erste Ärger überwunden war, leicht in sein Los. Allerdings begegneten ihm die Honoratioren des Städtchens und die Edelleute der Umgebung nur sehr kühl, aber das ließ sich mit einiger Philosophie ertragen, besonders da es noch immer liebenswürdige Menschen genug gab, welche seine und seiner Gattin gesellige Talente zu schätzen wußten. Auch war er nun das langweilige Amt los, und die Sporteln konnte er leicht verschmerzen, da ja ein kurzer Brief an den Grafen genügte, ihm jede beliebige Summe zu schaffen. Agenor antwortete nie, Wroblewski hatte in all den Monaten auch nicht eine Zeile von ihm erhalten und wußte so wenig wie die anderen, wo das Liebespaar weilte, aber der Güterdirektor Herr Michael Stiegle, ein schweigsamer, bärbeißiger Schwabe, beförderte die Briefe pünktlich und brachte dann die Antwort in einer Form, welche das Herz des Exkommissärs mehr erfreute, als es der zärtlichste Brief vermocht hätte. Allerdings schnitt Herr Stiegle dabei eine verdrießliche Miene, und als Herr Wroblewski, nachdem ihm Rafael die Wohnung gekündigt, einen Flügel des Schlosses eingeräumt wünschte, da schien er sogar unhöflich werden zu wollen. Aber ein Brief an den Grafen brachte auch diesem Wunsche die Erfüllung. Kurz, eigentlich lebte er nun so vergnüglich wie früher, ja noch lustiger und sorgenloser.

Auch die Briefe aus Rußland störten ihm die gute Laune nicht, und je mehr Drohungen darin standen, desto behaglicher las er sie. «Wer alles heutzutage auch ein Schurke sein möchte», sagte er sehr verächtlich. «So dumm und will ein Schurke sein!» In der Tat, was wollte dieser Ignaz Trudka? Von den dreihundert Gulden, die der Graf für ihn monatlich gab, bekam er hundert, ein Sümmchen, mit dem sich in Mohilew gut leben ließ; es war eigentlich eine Frechheit, daß er den vollen Betrag forderte und sich auf das mündliche Versprechen Agenors berief. «Der Graf gibt eben nicht mehr», hatte ihm Wroblewski wiederholt geschrieben, «er weiß ja, daß Sie sich in Ihrem eigenen Interesse wohl hüten werden, ihn zu verraten oder nach Österreich zurückzukehren» – und der freche Mensch gab sich mit dieser Beruhigung nicht zufrieden! «Ich werde euch beide zugrunde richten und mich selbst!» schrieb er immer wieder – es war zu komisch!

So verstrichen dem ehemaligen Beamten in ehrbarer Muße die Tage, und da weder der Prior noch der Rittmeister zu jenen engherzigen Menschen gehörten, die an der Untersuchung und ihren Folgen irgendwelchen Anstoß genommen, so war auch Frau Anna wohl zufrieden. Das Ehepaar beneidete wahrlich seine Nachfolger nicht, welche auch ihre Wohnung bei Trachtenberg gemietet, Herrn Kreiskommissär Groza und Frau, bürgerliches Pack, arme Schlucker; der neue Richter lebte mit Weib und Kindern wirklich und wahrhaftig nur von seinem Gehalt. Ein Puritaner, der Mensch zahlte sogar seine Miete! Da war doch wahrlich die Wohnung im Schlosse nicht bloß billiger, sondern auch angenehmer. Der prächtige Park vor den Fenstern, in dem nun obendrein wieder niemals ein Jude zu sehen war! Denn eine der ersten Taten Wroblewskis nach seiner Übersiedlung war es gewesen, jene Tafel am Eingang wieder aufrichten zu lassen. Der plumpe Stiegle hatte sich freilich auch dagegen gesträubt, vermutlich sogar dieser Kleinigkeit wegen beim Grafen angefragt, nachgegeben hatte er schließlich doch. Herrn von Wroblewski schienen die Blumen im Lenze stärker zu duften, die Laubengänge im

Sommer kühleren Schatten zu gewähren, seit die Tafel an ihrem alten Platze dastand.

Der Sommer verging, der Tag jenes feierlichen Einzugs des Grafen jährte sich und wurde durch eine Messe in der Patronatskirche festlich begangen; auch beteilte Herr Stiegle in des Grafen Auftrag die Armen des Städtchens, aber wo der Geber weilte, wußte noch immer niemand. Ein Edelmann aus der Nachbarschaft wollte das junge Paar in Verona gesehen haben, an höchst romantischer Stätte, in jenem Garten, wo das Grab Julias gezeigt wird, und versicherte, die beiden hätten ganz verklärt dreingesehen und der Lohndiener hätte Judith Frau Gräfin genannt. Aber der Mann galt als Lügner, und wenn er diesmal zufällig die Wahrheit sprach, so hatte sich eben der Lohndiener geirrt; daß Graf Agenor die Jüdin geheiratet, glaubte niemand. Und gegen Ende November jährte sich ein anderer Tag, welcher den Bewohnern des Städtchens unauslöschlich in Erinnerung geblieben. Am Morgen konnte die alte Synagoge die Zahl der Beter nicht fassen, welche gekommen waren, die Totenfeier für Nathaniel, seine «Jahrzeit» zu begehen; dann strömte alt und jung zum «guten Orte», sie horchten bewegt dem Gebet, welches Rafael am Grabe sprach. «Amen! Amen!» scholl es schluchzend wie ein hundertfaches Echo. Dann betrachteten sie den schönen Denkstein, den Rafael hatte aufrichten lassen, und sprachen die Worte nach, die da statt aller Lobsprüche, welche die anderen Grabtafeln zierten, eingemeißelt standen: «Das Andenken des Gerechten erlischt nimmer.» Zwischen diesem Grabe und jenem der frühverstorbenen Gattin Nathaniels war ein leerer Raum; Unkraut bedeckte die schmale Stätte, dorniges Gesträuch streckte seine kahlen Zweige darüber hin. Wenige, nur die Vorsteher und die Leute der Begräbnisbrüderschaft, wußten, daß auch dieser Boden vor nun einem Jahre zu nächtlicher Stunde aufgewühlt worden und was sie darein gebettet; die anderen ahnten es bloß, aber niemand fragte, und von all den Hunderten nannte keiner Judiths Namen, solange sie auf dem «guten Ort» verweilten. Das Andenken des Gerechten erlischt nimmer, aber wer in Sünden dahingestorben, «dessen Name soll nie genannt werden». Sie war tot; am «guten Ort» spricht man nur von jenen Toten, die man rühmen darf. Erst als sie jenes Gitter durchschritten, welches die Welt des Friedens von jener des Kampfes trennt, fluchten sie der Entarteten. Nur einer schwieg auch nun, Rafael. Stumm schritt er neben den Vorstehern einher, die Gestalt aufrecht, das Antlitz düster und unbewegt, wie sie ihn all die Tage gesehen; seit seiner Heimkehr hatte niemand ein Lächeln auf seinen Lippen, aber auch keine Träne an seinen Wimpern gewahrt. Nur als der Zug am Schlosse der Baranowski vorbeikam, zuckte es um seinen Mund, und in dem Blick, den er auf das weiße Gemäuer richtete, das im Glanz der Spätherbstsonne so stattlich inmitten des entlaubten Parks dalag, loderte die Glut ohnmächtigen, unversöhnlichen Hasses.

Vielleicht wäre es dem qualvollen Grimm, in welchem er sich verzehrte, zur Labe gewesen, wenn er geahnt hätte, was sich zur selben Stunde in einem der Zimmer da oben zutrug, im Arbeitszimmer des Güterdirektors. Da saß Herr Michael Stiegle seit dem Morgen an seinem Schreibtisch und rechnete, schüttelte den Kopf und rechnete wieder, brummte vor sich hin und rechnete abermals. Dann starrte er lange in die Luft und faßte sich endlich ein Herz und schrieb einen kurzen, klaren Brief an den Grafen. Das Programm bei seinem Eintreten in Hochdero Dienste habe gelautet: Sparsamkeit und gute Wirtschaft, um die Schulden abzuschütteln, mit welchen der hochselige Herr die Allodialgüter überlastet. Nun habe sich in diesem ersten Jahr der Reinertrag nach Abzug der Zinsen für die Gläubiger auf zwölftausend Gulden gestellt, der Bedarf aber auf das Zehnfache, und diese neuen Anleihen seien nur zu sehr harten Bedingungen möglich geworden. Ob der Herr Graf den Verbrauch nicht etwas einengen und vor allem, ob er nicht selbst einmal nach dem Rechten sehen wolle. Sonst könne er, Michael Stiegle, nicht auf seinem Posten bleiben, auf die Landwirtschaft glaube er sich zu verstehen, auf den Verkehr mit den Wucherern nicht. Dann schrieb er die Adresse: «An das Bankhaus M. L. Biedermann & Komp. in Wien für Herrn Grafen Agenor Baranowski.» Denn wo Agenor verweilte, wußte auch er nicht. Und das drückte Herrn Stiegle; ihn drückte vieles an diesen unklaren Verhältnissen.

Vielleicht lag es an dieser Stimmung, daß er die Meldung des Dieners, draußen harre ein Kapuziner und lasse sich nicht abweisen, unwirscher aufnahm, als sonst seine Art war, auch den gebückten Greis mit langem, weißen Bart, der sich nun schüchtern ins Zimmer schob, derb anfuhr. Doch mochte ihn auch das Anliegen des Bettelmönchs ärgerlich stimmen; derselbe bat um die Adresse des Grafen Baranowski. «Geht Sie nichts an!» brummte er.

Der Mönch trat näher. «Es ist sehr dringlich», flehte er mit zitternder Stimme, «bei Gott und allen Heiligen – sehr dringlich!»

«Dann schreiben Sie, und ich will diesen Brief befördern.»

Der Mönch schüttelte den Kopf und trat noch einen Schritt vor. Vielleicht könne ihm schon der Herr Direktor helfen. Es handle sich um seinen Vetter in Rußland, einen armen Menschen namens Ignaz Trudka, der Herr

Graf habe demselben für wichtige Dienste bei Herrn von Wroblewski ein Gehalt monatlicher dreihundert Gulden angewiesen; der Herr Kommissär schicke aber kaum ein Drittel und auch dieses unpünktlich. Ob der Herr Direktor nicht den Betrag direkt auszahlen könne? Und während er so sprach, spähte er nach den Papieren auf den Tisch und las die Adresse des Briefes, der dalag.

«Nein!» erwiderte Herr Stiegle. «Weiß nichts von der Sache. Müssen sich an Wroblewski wenden. Adieu!»

Der Mönch stand noch einen Augenblick unschlüssig, dann verließ er gesenkten Hauptes, mit frommem Gruß, die Stube. Auf dem Korridor zog er sein Gebetbuch hervor und schrieb hastig eine Notiz ein. Dann begab er sich zu Wroblewski. Als er vor diesem stand, schien er plötzlich alles Gebrechen des Alters abgeschüttelt zu haben. Aufrecht stand er da, und auch seine Stimme klang fest, als er sagte: «Sie brauchen nicht zu erschrecken, Herr Kommissär, ich bin nur gekommen, mündlich abzurechnen, da es schriftlich schwer geht.»

Herr von Wroblewski erbleichte; in der nächsten Sekunde hatte er seine Fassung wiedergewonnen. «Warum sollt' ich erschrecken?» sagte er lachend. «Es ist ja Ihr Hals, den Sie riskieren! Abzurechnen haben wir nicht; was der Graf für Sie bestimmt, übersende ich Ihnen. Für den November ist eben nichts gekommen.»

«Jedes Wort eine Lüge», erwiderte der andere. «Mein Geld, oder ich schreibe an den Grafen.»

«Warum sollten Sie das nicht tun?» war die Antwort. «Die Adresse kenne ich nicht, sonst würde ich sie Ihnen sagen, aber Herr Stiegle befördert die Briefe. Überlegen Sie jedoch, ob der Graf Ihnen mehr glauben wird als mir. Sie werden ihm meine Briefe einsenden? Aber, guter Trudka, steht denn in diesen Briefen eine Summe?»

Der Besucher schwieg; das schien ihm einzuleuchten.

Dann aber brach er wild los und drohte mit der Anzeige bei dem Gericht; ihm sei angenehmer, hier im Kerker satt zu werden, als in Mohilew zu verhungern. Und über den Verlust der Freiheit werde ihn die gute Gesellschaft trösten.

Herr von Wroblewski hörte ihn lächelnd an. «Bon!» sagte er. «Tun Sie, was Sie nicht lassen können. Aber nun hören Sie mein letztes Wort. Hier» – er zog seine Brieftasche – «sind zweihundert Gulden. Ich lege sie in dies Kuvert. Und auf dies Kuvert schreibe ich – sehen Sie, lieber Trudka? –: ‹Herrn Anton Brodski in Mohilew.› Mit diesem Brief geht mein Diener zur Post, und Sie begleiten ihn. Hier sind außerdem zwanzig Gulden zur Heimreise. Und nun klingle ich dem Diener – auf alle Fälle: entweder, damit er mit Ihnen zur Post geht, oder damit er Sie hinauswirft!»

Als Herr von Wroblewski einige Minuten später aus einem Fenster den Bettelmönch mit dem Diener friedfertig dem Städtchen zuwandeln sah, mußte er laut auflachen: «Da eilt er nun auf Flügeln der Sehnsucht nach Mohilew!» Vielleicht wäre er minder heiter gewesen, hätte er geahnt, welche Gedanken das Hirn des betrogenen Gauners erfüllten.

## *Achtes Kapitel*

Auf den weissglänzenden, beschneiten Kuppen des Monte Baldo glühte und schimmerte das Morgenrot, und aus dem Bergtal der Sarka kam der Wind geflogen, der kalte Nordwind, und fegte den See von Nebeln rein und den Himmel von Wolken. Nur noch an den Bergspitzen flatterten die grauen, trübseligen Schleier dahin, wie Trauerflaggen, oder sie bargen sich scheu in einer

Schlucht, dicht über der arzurnen Flut. Aber auch da erreichte sie die Sonne, als sie endlich emporstieg über dem mächtigen «Altissimo di Nago», der sich breit und ungeschlacht zwischen die beiden lachenden Landschaften des Etsch- und des Gardagaus schiebt. Das Morgenrot verblich, die Dünste verschwanden, und das goldige Licht spann sich voll und gütig über die Landschaft, über das tiefe Blau des Himmels und der Wasser, über die mattgrünen Wiesen und die grauen oder rötlichen oder violetten Felsen mit denen weißen Schneekäppchen und über die engen, winkeligen Gäßchen von Riva, welches sie die «Regina del Garda» nennen, die alte, häßliche Herrscherin eines ewig jungen und schönen Reiches.

Auf dem Balkon des alten, wohl erhaltenen Palazzino, welcher dicht vor Porta San Michele mit seinem schlanken Gemäuer mitten aus dem dichten Grün eines wohlgepflegten Gartens emporsteigt, stand der junge Graf und blickte über das Häusergewirr zu seinen Füßen auf die blaue, fast endlos ausgegossene Flut und das gesegnete Anland mit den weiß schimmernden Hütten. Es war der erste schöne Morgen nach endlosen Regentagen – wie hatte er nach der Sonne geschmachtet und gewähnt, wenn sie nur erst da sei, dann müsse es ihm auch in Herz und Hirn lichter werden. Diese Schatten scheuchte keine Sonne. Er war ein Tor gewesen, wie an jenem Tag vor zwei Monaten, dem leuchtenden Septembertag, da er zuerst dieses Haus betreten und sich gesagt: es sei ja so schön hier, so still und friedlich; hier müsse alle Wirrnis sich klären, alle Unruhe sich sänftigen. Für sein zermartertes Gemüt gab es keine Friedensstätte mehr auf Erden. Und ein Wahn auch war es gewesen, als er vor einigen Wochen, da ihm die Wehmutter den neugeborenen Knaben in die Arme gelegt, zum

Himmel emporgestammelt: «Dank dir, Barmherziger, Dank für den Engel, der mich erretten und emporführen soll!» Es war ein schönes, heiteres Kind, mit dem hellen Haar der Mutter, den dunklen Augen des Vaters, und die Amme versicherte, es lache schon, wenn es den Signor Conte sehe – ihm aber war's, als blickten ihn diese dunklen Augen drohend an, als stieße ihn diese kleine Hand noch tiefer in Schuld und Wirrnis hinein.

Es war anders gekommen, als er gedacht, ehe er in die unselige, häßliche Komödie gewilligt in jener Nacht auf dem Jagdschloß, da er fiebernd am Bett der Kranken gesessen oder in seiner Schlafstube auf und nieder gewandelt. Damals hatte er auf dem Wege, den ihm der Versucher wies, nur ein Schreckbild erblickt: die Entdeckung des Betruges, die Schmach vor der Welt. Wie sich das Zusammenleben mit der Geliebten gestalten sollte, nachdem er ihrer Seele auf diese Weise «künstlichen Schlaf» gebracht, und wie einst das Erwachen sein würde, dahin schweiften seine Gedanken kaum. Das hatte ja Zeit, das mußte sich finden – vielleicht führte auch dieser Weg nicht ins Freie, nur etwa eben in einen Garten, den hohe Kerkermauern umschlossen, aber auch über ihm schien die Sonne und wandelten die Sterne auf und nieder – es war ein Eden gegen die enge, dunkle Marterzelle, in welcher er sich während der Unterredung mit dem Arzt gefühlt, bevor ihm der abgefeimte Mensch den Rat gegeben. Freilich, die Schmach der Entdeckung! Aber war sie wahrscheinlich, und wenn sie hereinbrach, befleckte sie den Namen der Baranowski sosehr wie ein Selbstmord oder gar eine Heirat mit der Jüdin? Und auch der Geliebten wegen mußte er es tun, es war das einzige Mittel, sie am Leben zu erhalten, zu beruhigen. Wählte er den Tod, so starb sie ihm nach – war dies eine mildere Lösung?

So hatte er eingewilligt und wie erlöst aufgeatmet, als Wroblewski das Schloß verlassen. Auch in den nächsten Tagen kam ihm die Reue nicht. Im Gegenteil, als er sah, wie sein stammelndes Versprechen: «Dein Wille geschieht … der Priester kommt!» genügte, um die Hinsiechende neu aufleben zu lassen, als er Stunde um Stunde an ihrem Lager saß und dem leisen Schluchzen horchte, in welchem der Krampf der Erregung sanft verzitterte, in ihr Antlitz blickte, welches unter dem Tränenschleier wieder lächeln konnte, da sagte er sich: es sei gut, daß er dies über sich vermocht, und der Ausweg schien ihm sogar viel mutiger, als wenn er sich etwa aus dem Leben weggestohlen hätte. Sie sprachen beide nicht über das Geschehene, nur einmal sagte sie: «Wir wollen einander unsere Sünden verzeihen, du, daß ich dich verlassen wollte, ich, daß du zögertest! Nun aber nur Glück und Treue und Liebe, solange uns Gott das Leben gönnt. Ach, das Leben ist so schön!» Er beugte sich auf ihre Hand nieder und bedeckte sie mit Küssen. Ja! Er hatte doch unter all den drohenden Übeln das geringste herausgefunden, und seine Kraft wollte er dareinsetzen, es so gelind als möglich zu gestalten, wenn erst die häßliche Zeremonie vorbei war.

Ihm bangte vor dieser Stunde, je näher sie heranrückte, und er benahm sich wie ein Knabe, der vor unabwendbarer Gefahr steht: Er schloß die Augen, sie nicht zu sehen. «Wozu mit dem Menschen sprechen?» wehrte er ab, als Wroblewski eines Nachmittags mit dem Gauner eintraf und diesen vorstellen wollte, «zur Besprechung des Programms der morgigen Vorstellung». Auch der Aufschub war ihm peinlich; das Kostüm habe der Mensch ja wohl mitgebracht, und sein Kammerdiener Jan könne die Schloßkapelle sofort beleuchten; Jan wisse, was bevorstehe, auch daß er als Zeuge mitwirken solle, nur daß er den Trudka für einen wirklichen Priester halte. Der Kommissär lächelte: «O stürmische Ungeduld des Verliebten! Aber der hochwürdige Herr muß das schöne Kind doch vorher taufen, und ehe er es tauft, sollte er es doch mindestens eine Stunde lang über die Heilslehren unserer Kirche aufklären!» Der Graf taumelte zurück und starrte ihn fassungslos, ja entsetzt an. Er war kein Frömmler und kein Atheist; er hatte nie über die Religion nachgedacht; er glaubte an Gott und hielt die katholischen Festtage, weil man es ihn so gelehrt und weil es sich für einen Baranowski schickte; wie er in jener Nacht nur daran gedacht, daß sein Vorhaben ein Frevel gegen das Staatsgesetz sei und nicht auch gegen Judith, ebensowenig war ihm das Gotteslästerliche seines Beginns klargeworden; nun erst faßte und lähmte ihn diese Erkenntnis. Doch, das mußte getragen, das Sakrament der Ehe entwürdigt sein, aber jenes der Taufe? Das war ja gleich heilig, ja noch heiliger; er kannte seinen Katechismus. «Taufe?» stammelte er endlich, mühsam nach Fassung ringend. «Sie kann ja Jüdin bleiben!» Der Kommissär lachte laut auf. «Bleibt sie ja auch, lieber Graf! Aber wenn wir ihr diesen ersten Hokuspokus nicht vormachen, so glaubt sie an den zweiten nicht. Das Mädel ist sehr gescheit und weiß ganz genau, daß sie vorher Katholikin werden muß, wenn die Ehe gültig sein soll. Also, keine Sentimentalitäten! Und da es Ihnen so gefällt, so wollen wir beides kurz und sofort abmachen!» Der Graf nickte stumm, gab Jan seine Befehle und ging zu Judith. Sie war ja dieser Nachricht in den letzten Tagen von Stunde zu Stunde gewärtig gewesen, und es war ihr eigener Wille, an dessen Erfüllung sie ihr Leben gesetzt; gleichwohl schrak sie zusammen und brach dann in wildes, krampfhaftes Weinen aus. Er faßte ihre Hand und suchte sie zu beruhigen. «Laß nur», wehrte sie ab, «du kannst es nicht verstehen.» Dann aber schluchzte sie doch: «Sieh, ich weiß ja, nur als Christin kann ich dein Weib werden! Und daß du dich dazu entschlossen, will ich dir mein Leben lang kniefällig danken; das ist ja mein Himmel auf Erden, in den mich deine gütige Hand führt. Aber was vorher kommt, ist für mich die Hölle. Schilt mich nicht, ich sage es nicht aus Haß gegen deinen Glauben und nicht einmal deshalb, weil er mir fremd ist. Selbst mein Vater, der doch gewiß ein treuer Jude ist, pflegt ja zu sagen: ‹Wir sind alle Kinder desselben Vaters da oben!› Aber bedenke: Dieser Schritt scheidet mich doch für immer von ihm und von Rafael. Ich habe von nun ab nur noch dich auf der Welt! Aber nicht aus Mitleid mit mir, sondern mit ihnen muß ich so weinen. Sie haben nun keine Tochter, keine Schwester mehr; deiner Gattin könnten sie die Flucht verzeihen, die Christin ist für sie tot. Ach, was werden sie in ihrem Herzen leiden und von unsern Leuten zu erleiden haben. Ich muß nur immer an die Miriam Gold denken, deren Tochter ja auch an einen Christen verheiratet ist!» Nur stammelnd rangen sich die Worte von ihren Lippen, und die Tränen strömten über die Wangen; ihm war's, als hätte er noch nie einen Menschen so weinen sehen. Stumm, keines Wortes mächtig, stand er neben ihr; was sollte er ihr auch sagen? Daß er ihr diesen Schmerz ersparen wollte? Dann war ja vielleicht das ganze Spiel verloren. Er schwieg, aber so tief hatte ihn die Szene erschüttert, daß er sich selbst kaum aufrecht zu erhalten vermochte, als er die Bebende zur Kapelle führte.

Der einstige Priesterzögling hatte es kurz gemacht, beide Zeremonien in wenigen Minuten erledigt. Und dem Grafen war damals zumute gewesen, als sähe er alles nur durch einen Schleier und höre jeden Ton wie aus weiter Ferne, so wild strömte ihm das Blut gegen den Kopf. Aber wie oft war ihm seither doch dies Bild vor die Augen getreten: die düstere, matt erleuchtete Kapelle, das arme, bleiche Weib an seiner Seite, das Galgengesicht des Menschen im Ornat, zur Seite der Kommissär mit salbungsvoller Miene, der fleißig das Taschentuch gebrauchte, um nicht laut aufzulachen, daneben der alte treue Jan, in Tränen aufgelöst, weil ein Baranowski eine Jüdin heiratete … Und wie er so heute auf dem Balkon stand – rings Sonnenglanz und Farbenpracht der südlichen Landschaft – und auf einen Nachen starrte, der eben am Ponalfall vorübersegelte, da war plötzlich alles verschwunden, er sah nur noch die Kapelle zu Borky, und mitten durch das Zwitschern der Vögel im Park klang eine näselnde Stimme in sein Ohr: «Und so erkläre ich euch für Mann und Weib, im Namen …»

«Ach», stöhnte er auf, «das war furchtbar! Es hätte nie geschehen dürfen! Das war das schlimmste von allem, was ich damals tun konnte.»

Und nicht um jenes lästerlichen Segens willen sagte er sich dies nun, ein Jahr, nachdem es geschehen. Nun wußte er längst, daß nicht die Sünde gegen Gott sein schwerstes Vergehen gewesen, geschweige denn die gegen das Gesetz. Schon am Morgen nach der traurigen Komödie war ihm dies aufgedämmert. Der Kommissär war abgereist. «Nun aber fort!» sagte er zum Abschied. «Nach Italien oder noch weiter! Erwägen Sie die Gefahr, wenn etwa der rachgierige Bursche, der Rafael, die Anzeige wegen Entführung gegen Sie erstattet, und es erscheint eines schönen Tages hier eine Kommission, welche auch die gnädigste Gräfin ins Verhör nimmt!» Agenor ging sofort zu Judith und sagte ihr, daß sie schon morgen reisen müßten. Sie sei bereit, erwiderte sie, nur müsse der Weg durch ihr Heimatstädtchen gehen.

«Warum?»

«Damit ich meines Vaters Verzeihung erflehen kann!»

Er erschrak; die Kunde seines Todes mußte sie aufs tiefste erschüttern – und war sie erst im Städtchen, dann enthüllte sich auch sicherlich das Geheimnis dieser Trauung. So beschwor er sie denn, sich die Aufregung zu sparen. «Es ist ja nutzlos», schloß er, «du weißt, daß er der Christin nicht verzeihen kann.»

«Ich muß es versuchen!» war ihre Antwort. «Das bin ich ihm und mir schuldig. Aber auch dir, Agenor! Mein Vater soll dein Weib nicht für ein ehrloses, leichtfertiges Geschöpf halten. Jagt er die Gräfin Baranowski von seiner Schwelle, dann darf mein Gewissen ruhiger sein!» Ratlos suchte er es ihr auszureden, ohne einen einzigen triftigen Grund ersinnen zu können. Endlich fiel ihm etwas bei, was dafür gelten konnte. «Die Gräfin Baranowski», rief er, «darf sich nicht der Gefahr aussetzen, von irgend jemandes Schwelle gejagt zu werden. Das bist du mir schuldig!» Und da er sah, daß dies Wort auf sie wirkte, so wiederholte er es immer wieder und beschwor sie, die Ehre seines Namens zu schonen. Sie weinte bitter: «Diese Ehre steht dir höher als die Ruhe meines Herzens», aber sie fand sich darein und bat nur, dem Vater schreiben zu dürfen. Einige Stunden später brachte sie ihm den Brief und forderte sein Ehrenwort, daß er ihn bestellen wolle. «Mein Ehrenwort!» murmelte er mit bleichen Lippen. Und als er einige Minuten später, nachdem sie gegangen, vor den Kamin trat und zusah, wie die züngelnde Glut den Brief an den Toten verzehrte, da klang die qualvolle Frage in ihm auf: «Wodurch unterscheide ich mich nun noch von jenem Menschen, den ich so sehr verachte?»

Nur fort – fort! Das war sein einziger Gedanke, bis sie den Wagen bestiegen. Durch die Warnungen des Kommissärs eingeschüchtert, hatte er einen Reiseweg gewählt, der sie rasch aus dem Lande und in abgelegene Gegenden brachte, durch die Bukowina, Siebenbürgen, das südliche Ungarn nach Fiume, von da zu Schiff nach Ancona. Was durch Geld an Bequemlichkeit zu erreichen war, bot er auf; ein Kurier reiste voraus und bereitete alles vor. Dennoch war es eine trübselige Fahrt auf den tiefverschneiten Wegen, durch die öden, spärlich bewohnten Bergländer, und kein Gold konnte die elenden Wirtshäuser in behagliche Nachtquartiere wandeln. Auch ging die Reise sehr langsam, nicht bloß der unwegsamen Straßen wegen, sondern weil Judiths Zustand Schonung forderte; sie war so schwach und bleich, und das schmale Antlitz blickte ihn aus dem vermummenden Pelzwerk müde und traurig an. «Wenn wir nur erst in Klausenburg wären!» seufzte sie immer wieder; er hatte ihr gesagt, daß dies die erste Stadt sei, wo sie auf Briefe aus der Heimat rechnen dürften. Aber als sie nun endlich diese Stadt erreicht – womit sollte er sie nun darüber trösten, daß sie noch keine Antwort des Vaters vorfand? Und ihre Tränen bedrückten ihn um so mehr, als auch ihn nur schlimme Nachricht erreichte; der Kommissär schrieb, Rafael habe die Anzeige wegen Entführung erstattet und die Richter durch Bestechung zu ungewöhnlichem Eifer bestimmt; er hoffe die Sache doch noch beizulegen, aber das erfordere große Opfer. Der Graf wies ihm die Summe an – wird es fruchten? mußte er sich angstvoll fragen. Er hatte gleich bei Beginn seiner Reise den Namen eines Grafen Nogila angenommen – nicht gerade ein falscher Name, da derselbe mit zu den vielen Prädikaten der Baranowski gehörte – und seinen Dienern eingeschärft, Judith den neuen, den Leuten den alten Namen nicht zu verraten; er hielt das letztere für ausführbar, da sie ja kaum mit Fremden sprach. Nun, während dieser unerquicklichen Rast in Klausenburg, enthüllte es ihr ein Zufall, und sie befragte ihn. In seiner Bestürzung fand er keine Antwort, er war der Lüge nicht gewohnt; es währte lange, und ihr Bangen war schon aufs höchste gestiegen, als er ihr endlich sagte: «Du sollst alles wissen! Wir hoffen vergeblich auf einen Brief der Deinen; sie zürnen uns und lassen uns durch die Gerichte verfolgen, weil ich dich, die Minderjährige, ohne ihre Zustimmung zu meinem Weibe gemacht. Schwer ist die Strafe nicht, die uns treffen kann; daß ich ihr dennoch aus dem Wege gehe, um unser aller willen, wirst du begreiflich finden.» Nun glaubte sie ihm wieder; ihre Tränen bewiesen es ihm und ihr verzweifelter Ausruf: «Also müssen wir für immer heimatlos bleiben!» Nein, tröstete er, nur bis sich jener Zorn gelegt, und darauf hoffe er. «Vielleicht ist Gott so barmherzig!» erwiderte sie. «Wie furchtbar wäre sonst mein Los, und wie könnt' ich das Leben ertragen, wenn ich wüßte, daß du meinetwegen auf immer um Glück und Heimat und Ruhe gekommen!» Die Klage traf ihn schwer, schwerer als vorhin ihr Mißtrauen – sie sprach ja die Wahrheit, nur daß es seine eigene Schuld war. Und dazu der Zwang, täglich, stündlich lügen zu müssen und vor der Entdeckung der Lüge zu zittern. Da hatten sie, auf der Reise durchs Banat von einem Schneesturm überrascht, Zuflucht in einem Schloß am Wege suchen müssen, und die Besitzerin, eine alte ungarische Edelfrau, hatte sie freundlich aufgenommen. «Wie heißen Sie?» fragte sie die junge Frau im Geplauder nach dem Souper. Judith errötete tief. «Nogila», stammelte sie endlich. «Das weiß ich ja», erwiderte die alte Dame, «ich meinte mit dem Vornamen!» Judiths Verlegenheit wuchs; hilfeflehend blickte sie Agenor an. «Aber Judith», rief er und zwang sich zu einem Lachen, «du wirst doch wissen, wie du heißt!» Als sie dann allein waren, brach sie in Tränen aus. «Ach», schluchzte sie, «nicht einmal meines Namens bin ich mehr sicher. Du nennst mich noch immer Judith, aber da mich der Priester Maria getauft, so dacht' ich, ich müßte andern diesen Namen nennen, und schwankte doch wieder.» Vielleicht mehr als all ihre Klagen und Tränen zeigten ihm diese Worte, wie es um sie stehe, und Mitleid erfüllte sein Herz, Mitleid mit ihr und sich selbst.

Aber damals konnte er noch solcher Stimmungen Herr werden. Wie er gewähnt, daß sich die Schatten lichten müßten, wenn nur die Komödie vorbei sei und dann, wenn sie das düstere Borky im Rücken hätten, so erhoffte er nun alles von Italien. Er hatte als blutjunger, sorgloser Offizier einige Monate dort verweilt; als ein Paradies von Licht und Wonne lebte ihm das Land in der Erinnerung, dort mußte alles Weh und Düster enden. Und gänzlich wenigstens schien ihn diese Hoffnung nicht zu trügen. Er hatte sie zunächst nach Florenz geführt und eine der herrlichen Villen vor Porta al Prato gemietet. Wie die Ruhe, die milde Luft des Südens dem jungen Weibe wohltat, daß ihre Wangen sich röteten, ihre Augen heller strahlten, so schien sie auch im Gemüt heiterer und ruhiger; es gab sogar Stunden, wo sie wieder lachen und scherzen konnte, wie es ihrem Alter entsprach. Das wirkte auf seine Stimmung zurück; auch er fühlte sich glücklicher oder suchte es doch zu scheinen, und als sie ihm nach einem schönen Tag, den sie in Fiesole verbracht, um den Hals fiel und erglühend ein holdes Geheimnis zustammelte, da jubelte er auf – jubelte, weil er sie liebte, weil er aus ganzem Herzen dies reine Glück für sie herbeigesehnt, welches sie mit neuen, starken Banden an das Leben fesseln sollte. Nun konnte er auch leichteren Mutes diese Briefe des Kommissärs lesen, welcher immer häufiger schrieb, die Gefahren, die durch Rafael drohten, schwarz ausmalte, auch bekümmert klagte, wie unverschämt nun Trudka in seinen Forderungen werde. Er kannte ja den Mann: ein Erpresser, der die Maus zum Elefanten machte – aber gleichviel, dies Peinliche war ja mit Geld abzumachen, und er war reich, hielt sich wohl auch für reicher, als er war. Schwerer traf es ihn, als mit dem Beginn der wärmeren Jahreszeit die Reisenden aus Rom und Neapel nach dem kühleren Florenz strömten und in den Straßen der Stadt, den Alleen der Cascinen zuweilen auch ein bekanntes Gesicht auftauchte: ein ehemaliger Kamerad aus der Armee oder ein Standesgenosse aus Galizien. Die verheirateten Herren, die würdevoll, mit Gemahlin und Töchtern, in der Carozza an ihm und seiner Gefährtin vorbeifuhren, starrten ihn wohl neugierig an, schienen ihn jedoch nicht zu erkennen; nur die Junggesellen oder Strohwitwer grüßten mit eigentümlichem Lächeln. Die Zahl dieser Begegnungen häufte sich, der Aufenthalt ward ihm immer unbehaglicher, gleichwohl zögerte er mit der Abreise, weil sich Judith hier wohl zu fühlen schien und der Ruhe bedurfte. Da mußte er sich doch dazu entschließen. Eines Tages wurde ihm eine Karte gebracht; Baron Viktor Oginski – es war ein Genosse aus der Jünglingszeit. Erfreut empfing er den alten Freund, auch Oginski begrüßte ihn herzlich, dann jedoch begann er sehr ernst: «Da du unter einem Inkognito reisest, so willst du offenbar unbeachtet bleiben, und selbst die Sehnsucht nach dir hätte mich nicht so indiskret gemacht, dich aufzusuchen. Aber als dein Freund hielt ich mich dazu für verpflichtet. Du wirst um deiner Gefährtin willen in der Stadt viel beredet.»

«Wen geht es etwas an», fuhr Agenor auf, «wie und in wessen Gesellschaft ich leben will!»

«Niemand», war die Antwort, «solange nicht damit die Vermutung einer Handlungsweise verknüpft ist, welche einen Schatten auf dich werfen könnte. Man kennt deine Ansichten über Standespflichten und die Herkunft jener Dame, darum hat bisher niemand geglaubt, daß du mit ihr vermählt seiest, und es nur als Zeichen einer allerdings weit getriebenen Feinfühligkeit gedeutet, daß du sie deiner Dienerschaft gegenüber als deine Gattin gelten läßt. Aber nun hat dein Jan, als ihn ein anderer polnischer Lakai mit seiner Leichtgläubigkeit hänselte, hoch und heilig geschworen, er sei selbst Tauf- und Trauzeuge gewesen, und das hat sich hier rasch herumgesprochen. Ernstlich geglaubt wird es ja dennoch nicht, aber man ist stutzig geworden, und so gebietet mir denn meine Freundschaft, dich selbst zu fragen.»

«Ich danke für deinen guten Willen», erwiderte Agenor, «muß jedoch jede Antwort ablehnen.»

«Das ist schlimmer als ein Ja», warnte Oginski, «die Sache bleibt unklar und wird damit der Klatschsucht zum unersättlichen Stoff.»

«Dennoch muß ich dabei bleiben.»

Oginski griff nach seinem Hut. «Dann kann ich dir als dein Freund nur den Rat geben, insolange, als du keine klare Antwort geben willst, an Orten zu leben, wo dich niemand kennt.» Zwei Tage später folgte Agenor diesem Rate.

Es war zu Ende April, und die Reise ging über Mailand an die Seen – Licht und Duft und Schönheit, wohin das Auge blickte –, aber als das Paradies, welches Wunder bewirken könne, erschien ihm nun Italien nicht mehr. Er hatte unter dem Eindruck jener Unterredung sein Wiener Bankhaus als Adresse seiner Briefe bestimmt, niemand in Galizien sollte wissen, wo er verweilte, und so schwer lastete die Demütigung auf seinem Gemüte, daß er nach kurzem Verweilen in Bellaggio, obwohl ihm hier noch kein Bekannter begegnet, weiterhastete, bis er einen bescheidenen, spärlich besuchten Ort erreicht. Zu Iseo am gleichnamigen See machten sie wieder Rast – für wie lange, fragte er sich verzweifelt.

Dann, als Woche um Woche still und ohne Störung verstrichen, faßte er sich wieder, wenigstens insoweit, um Judith nicht seine Stimmung ahnen zu lassen, aber ganz gelang es ihm nicht. Und es war nicht allein der Widerschein dieser Stimmung, wenn sie seit der Abreise von Florenz lange Tage in düsterem Brüten verbrachte. Sie weinte nicht mehr, aber dieser stumme, verhaltene Jammer war tiefer, als es der laute gewesen, und auch die Fieberschauer kamen wieder. Der österreichische Stabsarzt, der zuweilen auf Agenors Wunsch aus Brescia herüberkam, schüttelte den Kopf: «Ein heiteres Gemüt kann ich leider nicht verschreiben. Sprechen Sie einmal ernstlich mit Ihrer Frau Gemahlin. Vielleicht ist es nur das Bangen vor ihrer schweren Stunde; man trifft das bei jungen Frauen zuweilen.» Agenor zögerte lange, bis er endlich die Frage wagte. Sie schwieg, und erst als er nicht abließ, sie mit Bitten zu bestürmen, erwiderte sie: «Und wenn es so wäre? Muß eine Frau, die ihres Vaters Fluch belastet, nicht vor der Stunde zittern, wo sie Mutter werden soll?»

Er versuchte sie zu trösten, sprach von Gottes Barmherzigkeit. «Gott?» brach sie leidenschaftlich aus. «Ja, wenn ich zu ihm sprechen, zu ihm flehen, wenn ich beten könnte, Agenor! Aber ich kann nicht! Wenn mich sonst irgendein Leid bedrückte, eine Sorge, eine Schuld, dann griff ich zu meinem Gebetbuch und sprach zu dem

Gott meiner Väter. Nun habe ich kein Gebetbuch mehr ...»

«Aber denselben Gott», wandte er ein, und der Formeln bedürfe es nicht. Sie schüttelte finster das Haupt. «Das habe ich mir selbst gesagt, aber es nützt mir nichts! ... Ach, wie soll ich's dir nur erklären, was in meinem armen Kopfe vorgeht? Man muß doch eine Sprache haben, in der man betet; die alte habe ich verlernt, und die neue kenne ich nicht ... Du hast mich in viele Kirchen geführt, um die schönen Bilder oder die Höhe der Wölbung zu bewundern; wie mir dabei zumute war, hast du nie gefragt. Mich fröstelte, wenn wir aus dem Sonnenschein in die kühlen Hallen traten; bis ins Herz hinein fröstelte es mich. Es war mir alles so fremd, so unheimlich – wie werd ich je in einer Kirche beten lernen? Vielleicht stünde es besser um mich, wenn man mir alles recht erklärt hätte, aber ich weiß ja nichts von eurem Glauben, ich kann nicht einmal ein Kreuz schlagen, und wenn ich's könnte, wie dürfte ich's tun? Was weiß ich von dem Gekreuzigten mehr, als daß er ein abtrünniger Rabbi war, um dessenwillen alle, die meines Blutes sind, noch heute Schmach und Verfolgung erleiden müssen!»

Er mußte schuldbewußt sein Haupt beugen; nun verstand er, daß jene Taufe nicht bloß eine Sünde gegen den Gott seines Katechismus gewesen, sondern auch ein Frevel an einer armen, sehnsüchtigen, dürstenden Menschenseele. Was sollte er sagen, wie sie aufrichten? Es gab nur eines, woran er sie mit Recht mahnen durfte: ihre Pflicht gegen das junge Leben, das unter ihrem Herzen keimte. Und als er davon sprach, da wich denn auch die Starrheit aus ihren Zügen, und sie fand die Tränen wieder. «Wirst du dich des Kindes freuen?» fragte sie. «Wird es dir nie zur Last sein?» Und da ihm sein Herz darauf die rechten Worte eingab, so verfehlten sie ihre Wirkung nicht. «Ich will stark sein», versprach sie und hielt Wort.

Nun kamen wieder Tage, da sie lächeln und sich wenigstens auf Stunden all der Schönheiten um sie her freuen konnte. Auch er schüttelte sein Bangen vor der Welt insofern ab, als er kleine Ausflüge mit ihr unternahm, nach Brescia, an den Gardasee, nach Verona. In dieser Stadt, im Garten der Franziskaner, wo sie einen Steintrog als «tomba di Giulietta» bewundern mußten, erlebten sie eine so heitere Stunde, wie sie ihnen seit jenem leuchtenden Tage in Fiesole nicht mehr vergönnt gewesen. Sie sollte trüb genug enden. Während sie so übermütig durch die Gemüsebeete wandelten, welche um den Trog angelegt sind, zuckte Agenor plötzlich zusammen und drängte zur Rückkehr ins Hotel, dann zur Abreise; ihm sei nicht ganz wohl, schützte er auf ihre Frage vor. Aber als Judith eine halbe Stunde später aus dem Hotelzimmer auf die Straße blickte, wo eben ihr Wagen angeschirrt wurde, erkannte sie den wahren Grund: Da stand ein Herr und sprach mit Jan, der mürrisch Antwort gab, in polnischer Sprache; derselbe Herr war vorhin, ohne daß sie seiner viel geachtet, im Garten der Franziskaner gewesen. Sie wurde sehr bleich, sagte aber nichts, und erst zwei Tage später, da Agenor, ihre Verstimmung gewahrend, neuerdings einen Ausflug vorschlug, wehrte sie dies bitter ab: «Du könntest wieder unwohl werden! ... Verzeih», schluchzte sie dann auf, «ich weiß, auch du bist nicht glücklich! Du, der daheim der geachtetste Mann gewesen, wagst dich nun in der Fremde nicht unter Menschen, damit dich kein Landsmann sehe und daheim erzähle, daß die Jüdin dein Weib geworden ist. Ich frage nicht, ob das wirklich eine so bittere Schmach ist und ob sie dadurch geringer wird, indem du sie selber dafür hältst, mir genügt es, zu wissen, daß du um meinetwillen unglücklich bist … Wie elend muß ich mich da fühlen!»

«Gedenke des Kindes!» bat er wieder, er hatte nun keine andere Beschwörungsformel mehr, aber auch die hatte ihre Wirkung eingebüßt.

«Gerade weil ich seiner gedenke», rief sie verzweifelt, «bin ich doppelt elend. Das Kind der Frau, die dir zur Last ist, das dich noch enger an sie fesselt, wie solltest du es lieben können! Du hast bisher nur der Stunde unserer Trauung geflucht, bald wirst du auch die Stunde seiner Geburt fluchen!» … Sie waren beide unglücklich geworden, ins tiefste Herz hinein unglücklich, und es gab kein Ende dieses Jammers, nur neuen Jammer, neue Schuld …

«Ich war schlecht … ich war wahnsinnig!» murmelte der junge Mann vor sich hin, während er so dastand und zusah, wie die verregnete Landschaft immer heller aufleuchtete im Glanz der Spätherbstsonne. «Welches von beiden mehr, ich weiß es nicht … Und was soll ich ihr sagen, wenn sie mich wieder fragt, wann das Kind getauft wird?»

Das war seine nächste, drückendste Sorge, aber es war nicht die einzige, die ihn quälte. Er hatte bisher die Erpressungen des Kommissärs kaum geachtet, nun mußte er sich nachgerade der Gefahren bewußt werden, welche seiner Zukunft, der blanken Ehre seines Geschlechts durch diesen Vampir drohten. Und wie sollte das Ende sein? Er wollte Judith nicht verlassen, sie nicht aus ihrem gläubigen Wahn erwecken – nein, nein! Aber konnte er sein Leben hier verbringen, müßig und schimpflich – ein Flüchtling, der vor jedem Gendarmen zusammenzuckte, ob der Mann nicht nach den Papieren des Grafen und der Gräfin Nogila fragen werde, und sich auf der Straße an jedem Reisewagen vorbeidrückte, weil vielleicht ein Bekannter darin saß. So ging es nicht weiter, und doch – gab es einen Ausweg?

Ein helles Stimmchen ließ ihn aus seinem Brüten emporfahren: Unten im Garten vor dem Hause ging die italienische Amme, die dicke Annunziata, auf und nieder und suchte das wimmernde Kind durch Gesang einzulullen. Dann hörte er Judiths Stimme, die nach der Amme rief; sie war wohl schon im Frühstückszimmer und harrte seiner. Er richtete sich auf, strich mit der Hand übers Antlitz, als wollte er die Spur seiner kummervollen Gedanken davon entfernen, und ging ins Erdgeschoß.

In der Tür des Frühstückszimmers trat ihm die Amme entgegen. Er beugte sich über seinen Knaben nieder, der ihn aus weitgeöffneten dunklen Augen ernsthaft, wie nachdenklich, anstarrte, und drückte einen Kuß auf seine Stirn. Als er seinen Blick erhob, begegnete er dem Judiths, der scharf, wie prüfend auf ihm ruhte. Er verstand diesen Blick, die Unglückliche, dachte er, beaufsichtigt mich, mit welcher Miene ich das Kind küsse! ... So unbefangen, als ihm möglich, bot er ihr den Morgengruß. An ihren Augen, an der Blässe ihrer Wangen sah er, daß sie wohl auch diese Nacht viel geweint. Und warum es geschehen – ach, er brauchte sie nicht erst darnach zu fragen!

Er setzte sich ihr gegenüber, schlürfte den Tee und begann mit gepreßter Stimme den schönen Morgen zu preisen. «Wie ein Frühlingstag bei uns!» schloß er. «Und wir sind tief im Spätherbst.»

«Ja», erwiderte sie mit zitternder Stimme, «es ist der dreißigste November.»

«Schon?» erwiderte er gleichmütig. «Wie rasch die Zeit ...» Er brachte den Satz nicht zu Ende. Ihr seltsa-

mer Ton kam ihm ins Bewußtsein, und als er sie ansah ... «Mein Gott!» rief er und setzte sich neben sie und zog sie in seine Arme. «Verzeih! ... Wie ich's nur vergessen konnte! Unser Hochzeitstag ...»

Sie erwiderte nichts; schluchzend hing sie an seinem Halse und weinte still vor sich hin. «Laß nur», murmelte sie, als er sie zu beruhigen suchte, und drückte ihr Antlitz fester an seine Schulter. «So ist's am besten ...»

Dann aber trocknete sie ihre Tränen und entwand sich sanft seinen Armen. «Nun setz dich wieder mir gegenüber», bat sie, «und laß uns vernünftig sprechen. Wir wollen einander das Herz nicht schwermachen, Agenor, und nicht verbittern. Wir wollen nicht fragen, wie uns dies Jahr vergangen und ob es so hat sein müssen. Aber wie soll es nun werden? Gedenkst du hier zu bleiben?»

«Gewiß – wenigstens den Winter über», erwiderte er rasch. «Das heißt – wenn es dir so gefällt. Sonst könnten wir ja nach dem Süden gehen, etwa nach Sizilien ...»

Sie schüttelte den Kopf. «Und nach dem Norden? Nach Hause, Agenor?»

«Du weißt», sagte er gepreßt, «daß dies unmöglich ist!»

«Nein», erwiderte sie, «ich weiß es nicht, sondern glaube es dir nur. Aber siehst du selbst da ganz klar? Du sagst, daß dich meines Vaters Klage vor den Gerichten bedroht, weil du mich ohne seine Zustimmung geheiratet. Aber die Strafe kann unmöglich groß sein, und entehrend ist sie sicherlich nicht!»

«Für einen Mann meines Standes ...», begann er.

Sie hob abwehrend die Hand. «Nicht so!» bat sie. «Für einen Mann deines Standes ziemt es sich auch, den ererbten Besitz selbst zu verwalten, und vor allem ziemt es sich für ihn, jedem Menschen frei ins Auge zu sehen und sich nicht vor allen, die ihn kennen, im verborgensten Winkel eines fremden Landes zu verstecken. Ist es also wirklich nur die Furcht vor dieser Strafe, so kann ich dich nur um deinetwillen anflehen: Laß uns heimkehren!»

«Ich habe mich schon erkundigt», sagte er unsicher. «Wenn die Strafe wirklich gering ist ...»

«Du kannst schlecht lügen», fiel sie ihm ins Wort. «Hättest du dich erkundigt, die Antwort wäre dir längst zugekommen. Aber es ist wohl nicht sosehr die Furcht vor der Strafe als vor der Schmach, mit der jüdischen Gattin heimkehren zu müssen ...»

«Nein, nein! Wie oft soll ich's dir beteuern?»

«Was ist es sonst? Wir gehen ja beide daran zugrunde, Agenor! Begreifst du nicht, was ich bei dem Gedanken empfinde: Solange mein Vater lebt, dürfen wir nicht heimkehren, weil sein Zorn dich bedroht! Sieh, daß er uns zürnt, weiß ich ja; er hat auch meinen zweiten Brief unbeantwortet gelassen ...»

«Du hast ihm geschrieben?» rief der Graf erblassend.

«Ja, wenige Tage vor meiner Niederkunft, als ich mein Bangen nicht mehr bezwingen konnte. Und es stehen Worte in dem Brief – gewiß, er zürnt mir sehr, wenn er darauf schweigt. Dennoch flehe ich dich an, laß es mich mündlich versuchen ...»

Er hörte sie nicht; sein Antlitz war immer fahler geworden, je mehr er sich die Folgen dieses Briefes ausmalte ... Nun ist alles verloren, dachte er, sie wissen um den Betrug ... «Wie konntest du dies tun?» murmelte er.

«Was?» schrie sie auf, und ihr Auge flammte. «Du wagst mir aus diesem Brief einen Vorwurf zu machen? Bist du kein Mensch? Hast du keine Eltern gehabt? Und du sagst, daß du mich liebst!»

«Nein, nein!» wehrte er bestürzt ab. «So war es nicht gemeint ... Du hast ja recht, wir müssen an die Heimreise denken. Aber doch nicht vor dem Frühling. Eine Winterreise mit dem zarten Kinde – vom Gardasee nach Galizien –, das wäre ja Wahnsinn. Denke doch an unsere Reise bis Fiume!»

«Da schlugst du einen besonders mühseligen Weg ein. Wir könnten über Wien gehen.»

«Auch die Alpen sind im Winter unwirtlich genug. Bedenke, wenn dem Kinde etwas geschähe. Das sollst du nicht auf dem Gewissen haben!»

«Wann also willst du reisen?»

«Sobald es drüben Frühling wird.»

«Im April. Gut. Dein Ehrenwort, Agenor?»

Sie werden mich wohl schon weit früher hier verhaftet haben! fuhr es ihm durchs Hirn. «Mein Ehrenwort!» sagte er.

«Und noch eins! Wann soll die Taufe des Kindes sein? Es ist nun sechs Wochen alt. Die Amme klagt mir, daß sie nun des kleinen Heiden willen von den Leuten viel gehänselt wird.»

«Es soll baldmöglichst geschehen», versprach er. «Ich sagte dir schon: ich habe keine Papiere mit, die meinen wirklichen Namen ausweisen. Ich schrieb um sie, aber sie sind noch nicht eingetroffen. Es ist so weit hin!»

«Ja, weit!» seufzte sie tief auf und starrte vor sich hin. «Nütze doch den schönen Tag», fügte sie dann hinzu. «Fahr auf den See hinaus!»

«Du begleitest mich nicht?» Sie verneinte. Er faßte ihre Hand, sie war kalt. «Judith», begann er, «was immer kommen mag ...» Aber die Kehle war ihm wie zugeschnürt, er konnte den Satz nicht zu Ende bringen. Stumm verließ er das Zimmer.

Mechanisch griff er nach dem Hut und schlug den Weg zum See ein. Dann, während er so, langsam, gesenkten Hauptes, dahinging, war nur ein Gedanke in ihm: wie etwa noch die Gefahr abzuwehren sei, welche dieser Brief über ihn gebracht. Etwa durch schleunige Flucht nach Sizilien, nach Ägypten? Aber war wirklich die Anzeige bei den Gerichten gemacht und nahmen diese die Sache ernst, dann nützte ihm die Flucht nichts mehr; dann war auch schon ein Steckbrief hinter ihm erlassen, und es blieb ihm nur noch eins übrig: eine Kugel vor den Kopf oder ein Sprung in die klare, unergründlich tiefe Flut um ihn. Denn als ihm dieser Gedanke kam, da saß er – kaum wußte er selbst, wie dies zugegangen – in einem Nachen, den sein Lieblingsferge, ein brauner, hübscher Junge, lenkte ... «Nicht so tief hinabbeugen, Signor Conte», hörte er ihn plötzlich sagen, «das bringt den Nachen aus dem Gleichgewicht.» Er richtete sich wieder auf. Nein, das durfte nicht eher sein, als bis es eben unbedingt nötig war, schon um des armen Weibes willen ... «Zurück!» befahl er, und während ihm so das Städtchen wieder aus den Wogen entgegenwuchs, suchte er seine Gedanken zu ordnen. Er hatte nur einen Weg offen: Er mußte den Kommissär benachrichtigen, ihm die nötigen Mittel anweisen, die Sache bei den Gerichten totzumachen. Der Mensch vermag nach dieser Richtung viel, dachte er, und wird es um seiner eigenen Haut willen tun! Daß und auf welche Weise Herr Wroblewski aus dem Amte geschieden, war ihm nicht bekannt; der Ehrenmann hatte wohlweislich geschwiegen, und Michael Stiegle schrieb keine Zeile, die ihm nicht unbedingt nötig schien.

Er eilte heim und begann hastig den Brief. Aber schon nach wenigen Zeilen entsank die Feder seiner Hand. Wie abscheulich dies ist, dachte er, wie feig! ... Wer mir gesagt hätte, wessen ich noch fähig sein würde ... «Häßlich, häßlich!» knirschte er und ballte die Faust, daß die Nägel schmerzhaft ins Fleisch drangen. Aber dann griff er doch wieder zur Feder, es mußte ja sein. Freilich, lange genug währte es, bis er Worte für den bedenklichen Auftrag gefunden. Er kuvertierte den Brief, fügte eine Anweisung an Stiegle bei, dem Kommissär zehntausend Gulden zu bezahlen, kuvertierte nochmals und gab das Ganze in einen Umschlag, der die Adresse des Wiener Bankhauses trug. «Auch das ist feig und verkniffen», murmelte er in qualvoller Selbstverachtung. «Und wann soll dies Lügen und Betrügen ein Ende haben?» Der Gedanke an die Taufe seines Kindes fiel ihm wieder schwer aufs Herz. Das unehelich geborene Kind der Jüdin Judith Trachtenberg mußte eigentlich nach dem Josephinischen Gesetz Jude werden; kein katholischer Priester durfte es taufen, ehe nicht die Mutter schriftlich ihre Einwilligung gegeben. Und als Graf Nogila oder Baranowski trug den Knaben kein Priester in die Matrikel ein, ehe der Trauschein der Eltern vorgelegt war. Was sollte er tun? Abermals ein Verbrechen begehen? Die Wahrheit gestehen? Und da keines von beiden möglich war – wie lange noch konnte er dem Drängen der Mutter standhalten?

Der herrliche Tag war für den Grafen der trübste, den er je erlebt, und als die Sonne glorreich über den Hügeln ob Torbole sank, daß See und Anland in roter, tiefer Glut loderten, da sah er ihr bange nach – sie hatte ihm heute Schlimmes gebracht, aber was erst beschien sie vielleicht morgen? Er fand erst spät den Schlaf, und häßliche Träume quälten ihn.

Als der Graf erwachte, stand die Sonne schon hoch am Himmel. Sein Diener Jan stand vor ihm. Der alte Mann sah verstört aus. «Verzeihung, daß ich Sie geweckt habe», stammelte er, «aber die Frau Gräfin liegt in tiefer Ohnmacht, und ich» – er rang die Hände –, «ich alter Esel bin schuld daran!»

«Was ist geschehen?» rief Agenor und fuhr hastig in die Kleider.

«Weil ich nämlich nicht lesen kann!» fuhr der Alte weinerlich fort. «Sonst hätte ich ja die Adresse verstanden und den Postvermerk – und hätte ihr den Brief nicht gegeben ...»

«Welchen Brief?» rief der Graf, zitternd vor Erregung, und faßte ihn an den Schultern.

«Nämlich – sie hat mir ja diesen Brief vor mehreren Wochen gegeben, noch ehe unser Prinzchen zur Welt gekommen war. ‹Jan›, sagt sie, ‹auf die Post – gegen Schein!› Ich gebe ihn also auf. Nun komme ich heute an den Schalter, unsere Post zu holen – es ist aber nur die Zeitung da, und ich will schon gehen, da sagt mir der Beamte: ‹Herr Jan›, sagt er, ‹diesen Brief bekommen Sie zurück; in das Land, wo der Adressat jetzt ist›, sagt er, ‹geht noch vorläufig die Post nicht.› Ich frage nicht weiter und nehme den Brief, komme damit zur Frau Gräfin, die sitzt schon im Frühstückszimmer, und wie sie den Brief ansieht, schreit sie auf: ‹Mein Vater!› und sinkt ohnmächtig hin. Nämlich der Brief war an ihn, und auf der Rückseite steht: ‹Adressat verstorben!› Das sagt die Hania, die kann ja lesen, und ich alter Esel ...»

Der Graf hörte ihn nicht mehr, er war bereits auf dem Weg zum Frühstückszimmer. Die Zofe Hania stand vor der Tür. «Die Frau Gräfin ist bereits bei Bewußtsein», meldete sie, «will aber allein bleiben und hat mir befohlen, niemand zu ihr zu lassen ... Auch Sie nicht!» fügte sie bei, als er die Klinke ergriff. Er schob sie beiseite und trat ein.

Die Unglückliche lag auf der Diele hingestreckt; in wirren Strähnen hing das gelöste Haar über das fahle, starre Antlitz. Er stürzte auf sie zu, sie hob langsam den Kopf und stützte sich auf die Arme auf und sah ihn an –

mit einem Blick, daß er unwillkürlich stehenblieb und die Lider senkte; in dies starre Auge konnte er nicht sehen. «Geh!» sagte sie leise, kaum verständlich, aber der Ton ging ihm durch Mark und Bein. Wie ein Verurteilter wankte er hinaus.

Auch den Tag über durfte er sie nicht sehen; sie blieb in ihrer Schlafstube und wies Speise und Trank von sich. Der Graf war ratlos, aber der Hania, die sehr an der Herrin hing, kam ein guter Einfall. Entschlossen nahm sie am Abend das Kind auf den Arm, trat vor die Herrin und flehte sie an, sich zu fassen. Sie hoffte, Judith dadurch aus der Starrheit ihres Schmerzes zu erlösen, zu Tränen zu bewegen. Das zwar gelang ihr nicht, aber Judith streichelte das Kind und ließ sich bewegen, etwas Suppe zu nehmen. Einige Stunden später – es ging doch schon auf Mitternacht – ließ sie auch Agenor holen.

Zaghaft kam er herein, und als er an ihr Lager trat und in ihr Antlitz blickte, da wollte ihm das Herz stillestehen vor Mitleid und Reue. «Judith», murmelte er, «wenn du wüßtest, was auch ich leide ...»

Sie nickte. «Angenehm ist's dir nicht», sagte sie hart. «Aber ich will dir keine Vorwürfe machen. Ich habe dich rufen lassen, weil ich einiges wissen muß. Du wirst mir die Wahrheit sagen. Du glaubst an Gott, Agenor, und wirst mich in solcher Stunde nicht belügen!»

«Judith», bat er, «rege dich heute nicht noch mehr auf. Denke an unser Kind.»

«Eben darum», erwiderte sie. «Ich werde sonst wahnsinnig ... Antworte, Agenor, wann ist mein Vater gestorben?»

Er wollte eine ausweichende Antwort geben, versichern, daß er es nicht wüßte, unter dem Bann dieser Augen vermochte er es nicht. «Vor etwa einem Jahre», sagte er.

«Oh!» Es war ein einziger kurzer Laut, ein Laut furchtbarer Seelenqual. Dann schloß sie die Augen und lag schweratmend da.

«Judith!» murmelte er und suchte ihre Hand zu fassen.

«Still!» zischte sie. «Still! ... Ich bin seine Mörderin gewesen ... Die Wahrheit, Agenor! Am Tage nach meiner Flucht ist er gestorben?»

«Nein», beteuerte er, «einige Wochen später ...»

«Gleichviel, aus Gram über mich ... Warum logst du, daß er uns verfolge?»

«Das war keine Lüge! Er selbst hatte noch die Gerichte gegen uns angerufen, und seit seinem Tode betreibt Rafael die Sache. So wurde mir vom Hause geschrieben ...»

«Möglich! Rafael ist ein guter Sohn, er sucht seines Vaters Tod an den Mördern zu rächen ... Wenn er wüßte, wie überflüssig das ist! Mein ist die Rache, spricht der Herr. Wenn er wüßte, wie Gott selbst dies Werk begonnen hat ... Und er wird's vollstrecken, ich fühl es ... Das arme, schuldlose Kind!» schrie sie auf.

Er sank zu Füßen ihres Lagers nieder und hob die gefalteten Hände zu ihr empor.

«Eben um des Kindes willen, Judith ... Es kann noch alles gut werden ...»

Sie schüttelte finster den Kopf. «Auf Fluch und Lüge baut sich kein Glück auf ... War er schon tot, als ich dir angetraut wurde?» fragte sie dann.

Er schwieg.

«Darum also durft' ich damals nicht heim! Aber schreiben ließest du mich und gabst dein Ehrenwort, daß du den Brief bestellen wolltest. Dein Ehrenwort, Graf Agenor Baranowski!»

«Erwäge, in welcher Lage ich damals war. Du warst kaum genesen, der Arzt hatte vor jeder neuen Aufregung gewarnt ... Du kannst und darfst mich darum nicht verachten!»

«Aber war dies deine einzige Lüge? ... Steh auf», befahl sie, «blick mir ins Auge! ... Bin ich dein Weib, bin ich Christin?»

Er fühlte, wie ihm alles Blut zum Herzen strömte. «Aber so erinnere dich doch ...»

«Ich weiß ... Aber mir schwankt der Boden unter den Füßen – mir ist's, als müßte ich auch daran zweifeln, was meine eigenen Augen gesehen, meine eigenen Ohren gehört haben. Und dann – was weiß ich von euren Bräuchen? Vielleicht war alles ungültig, ein Betrug, mich am Leben zu erhalten. Denkbar wär's, dein Freund und Ratgeber war ja ein Schurke ... Wenn es ein Betrug war, so gesteh es wenigstens jetzt. Ich werde mich nicht töten, ich versprech es dir. Denn dann hätte ja mein Kind keinen Vater mehr, und ich müßte ihm wenigstens die Mutter erhalten ... Ich will die Wahrheit wissen. Wenn ich keine Christin bin, so werde ich doch wieder beten können und meinen Vater betrauern, in unserer Weise. Du müßtest der Schlechteste aller Menschen sein, Agenor, wenn du jetzt noch lügen könntest. Antworte, ich frage nochmals: Bin ich Christin, bin ich dein Weib?»

Er fühlte seine Knie wanken und griff nach dem Bettpfosten, sich zu halten. Wild brauste das Blut in seinen Ohren, das Herz stand still. Vielleicht nur eine Sekunde zögerte er mit der Antwort, es dünkte auch ihm eine unerträglich lange Zeit. Und als er endlich sprach, da war's ihm, als hörte er eines anderen Stimme, so verändert klang sie: «Ja! Du bist eine Christin und mein Weib!»

# *Neuntes Kapitel*

Seither waren drei Wochen ins Land gegangen; Weihnachten stand vor der Tür. Tag um Tag lag derselbe Sonnenglanz über See und Bergen – der schönste Dezember, sagten die Leute, der je dem Gardagau beschieden gewesen. Und mitten in dieser lichten Schönheit spannen die beiden Menschen im Schlößchen bei Porta San Michele das trübe, bange, scheue Dämmerleben fort, in das sie sich verstrickt. Judith hatte sich bald wieder erhoben; sie fand sich zu den Mahlzeiten ein; kein Seufzer, kein Wort der Klage kam mehr über ihre Lippen. Auch der Graf führte sein Leben fort wie vor jenem Tage und rührte nicht mehr an das Geschehene. Aber beide empfanden es deutlich und qualvoll, daß sich eine tiefe, tiefe Kluft zwischen ihnen aufgetan; sie fühlte, daß sie nicht mehr zu ihm gelangen könne, er fand nicht den Mut dazu, den Anlauf zu wagen. Wie in einem Nebel gingen sie nebeneinander dahin und sahen jeder des anderen Seele nur noch undeutlich, und keines streckte mehr die Hand aus, des Gefährten Hand mitleidig und liebevoll zu fassen.

Nur zweimal hatten sie während dieser Wochen ein Wort über das Notwendige, das Gleichgültige hinaus gesprochen. Die «Augsburger Allgemeine Zeitung», die er hielt – es war das einzige große Blatt, welches damals in Österreich zugelassen war –, brachte eines Tages einen langen Aufsatz über das neue Zivilehegesetz im Großherzogtum Sachsen-Weimar; es war das erste derartige Gesetz in Europa, welches die Ehe zwischen Christen und Juden ohne Glaubenswechsel ermöglichte. Diesen Aufsatz hatte sie eben gelesen, als er ins Zimmer trat. Sie fragte, ob er ihn schon kenne.

Er bejahte. «Sehr merkwürdig!» fügte er hinzu.

«Gewiß! Und wer bei uns daheim aufgewachsen ist, wäre versucht, es für unmöglich zu halten. Aber nun, wo das Wunder in dem einen Lande geschehen ist, werden wohl auch die anderen folgen. Und vielleicht kommt die Zeit, wo es für niemand mehr ein Unglück bedeutet, ein Herz zu haben und diesem Herzen zu gehorchen ...» Sie atmete tief auf. «Nicht wahr, ich darf das Blatt behalten? Wenn ich ein Gebetbuch hätte, würde ich es da hineinlegen.»

Er erwiderte nichts, und erst nach einer Weile sagte er, nur um eben nicht ganz stumm zu bleiben: «Die von Weimar haben überhaupt viel Neuerungen eingeführt.» Aber sie hörte es wohl kaum; ein Ausdruck tiefen, schmerzvollen Sinnens lag auf ihren Zügen.

«Glaubst du», fragte sie dann plötzlich, «daß es ein Gebetbuch gibt, welches für alle Menschen taugt, die an Gott glauben, gleichviel welchen Bekenntnisses sie sind?»

«Ich weiß es nicht», erwiderte er, «ich will mich erkundigen ...»

«Es wäre wohl nutzlos», sagte sie, «heute gibt es wohl noch kein solches Buch, aber vielleicht kommt auch noch dafür die Zeit ...»

Das zweite Gespräch aber, welches anderes behandelte als die Mahlzeit, das Wetter oder das Befinden des Kindes, ergab sich kurz darauf anläßlich eines Besuches, welchen ihnen der Podestà von Riva gemacht. Agenor war sehr bleich geworden, als ihm das Oberhaupt der Stadt gemeldet wurde, aber es handelte sich um eine harmlose Sache. Am Silvestertage sollte in Trient ein großes Fest zugunsten der Armen Südtirols stattfinden. Der Podestà wollte den reichen Forestieri persönlich die Karten überbringen, um eine Überzahlung zu erzielen. Als der dicke, olivengelbe Herr sich unter vielen

Dankesworten für die reiche Gabe wieder aus dem Salon geschoben hatte, fragte Judith: «Willst du nicht hingehen?»

«Nein!» erwiderte er befremdet. «Es interessiert mich gar nicht. Und wie könnt' ich dich allein lassen?»

«Was sollte mir hier geschehen? Ich habe oft schon daran gedacht und nur nicht gewußt, wie es dir sagen: Es wäre für dich gut, wenn du für einige Wochen wieder in der Welt lebtest. Und vielleicht auch ...»

«Für dich!» rief er. «Ist es schon so weit zwischen uns gekommen?»

«Für uns beide», erwiderte sie sanft. «Vielleicht fänden wir uns nach einer solchen kurzen Trennung unbefangener zueinander ... Sprich nicht weiter», fuhr sie hastig fort, als er reden wollte. «Durch Worte wird es nicht gut ... Überlege dir meinen Vorschlag, ich bitte dich!»

Sie erhob sich und verließ rasch das Zimmer.

Eine Woche nach diesem Gespräch, hart vor Weihnachten, erhielt Agenor einen Geldbrief seines Wiener Bankhauses. Das Guthaben des Herrn Grafen – schrieben die Herren M. L. Biedermann & Komp. – sei allerdings bereits erschöpft; sie trügen selbstverständlich gleichwohl kein Bedenken, die gewünschte Summe angebogen ergebenst zu überreichen, bäten jedoch um baldige Deckung. Auch erlaubten sie sich beifolgend wieder zwei Briefe zu überreichen. Der eine sei vor etwa einer Woche angelangt, der andere soeben als Eilbrief mittels Estafette.

Das ältere Schreiben war jene dringende Mahnung Stiegles zur Sparsamkeit, das jüngere kam von Wroblewski und enthielt bereits die Antwort auf den Brief, den Agenor am dreißigsten November an ihn gerichtet. Obwohl Rafael, meldete er, den an den Toten adressierten Brief sofort erbrochen und zu den Akten gegeben, hoffe er die Gefahr doch noch abzuwenden, soweit er umgehend weitere dreißigtausend Gulden erhalte. Wo nicht, so gedenke er selbst durch eine Kugel der Schmach zu entgehen und könne dem Grafen nur raten, ein Gleiches zu tun. Beigelegt waren einige Zeilen Stiegles; er habe auch die zuletzt angewiesenen zehntausend Gulden aufgetrieben, aber zu vierzig Perzent Zinsen; da er unter diesen Umständen das sichere Verderben hereinbrechen sehe, so kündige er hiermit seinen Posten endgültig zu Ende März.

In fast sinnloser Wut zerknüllte Agenor den Brief des Kommissärs. Welch ein Schurke! – wieviel Habsucht und Verlogenheit er ihm zugetraut, solche Niedertracht doch nicht. Er hatte unter dem Eindruck jener Unterredung mit Judith in den nächsten Tagen nicht daran gedacht, seine Anweisung zurückzuziehen, und es dann unterlassen, weil es wohl zu spät war – der biedere Wroblewski, dachte er, gibt nichts wieder; er wird mir das Geld wahrscheinlich als Vorschuß für künftige Dienste quittieren. Und nun dieser Brief! Und in dieses Menschen Hände war er gegeben! Allerdings nicht ganz waffenlos mehr – gerade dieses letzte Schreiben bewies seine Niedertracht sonnenklar –, aber auch dies konnte nicht viel nützen, solange ihm der Graf durch sein Fernbleiben bewies, wie sehr ihm vor jeder Enthüllung bange … Schon deshalb mußte er heim und dann, um Ordnung in seiner Wirtschaft zu schaffen; alle Allodialgüter ließen sich nun nicht mehr halten. Aber konnte er fort, durfte er Judith allein lassen?

In diesen qualvollen, widerstreitenden Gedanken verflossen ihm die Stunden bis zum Mittagessen; mühsam raffte er sich dann so weit auf, um Judith ein möglichst gleichmütiges Gesicht zu zeigen. Es gelang ihm wohl nicht ganz, denn als er nach dem Speisen zur Zigarre griff, trat sie auf ihn zu und fragte: «Du hast heute schlimme Nachricht vom Hause erhalten. Was ist es?»

«Nichts von Bedeutung», erwiderte er. «Verdrießlichkeiten in der Wirtschaft ... Die alten Schulden von meinem Vetter her ...»

«Da mußt du heimgehen und es ordnen; das ist deine Pflicht. Ich bleibe inzwischen mit dem Kleinen hier; im April holst du uns, oder wir kommen allein nach!»

«Du möchtest mich gerne los sein?» fragte er mit gezwungenem Lachen, aber der Blick, den er dabei auf sie richtete, war sehr ernst.

Sie verstand diesen Blick und hielt ihn ruhig aus. «Das ist törichte Furcht, Agenor. Daß mich das Kind unter allen Umständen ans Leben fesseln würde, weißt du nun. Und wie dürft' ich dir solchen Schmerz bereiten? Was immer du sonst an mir gefehlt hast, dein Wort hast du eingelöst und mich zu deinem Weibe gemacht. Ich sage dir offen, Agenor, ich glaube, es wäre ein Glück für dich und mich, wenn ich bald eines natürlichen Todes stürbe ...»

«Judith!»

«Verzeih, ich hätte es nicht sagen sollen, aber es ist mir so gleichsam von selbst aus dem Herzen empor und auf die Lippen gequollen. Und wahr ist's ja! Schon hier haben wir es nicht leicht, wie erst daheim! Aber mein freiwilliger Tod wäre doch ein furchtbares Unglück für dich – dein Gewissen könnte niemals zur Ruhe kommen ... Es ist ein grauenhaftes Gefühl», fuhr sie fort, und ihr Antlitz wurde furchtbar düster, während sie dies sagte, «eines Menschen Leben auf dem Gewissen zu haben, eines Menschen, der uns geliebt – dir soll dies erspart bleiben, Agenor ... Wann reisest du?»

«Laß es mich noch überlegen», bat er. «Wie soll ich

von dir gehen, wenn ich dich von so qualvollen Gedanken erfüllt weiß! Und du quälst dich grundlos!»

«Still!» bat sie flehentlich. «Kein Wort davon. Durch Worte wird es nicht gut, sagt' ich dir schon neulich ... Gerade mir zuliebe solltest du gehen! Ich habe die Empfindung, als ob ich leichter mit mir fertig würde, wenn ich die nächste Zeit einsam verbrächte ... Und was könnte dich etwa sonst hindern. Die Furcht vor Rafaels Rache, vor der Strafe der Gerichte? Ich habe in den letzten Tagen viel darüber nachgedacht, es scheint mir jetzt, wo ich klarer sehe, fast unglaublich, daß du sie im Ernst fürchten könntest. Der Geklagte, ein Graf aus uraltem Geschlecht, welcher der katholischen Kirche eine Seele zugeführt, der Kläger ein Judenjunge – und der Prozeß spielt in Galizien! Glaube mir, Agenor – wenn du mich entehrt und dann von der Schwelle gejagt hättest und ich, die Betrogene, die Zertretene, wäre deine Anklägerin –, die Herren Richter würden mir ins Gesicht lachen, wenn ich deine Bestrafung verlangte. Ich sage es ohne Bitterkeit, nur weil es eben die Wahrheit ist ... Nochmals, du mußt reisen!»

Er bat gleichwohl wieder um Bedenkzeit. Und wenn sie es inzwischen erfährt? dachte er. Aber wie konnte sie es erfahren, da ihr Aufenthalt nur ihm und dem Wiener Bankhause bekannt war! Und daß sie sich nicht über den April hinaus der Heimat würde fernhalten lassen, war ja klar. Kehrte er heim, so konnte er Vorsorge treffen, vielleicht den Rat eines tüchtigen Anwalts einholen.

Nach Weihnachten reiste er ab. Auch der Augenblick des Abschieds führte die entfremdeten Gemüter nicht wieder zusammen, so freundlich, ja herzlich die Worte klangen. Mit trockenen Augen blickte sie ihm nach, als der Wagen aus dem Tor des Parkes rollte. «Auf fröhliches Wiedersehen!» rief er ihr noch zu. – «Auf Wieder-

sehen», erwiderte sie freundlich und ließ ihr Tüchlein flattern. Daß es nicht fröhlich sein werde, sagte ihr das Herz.

Nun ward es noch stiller im Palazzino bei Porta San Michele. Nur der alte Jan, der zum Schutz der Frauen zurückgeblieben, ließ sich zuweilen im Städtchen sehen; Judith verließ nie die Umfriedung des Parkes. Viele Zeit verwandte sie auf die Pflege des Kindes, las wohl auch in den Büchern, die ihr Agenor aus Innsbruck gesendet, aber manche Stunde saß sie stumm und regungslos da, in tiefes Brüten versunken, mit starrem, nach innen gekehrtem Blick, daß die treue Hania ganz betrübt umherschlich und in ihrer Herzensangst immer neue Vorwände ersann, um sooft als möglich in den kleinen Salon zu treten. Das kluge Mädchen war erst auf der Reise, in Czernowitz, in Judiths Dienste getreten und wußte von ihrer Vorgeschichte nicht viel, von dem letzten, schlimmsten Unglück, das diese arme Seele heimgesucht, nur, daß sie des Vaters Tod betraure, aber das Mitleid machte sie scharfsichtig. Wenn der Graf wüßte, was ich weiß, dachte sie zuweilen grollend, dann schriebe er häufiger! Darin tat sie ihm unrecht; er war nicht lässig und gab kurze Nachricht, sooft es die Hast der Reise, dann der Ansturm unerquicklicher Geschäfte und Erlebnisse nach der Heimkehr gestattete, aber auch die längsten, ja vielleicht sogar die liebevollsten Briefe hätten den Druck nicht verringert, der auf Judiths Gemüt lastete. Er schrieb, daß er manches zu ordnen vorgefunden und mit wenigen verkehre; einmal fand sich auch die kurze Bemerkung, die Furcht vor den Gerichten sei wohl wirklich überflüssig gewesen, ein andermal die Nachricht, er höre, daß es Rafael gut gehe, er widme sich mit vielem Eifer und Erfolg der Leitung der Fabrik. Sie dankte ihm für jeden Brief herzlich und versicherte, es gehe ihr und dem Kinde wohl; auch sie schrieb kurz, keine Silbe von dem, was all ihr Sinnen erfüllte. Wenn sie früher selbst geglaubt, in der Einsamkeit leichter mit sich fertig zu werden, so hatte sie diese Hoffnung betrogen; ihr stand im Wachen und im Traum nur immer ein Bild vor Augen: das Sterbelager des Vaters und wie sein letzter Hauch ein Fluch für seine Mörderin gewesen – immer, immer sah sie dies, auch wenn sie an der Wiege des Kindes saß. Und darum war es vielleicht gut für die Unglückliche, als eines Tages die Sorge um ihr Kind dringender an sie herantrat als bisher; die Annunziata wurde krank, eine andere Amme ließ sich nicht sofort beschaffen; man mußte den Versuch machen, das kaum drei Monate alte Kind durch künstliche Nahrung aufzuziehen. Es gelang aber nicht ohne die größten Sorgen und Kümmernisse. Und nur in diesen peinvollen Tagen hatte sie jene andere, schlimmere Pein nicht empfunden …

Darüber war der Februar zu Ende gegangen; im Garten der Villa blühten nun die ersten Frühlingsblumen, und die Lüfte wehten so warm wie drüben in der dürftigen Heimat, wo alle Gedanken des jungen Weibes weilten, kaum im Juni. Das Kind konnte nun wieder lange Stunden im Freien verbringen, auf der sonnigen Terrasse hinter dem Hause; die Annunziata, die nur noch seine Wärterin war, hielt es auf dem Schoße, Judith saß daneben und beugte sich zuweilen auf sein Händchen nieder, es zu küssen. Dann lächelte das Kind, welches die Mutter schon wohl kannte, und griff ihr mit den Händchen ins Gesicht, und in solchen Augenblicken fügte es sich wohl, daß auch über dies düstere, bleiche, verhärmte Antlitz der Schein eines Lächelns huschte.

So saßen sie auch eines Tages – es war zu Anfang März – auf der Terrasse beisammen, als Jan erschien und berichtete, im Flur stehe ein Bettelmönch, der den Herrn Grafen zu sprechen wünsche. Obwohl Annunziata kein Wort von seiner Meldung verstehen konnte, da er ja mit der Herrin in der Sprache der Heimat verkehrte, fügte er doch nur flüsternd hinzu: «Ein Bote aus Galizien, der uns kennt, auch unsern wirklichen Namen. Ich habe ihm nun schon zehnmal gesagt: ‹Der Graf ist verreist!›, aber er erwidert mir immer: ‹Melden Sie mich! Mich wird er empfangen!› Und geht nicht von der Stelle ...»

«Bring ihn her!» sagte Judith.

Der Mönch, ein gebückter Greis mit langem, weißem Bart, erschien. «Gelobt sei Jesus Christus», begann er und neigte sich tief. Und da Judith nicht einfiel, so fügte er selbst hinzu: «In Ewigkeit, Amen!»

«Sie wünschen meinen Gatten zu sprechen?» fragte sie. «Er ist kurz vor Neujahr verreist, wann er wiederkommt, weiß ich nicht genau. Er ist auf seinen Gütern in Podolien.»

«Gnädigste Gräfin», sagte der Greis mit zitternder Stimme, «ich muß ihn sprechen! Bitte, sagen Sie ihm ...»

«Wenn Sie mir nicht glauben», unterbrach ihn Judith stolz und scharf, «so habe ich Ihnen nichts mehr zu sagen ...»

Der Mann wich einen Schritt zurück. «Verzeihung», murmelte er. «Aber es wäre für mich so furchtbar ... So furchtbar!» wiederholte er laut, mit so veränderter Stimme, daß ihn Judith befremdet anblickte. «Ich habe ja», fuhr er dann wieder mit seiner schwachen, zitterigen Greisenstimme fort, «den ungeheuren Weg nur gemacht, um ihn zu sprechen ...»

«Können Sie es nicht mir sagen?»

«Nein ... Unmöglich!» Aber er blieb auf der Stelle.

«Was wünschen Sie noch?» fragte sie. Der Mönch erwiderte nichts, Jan jedoch sagte: «Der hochwürdigste Herr wird wahrscheinlich einen Imbiß und eine kleine Gabe nicht verschmähen.»

«Beides kannst du ihm reichen», sagte Judith und wandte sich dem Kinde zu. Als sie wieder aufblickte, war bereits der Mönch dem Diener in den Flur gefolgt.

Seltsam! dachte sie. Wie hat der Mann den Weg hierher gefunden? Kommen doch sogar Agenors Briefe an mich auf dem Umweg durch das Wiener Bankhaus? Und was mag er gewollt haben?

Eine Stunde später, bei Tische, meldete Jan: «Der Alte sitzt noch drinnen in der Gesindestube ... Aber da ist etwas nicht in Ordnung ...»

«Wieso?»

«Als ihm die Hania vorhin das Essen brachte, erschrak er sehr. Ich sah es ganz deutlich, er fuhr zusammen und zitterte. Sie aber sagt, sie kenne ihn gar nicht ... Zweitens aber säuft dieser Greis, wie es drei Junge nicht könnten. Ich habe ihn gewarnt: Dieser Veltliner ist ein Teufelswein. Aber er säuft ihn in sich hinein wie Wasser und stöhnt dazwischen, er wüßte nun nicht, was anfangen ...»

«Gib ihm zwei Gulden», befahl Judith, «und schaff ihn aus dem Hause.»

Etwa eine halbe Stunde später, als sie in ihrem Zimmer saß und einen Brief an Agenor schrieb, in welchem sie ihm auch diesen Besuch berichtete, kam die Hania hereingestürzt, schreckensbleich und zitternd.

«Gnädigste Gräfin», stammelte sie in höchster Erregung, «der Mönch ist ein Gauner, der Schreiber Trudka, ich kenn ihn.»

«Wie?»

«Der Ignaz Trudka, welcher Schreiber bei dem Advokaten in Czernowitz war, bei dem ich diente. Und mir hat er damals den Hof gemacht und wollte mich heiraten. Aber zu meinem Glück wurde bald ruchbar, daß er ein Gauner war, der von der Polizei gesucht wurde. Nämlich er pflegt sich als Priester zu vermummen und die Leute zu betrügen!»

«Aber der Mönch ist ja ein Greis!»

«Er trägt einen falschen Bart. Der Bart blieb ja dem Jan in den Händen, als er ihn anfaßte. Nämlich, als er nicht fortgehen wollte und noch mehr Wein verlangte, wies ihn Jan hinaus. Er aber rief: ‹In diesem Hause darf ich verlangen, was ich will!› – und hob dabei die Faust gegen Jan, fiel aber hin, weil er schon sehr bezecht war, und Jan über ihn. Wie ich den Lärm höre, eile ich hinein, und da sehe ich, wie sich Jan aufrichtet und mit ihm der Bart, aber der Mönch bleibt liegen. ‹Was ist das?› ruf ich und stürze hinzu und erkenne den Gauner. ‹Du bist's!› ruf ich. ‹Was suchst du hier? Ich werde dir das Priesterspielen verleiden, gleich hole ich die Polizei!› Er aber, als ich so rufe, wird vor Schreck wieder fast nüchtern und richtet sich auf. ‹Ich kenne Sie nicht›, sagt er, ‹Sie irren sich!› – ‹Was›, sag ich, ‹meinen einstigen Verlobten sollt' ich nicht kennen? Na wart, Halunke!› Und da flüstert er mir zu: ‹Schweig, wenn dir dein Leben lieb ist!› – ‹Ach was›, sag ich, ‹dich Gauner und Leutebetrüger werd ich nicht schonen! Jan, werfen Sie ihn hinaus.› Aber Jan muß ihn wohl auch schon gesehen haben, gnädigste Gräfin! Denn er starrt ihm ins Gesicht und ist ganz bleich. ‹Dies Gesicht ...›, sagt er nur immer vor sich hin, ‹wo hab ich dies Gesicht nur gesehen.› – ‹Mich haben Sie noch nie gesehen!› sagt der Trudka. ‹O doch›, sagt Jan, ‹in Borky!› ... Aber nun werden Sie so blaß, gnädigste Gräfin ...»

In der Tat, Judiths Antlitz war fahl geworden, jeder Blutstropfen schien daraus gewichen. Wie gebrochen sank sie in den Lehnstuhl, neben dem sie gestanden. «Weiter», murmelte sie, «weiter!»

«Es ist ja nichts mehr zu sagen ... Warum sind Sie erschrocken? Hätte ich's Ihnen nicht sagen sollen? Aber ich dachte, ich muß Ihnen melden, was vorgeht, denn der Jan steht ja da wie jenes alte Weib in der Bibel, als wäre er von Stein und sagt nur immer: ‹Nein, nein!› ... Aber mein Gott, Sie werden ja ohnmächtig ...»

Es schien so; Judiths Augen hatten sich geschlossen, das Haupt neigte sich auf die schweratmende Brust. Aber sie zwang die Schwäche nieder und erhob sich. «Ich muß ihn sprechen ...», murmelte sie.

«Den Jan? ... Soll ich ihn holen?»

Sie schüttelte den Kopf und schritt vorwärts. Aber ihre Knie zitterten so sehr, daß sie wohl umgesunken wäre, hätte sie nicht Hania gestützt. «Um Gottes willen!» rief das Mädchen. «Was ist Ihnen? Wohin wollen Sie?»

«Deinen Arm!» murmelte Judith und ließ sich zur Gesindestube führen.

Die Tür des großen, niedrigen Gemachs war weit geöffnet; an dem Tisch stand Jan, ihm gegenüber der Fremde, dessen Schelmengesicht mit dem glattgeschorenen Haar seltsam genug aus der Kutte hervorguckte; der falsche Bart lag noch auf dem Boden, neben der zerbrochenen Flasche. Der alte, treue Mensch hatte eben sein Geldsäckchen auf den Tisch geleert, die Tränen rannen ihm über die Wangen. «Das ist all mein Erspartes!» schluchzte er. «Zweihundertvier Gulden – das wird Ihnen zur Heimreise reichen. Und der Graf wird Ihnen geben, was Sie wollen. Aber nun gehen Sie, um Gottes willen, gehen Sie – die Ärmste darf es nicht erfahren.»

Judith trat ein. «Ich danke dir, Jan», murmelte sie. «Nun aber geh, ich habe mit dem Manne hier zu sprechen!»

Der Alte taumelte zurück. «Gnädigste Gräfin!» schluchzte er auf. «Er lügt ja! Er lügt ja!»

«Geh!» wiederholte sie. «Meine Kraft reicht sonst nicht mehr!»

Weinend schlich er zur Tür hinaus und wies die Hania weg, die ihn mit Fragen bestürmte. «Wir werden gut achtgeben müssen», stieß er bebend hervor. «Tag und Nacht – der See ist so nahe ...»

Drinnen währte die Unterredung kurz, nur wenige Minuten. Dann kam der Trudka herausgeschlichen, den Bart in der Hand. «Wahrhaftig, Herr Jan», murmelte er, «sie dauert mich. Aber ich soll Sie hineinschicken, sie hat einen Auftrag für Sie!»

Als Jan in die Stube trat, saß sie auf der Bank am Tische. «Hier», murmelte sie und zog ein Schlüsselchen hervor, «öffne die Kassette in meinem Zimmer und gib dem Menschen die dreihundert Gulden, die ich ihm versprochen habe. – Und schick mir die Hania!»

Das Mädchen, welches wenige Sekunden später eintrat, fand ihre Herrin ohnmächtig auf der Diele hingestreckt.

Es war eine tiefe Ohnmacht; erst der Arzt, den Jan herbeigeholt, konnte sie durch seine Essenzen bannen. Er blieb bis tief in die Nacht bei der Kranken und schien nicht ohne ernste Sorge. «Es ist ein Gehirnfieber im Anzuge», sagte er, als er ging, «ich fürchte, der Fall wird schwer!»

Er irrte; als er am nächsten Tage erschien, fand er Judith außer Bette. Sie sah jählings gealtert aus, wie ein Schatten ihrer selbst, und es erschütterte ihn, als er gewahrte, daß sich in das rote Gold ihres Haares helle Fäden gemischt ... «Graue Haare», murmelte er. «Gnädigste Gräfin, ich weiß nicht, was Ihnen begegnet ist, aber Sie sind Mutter ...»

«Glauben Sie mir, ich denke daran», versicherte sie und dankte ihm für seine Teilnahme. Er verließ sie beruhigter, als er gekommen.

Auch Hania atmete auf, als sie die Herrin wieder klar und gütig wie immer zu sich reden hörte. Nur Jan blieb ängstlich. «Das endet nicht gut!» murmelte er den Tag über, wo er ging und stand, vor sich hin. «Gott erhalte ihr ihren Verstand.» Und seine Sorge steigerte sich, als sie ihn am Abend herbeirief und ihm sagte: «Du hast dein Erspartes für mich opfern wollen, Jan. Da du mich so liebhast, so wirst du mir gewiß dein Geld leihen, wenn ich dich darum bitte?»

«Mit tausend Freuden», sagte er, «aber in der Kassette liegt noch so viel ...»

«Dennoch bitt ich darum, ich zahle es dir gewiß zurück!»

Er brachte es ihr und sagte dann betrübt zu der Hania: «Etwas ist da unter der Stirn doch nicht richtig ...»

Am nächsten Morgen sollte er erkennen, daß sie auch darin klaren Sinnes gewesen.

## *Zehntes Kapitel*

Es war drei Wochen später, nach dem Kalender der erste Frühlingstag, aber auf der podolischen Heide sah es häßlich und trübselig aus, als lägen Sonnenschein und blauer Himmel viele Jahre fern. Es fröstelte den Grafen Agenor, während er so von seinem Schlößchen Borky auf halb aufgetauten Straßen durch Wind und Regen der Kreisstadt zufuhr, weil ihn sein Anwalt dringend zu einer Unterredung eingeladen. Doch das lag wohl nicht allein an dem Wetter; auch nachdem er nun schon eine Stunde in dem wohlgeheizten Amtszimmer seines Rechtsfreundes verbracht, mußte er auf und nieder gehen, die Hände reiben, das Gefühl der Kälte und Schwere zu bezwingen, das ihm die Glieder zu lähmen drohte. «Fast drei Monate», seufzte er, «und was hab ich erreicht!»

«Sollte dies ein Vorwurf sein», erwiderte der Anwalt, «so müßte ich ihn ablehnen. Was ich tun konnte, ist geschehen: Sie haben nun wieder Ordnung in Ihren Finanzen und um keinen schwereren Preis als unbedingt nötig; Herr Stiegle bleibt Ihnen erhalten, Herr von Wroblewski freilich auch, aber dagegen kann ich nichts tun. In Güte läßt sich da nichts richten; bieten Sie ihm ein Schweiggeld jährlicher zwanzigtausend Gulden auf Lebenszeit, er wird es dankend annehmen, aber schon im ersten Jahre weitere zwanzigtausend fordern, und gewähren Sie diese nicht, so liegen die Dinge wieder wie heute. Einzuschüchtern ist der Mann auch nicht; seine Briefe an Sie beweisen seine Verlogenheit, seine schurkische Gesinnung; aber Ihre Briefe an ihn, daß Sie einen Betrug und Kirchenfrevel begangen und ihn zur Bestechung der Richter zu verleiten gesucht. Wollen Sie seine Drohungen in den Wind schlagen? Ich habe dazu geraten, ehe ich ihn näher kannte; jetzt kann ich's nicht mehr. Er ist der Typus des leichtfertigen Schurken, als Erpresser und Verschwender gleich groß; was er Ihnen erpreßt, ist er tatsächlich bereits den Wucherern schuldig; Ihre Furcht vor ihm ist seine einzige Erwerbsquelle; versiegt sie, so ist er schlimmer dran als ein Bettler, und seine Äußerung gegen mich: ‹Dann suche ich eben meine Versorgung im Zuchthause und spiele mit meinem Zellengenossen Baranowski um Erbsen›, enthält ein Korn Wahrheit. Haben Sie nun seine Anzeige zu fürchten? Ja! Der Betrug an dem Mädchen würde leicht wiegen, schwerer ist das Vergehen gegen das Staatsgesetz, am schwersten der Kirchenfrevel; ich resumiere dies rein tatsächlich, moralisch wäre vielleicht die Reihenfolge umzukehren ...»

«Auch nach meinem Empfinden», sagte der Graf düster. «Wenn ich an das arme Weib denke, krampft sich mir das Herz in der Brust zusammen.»

«Dann sind Sie wohl», fragte der Anwalt, «von selbst auf den Gedanken gekommen, den ich Ihnen als meinen besten Rat mitteilen wollte?»

«Sie meinen: Judith alles zu gestehen und Taufe und Trauung nun nochmals und ernstlich zu wiederholen? Ja, daran habe ich oft gedacht, aber ich fürchte, die Reue kommt zu spät. Ich habe sie einmal, als ihr Zweifel kamen, belogen; es war der schimpflichste Augenblick meines Lebens. Ich fürchte, erfährt sie dies, so wird ihr der Tod lieber sein als ein Leben an meiner Seite ...»

«Vergessen Sie nicht: sie liebt ihr Kind! Versuchen müssen Sie es jedenfalls; ich bin überzeugt, es wird glükken. Ich gebe Ihnen diesen Rat allerdings zunächst nur als Jurist; dann können Sie den Kommissär ruhig seinem Schicksal überlassen und ihn auf die Straße setzen, statt Ihr schönstes Schloß zu meiden, weil er darin haust. Die Anzeige macht er wohl auch in diesem Falle, aber die Strafe fällt gelind aus und hat in den Augen der Welt nichts Entehrendes mehr. Der Bischof mischt sich dann wohl kaum in die Sache – Sie haben ja der Kirche wirklich und wahrhaftig eine Seele zugeführt. Der weltliche Richter aber, vor dem Sie dann zuerst stehen, Wroblewskis Nachfolger, Herr Groza, ist ein Mann von feinstem Rechtsgefühl. So besorgt ich um Sie wäre, wenn er etwa jetzt über Sie zu richten hätte, ebenso bin ich davon überzeugt, daß er dann sagen wird: Der Graf hat gefehlt, aber auch gelitten, gebüßt und gutgemacht. Jedoch nicht bloß der Jurist, auch der Freund kann Ihnen keinen besseren Rat geben. Sie fühlen sich nicht glücklich ...»

«Weiß Gott, nein!» sagte der Graf mit zuckenden Lippen.

«Mit solcher Last auf dem Herzen kann man es nicht sein. Befreien Sie sich von dieser Last! Und die Rücksicht auf Ihre Standesgenossen kann Sie auch nicht hindern ...»

«Nein!» sagte Agenor bitter. «Wahrhaftig nicht! Schlimmer kann meine Stellung zu ihnen nicht mehr werden. Ich bin ja ein Verfemter ...»

«Da sehen Sie zu schwarz», begütigte der Anwalt, «aber schlimmes Gerede ist ja vorhanden. Ich habe mich immer darüber gewundert, wie auf jene Äußerung hin, die Ihr Lakai gegen einen anderen Lakaien in Florenz gemacht, das Gerücht von einer Scheinehe so weit dringen konnte und vor allem, warum es seit einigen Monaten plötzlich allgemein geglaubt wurde. Die Lösung lautet: Weil sich diese Version, welche ja leider auch der Wahrheit entspricht, am boshaftesten und giftigsten ausbeuten läßt; hätte jemand etwas noch Schlimmeres aussinnen können, die Wahrheit wäre nicht durchgedrungen. Nun aber hat jedermann Gelegenheit, die Echtfarbigkeit seines Katholizismus zu bezeugen, indem er über den Frevel in der Kapelle zu Borky die Augen verdreht, und sich als ritterlich zu bewähren, indem er Ihr Benehmen als eines Edelmannes unwürdig verdammt. Es ist so weit gekommen, daß man sogar die Jüdin bedauert – hätte ich es nicht mit eigenen Ohren gehört, ich würde es nicht glauben. Dies alles aber geschieht zwar ausgiebig, aber heimlich, Herr Groza darf es ja nicht erfahren, das wäre Denunziation ... Nun, lieber Graf, wie sich diese Stimmungen gestalten werden, wenn Sie die Jüdin in einigen Monaten als Ihre rechtmäßige Gattin heimbringen, kann ich Ihnen freilich nicht verbürgen, aber ich meine: nicht bloß nicht schlimmer, sondern besser. Denn dann werden wenigstens die Edlen und Guten – groß ist ihre Zahl freilich nicht – anders über Sie denken ...»

«Sie haben recht», sagte Agenor und erhob sich. «Und was geschehen muß, soll bald geschehen. Ich fahre noch heute ins Städtchen, ordne mit Stiegle die Dinge für die Zeit meiner Abwesenheit und trete morgen die Reise nach Riva an. Die nötigen Papiere beschaffen Sie wohl und senden sie mir nach!»

«Kein Auftrag könnte mir lieber sein», sagte der Anwalt und drückte die dargebotene Hand. «Alles Glück auf den Weg!»

Als der Graf kurz darauf wieder über die Heide fuhr, dem Städtchen zu, war das Wetter noch schlimmer geworden; dichter strömte der Regen nieder, mit Eisflokken untermischt, und gefror, kaum daß er zur Erde gelangt; nur im Schritt konnte der Kutscher die eisglatte Straße dahinfahren. Gleichwohl fror es den Grafen nicht mehr; seine Wangen waren gerötet, die Augen hell, so leicht hatte er sich seit lange, lange nicht mehr gefühlt. Es war ein schmaler, harter Pfad, der nun vor ihm lag, aber er führte zum Frieden mit sich selbst, vielleicht zum Glück.

Immer strömender wurde der Regen, und ein schneidender Nordwind peitschte ihn vor sich her. Nun brach auch die Dämmerung ein, und der brave Fedko mußte zuweilen stillhalten, bis er den richtigen Weg erkannt. «Ein Hundewetter, Gnädigster!» entschuldigte er sich bei dem Grafen. «Ich kenne doch die Heide und ihre Tücken, aber so schlimm wie heute ist es mir nur noch einmal ergangen, das war, als ich ...»

Er brach ab; es kam ihm plötzlich zu Bewußtsein, daß

die Erinnerung an den Tag, da sich das Judenmädchen in den Schloßteich gestürzt, vielleicht seinem Herrn wehe tun würde. Und in seiner Verlegenheit darüber hieb er so heftig auf die Pferde ein, daß sie rascher vorwärts trabten. Zu Fall kamen sie dabei nicht, wohl aber übersah Fedko auf diese Weise ein anderes Gefährt, welches mühselig vor ihm dahinschlich; ein armseliges, mit einer leichten Leinwandplache überdecktes Lohnwägelchen; so hart fuhr er daran an, daß die Equipage feststand. Fluchend stieg er ab, das Rad loszumachen; auch der Lohnkutscher, offenbar ein Jude, begann zu fluchen. «Als ob er den Kaiser drin hätte», rief er, «so überfährt er die Leut!»

«Den Kaiser fahr ich nicht», erwiderte Fedko stolz, «aber der Herr Graf Baranowski will auch gern vorwärts kommen!»

«Und ich», rief der Jude, «führ nur eine arme, kranke Jüdin mit einem kleinen Kind, aber das sind auch Menschen!»

«Nana», sagte nun der gutmütige Fedko begütigend, «die Minute Aufenthalt wird ihnen nichts schaden!»

Und rasch hieb er wieder auf die feurigen Rappen ein, daß der Abstand zwischen den beiden Gefährten immer größer wurde. Längst hatte Fedko bereits den Schloßhof erreicht, als vor der Lohnkutsche eben erst die Lichter der Vorstadt Roskowka aufblinkten.

Der Jude wandte sich um. «Frau», rief er in das Innere des Wagens, «da sind wir in Roskowka! In der Schenke könnt Ihr Milch für das Kind haben!»

«Gottlob!» erwiderte eine schwache Stimme. «Ja, haltet an, ich bitt Euch. Ich fürchte ohnehin, das Kind wird sich erkältet haben! Es ist so unruhig!»

«Aber wie denn!» tröstete der Mann. «Alle Eure Tücher habt Ihr ja um den Kleinen gebreitet, und Ihr selbst friert! Es ist ja ein Erbarmen und eigentlich auch eine Sünd gegen Euch selber! Aber mit einer Mutter zanken – da müßt ich ein noch größerer Narr sein!»

Aus dem Wagen kam leises Wimmern einer Kinderstimme. «Nur noch zwei Minuten», sagte der Kutscher. «Aber wohin fahren wir dann?»

Es kam keine Antwort.

«Frau – hört Ihr nicht? Vor welchem Hause im Städtchen soll ich halten?»

«Auf der Straße ...», erwiderte nun die Stimme leise und zitternd, «ich werde auf der Straße aussteigen ...»

«Weil Ihr so warm bekleidet seid?» grollte der Mann. «Aber wie Ihr wollt! ... Prr! Hier ist die Schenke!»

Er half der Frau aus dem Wagen, und da er sah, daß sie wankte, so wollte er ihr das Kind abnehmen und führte sie, da sie dies nicht litt, stützend ins Schenkzimmer. Der große, wüste Raum war von zechenden Bauern und Fuhrleuten überfüllt, die Luft qualmig und stickig von Fuseldunst und Tabaksdampf und der Ausdünstung der vielen Menschen, die nässetriefend in den überheizten Raum getreten. «Das ist nichts für Euch», sagte die Wirtin mitleidsvoll, als ihr der Kutscher den neuen Gast zuführte, und öffnete die Türe zum anstoßenden Raum, ihrer Wohn- und Schlafstube. Rasch brachte sie die Milch herbei – «auf der ganzen Welt findet Ihr keine bessere», beteuerte sie – und sah dann zu, wie die Fremde die Milch in ein Saugfläschchen füllte und sie dem Kinde einflößte.

«Ihr nährt das Kleine nicht selbst?» fragte sie. «Freilich, Ihr seid wohl zu schwach dazu!» Die Fremde hatte das Tuch, welches ihren Kopf dicht umhüllte, weit vorgezogen. Die Wirtin konnte das Antlitz nicht deutlich sehen; daß es gramvoll und abgezehrt war, erkannte sie doch. «Aber das Kindchen gedeiht auch so gut!» fügte sie tröstend hinzu. «Ein Knäblein – nicht wahr? Wie lustig es jetzt mit den Beinchen strampelt! Da seid Ihr wohl noch nicht lange unterwegs, weil es so munter ist? Kommt Ihr aus Tluste?»

Die Fremde verneinte.

«Wir sind wochenlang unterwegs», sagte sie, «aber ich habe getan, was ich konnte, und es gibt ja überall barmherzige Menschen.»

«Wochenlang!» rief die Frau. «Jetzt im Winter! Da kommt Ihr wohl aus der Krakauer Gegend?»

«Noch weiter her!»

«Noch weiter – also aus Aschkanas (Deutschland)? Vielleicht aus Prag? Dort ist eine große Gemeinde. Aber nach Eurer Sprache hätte ich gedacht, Ihr wäret aus unserer Gegend! Wollt Ihr bei mir übernachten?»

Die Fremde verneinte. «Ich muß ins Städtchen ...»

«Wenn Ihr die Wirtshäuser dort für besser haltet ...», meinte die Frau etwas gekränkt, fuhr dann aber wieder teilnahmsvoll fort: «Ihr zittert ja! Habt Ihr das Fieber? Wartet, ich bring Euch etwas Supp'. Es ist mir nicht ums Geld, ich will nichts dafür, wenn Ihr arm seid ...» Und ehe eine Antwort erfolgen konnte, war sie schon hinausgeeilt in die Küche.

Die Fremde sollte nicht lange allein bleiben. Zuerst kam der Kutscher: «Ruht Euch nur recht aus, Frau! Ich habe Zeit!» Dann guckte ein bärtiger Männerkopf in die Stube: «Gottswillkomm, ich bin der Wirt vom Haus! Die Supp' kommt gleich!» Endlich trat eine Greisin ein, bei deren Anblick die Fremde zusammenzuckte und das Tuch tiefer ins Gesicht zog. Aber das alte, kleine, dürre Weiblein mit dem verhärmten Gesicht, aus dem eine große gekrümmte Nase hervorstach wie ein Zeigefinger, kümmerte sich nicht um sie. Es bot den guten Abend, setzte sich ans andere Ende des Tisches und starrte aus

geröteten, tränenfeuchten Augen kummervoll vor sich nieder.

Die Wirtin kam, den dampfenden Teller in der Hand. «Gottswillkomm, Muhm Miriam», begrüßte sie die Greisin. «Das ist schön, daß Ihr herkommt, statt drüben in Eurem Stüblein allein zu sitzen.» Sie stellte den Teller vor die Fremde hin. «Greift zu! Etwas Hühnerfleisch hab ich auch hineingetan; nicht viel, man gibt's, wie man's hat.» Dann wandte sie sich wieder zu der Alten: «Aber nicht schön ist's, daß Ihr noch immer soviel weint, Muhm Miriam!»

«Ach», schluchzte die Miriam Gold, «ich wein nicht, es weint so von selbst aus mir heraus! ... Sie war ja doch mein Kind, mein Fleisch und Blut!»

«Na, ich hab ja auch in der ersten Zeit nichts gesagt», sagte die Wirtin. «Aber nun ist sie vier Monat tot, und Ihr weint Euch noch täglich die Augen aus. Sagt, müssen wir nicht alle sterben, und wie oft die Jungen vor den Alten? Hab ich nicht meine Rachele begraben müssen? Und meine Rachele – aber ich will Euch nicht kränken ...»

«Ich weiß, was Ihr sagen wollt», erwiderte die Miriam. «Daß Euer Rachele ein brav Kind war und meine Lea nicht. Aber wenn sie auch zur Kirche gegangen ist und eines Bauern Weib wurde, habt Ihr's schriftlich, Muhm Malke, habt Ihr's schriftlich, daß unser Herr da oben – sein Name sei gelobt – von der Lea so denkt wie Ihr?»

«Ja, Muhm Miriam», sagte die Wirtin ernst, fast feierlich, «das haben wir alle schriftlich. Da steht's!» Sie wies auf die Bibel, die auf dem Fensterbrett lag. «Gott will nicht, daß aus einer Lea eine Barbara wird ...»

«Wir werden's nicht ausmachen!» erwiderte die Greisin abwehrend und fuhr sich mit der Schürze über die rotgeweinten Lider. «Laßt mir den Trost, daß Er auch

Frau
Ruth Jolteur
Hellerweg Str. 58
Frankfurt 50
D

1100 Berlin
[illegible]

BILD UND HEIMAT · REICHENBACH (VOGTL)
A1/III/26/13 · 01 15 0584/01 · DDR 0,20 M

Blick von der Leipziger Straße zum Stadtzentrum
Sport- und Erholungszentrum
Mahnmal Unter den Linden
Operncafé
Friedrichstraße Ecke Unter den Linden
Farbfotos: Mohr, Berlin (2); Körner, Berlin (1)
Hoffmann, Berlin (1); Andree, Berlin (1)

Liebe Tante Ruth!
Ich bin mit dem Chor in Berlin und
komme so [illegible] über Reise
schnell mal besuchen und
ihre Erzählungen lauschen.
Die tolle Strumpfhose habe
ich auch schon strahlend
empfangen. Tausend Dank.
Auch die vielen kleinen Kosme-
tikproben, auch von Renate
gefallen mir gut. Viele liebe Grüße Deine [illegible]

Berlin · Hauptstadt der DDR

meinem armen Kinde ein gnädiger Richter gewesen ist. Und als es mit ihr zu Ende ging, da hat sie sich wohl erinnert, daß sie einst Lea geheißen hat. Da schickte sie ja zu mir und ließ mich flehentlich bitten, zu kommen. Aber ich war zu feig dazu und ließ mich überreden und tat meinem armen Kinde noch diese letzte Kränkung an. Ihr ist nun wohl, aber an mir zehrt die Reue, und darum wein ich, Muhm Malke, und werd nicht aufhören zu weinen ...»

«Ihr wißt», erinnerte die Wirtin, «ich habe Euch, als Ihr mich fragtet, nicht zu- noch abgeredet. Ich sagte, Ihr müßt den Rabbi und die anderen Frommen befragen. Das ist keine Weibersach!»

«Oh, es *war* eine Weibersach!» schluchzte Miriam. «Wer darf zwischen Mutter und Kind treten? Aber da schüchterten sie mich ein; Gott wolle es nicht, und als ich zu Rafael ging, da erwiderte er: ‹Mein Almosen soll Euch nicht entzogen sein, auch wenn Ihr's tut, aber ich kann nicht dazu raten. Eure Tochter stirbt ja nicht, sie ist längst tot. Ich an Eurer Stelle ginge nicht. Ich weiß, Ihr seid glücklicher als ich. Eure Lea wurde keine Ehrlose wie meine Schwester. Aber›, sagte er ...»

Ein Wehlaut, kurz, schrill, gellend, klang durchs Gemach, daß beide Frauen zusammenschraken. «Was ist Euch?» riefen sie der Fremden zu. Sie hatte die Hände vors Gesicht geschlagen, das Tuch war ihr vom Kopf geglitten, daß man das rotblonde, mit grauen Strähnen durchzogene Haar sah.

Die Wirtin wich einen Schritt zurück und starrte mit einem Grauen, mit einem Abscheu auf dies gelöste Haar, als hätte sich ihr plötzlich ein Nest von Nattern entgegengeringelt. «Was ist das?» schrie sie auf. «Seid Ihr kein ehrlich jüdisch Weib, daß Ihr Euer eigen Haar tragt?»

Auch die Miriam stand wie gelähmt. «Barmherziger Gott!» murmelte sie. «Dieses Haar – die Unglückliche ...»

«So antwortet doch!» rief die Wirtin, zur Fremden gewendet. «Hier ist ein jüdisch Haus! Man will wissen, wen man beherbergt!»

Die Miriam trat auf sie. «Still!» murmelte sie. «Erkennt Ihr sie denn nicht? Es ist ja die Judith ...»

«Die Judith!» schrie die Wirtin gellend auf. «Hinweg!»

Judith ließ die Hände sinken und wandte ihr das Antlitz zu. «Ich geh ja schon», murmelte sie, «ich geh schon!»

Mit weit aufgerissenen Augen starrte die Wirtin in diese todesblassen Züge, die sie einst – es schien ihr wie gestern – schön und hold gesehen, auf die gebeugte, von Fieberschauern durchrüttelte Gestalt. «Oh», murmelte sie endlich vor sich hin, «da hat Gott gestraft!»

Die Miriam aber war auf Judith zugeeilt. Nicht in Tropfen wie vorhin – in Strömen schossen ihr die Tränen über die runzeligen Wangen, und mit leidenschaftlicher Inbrunst umfaßte sie die zarte Gestalt und strich mit ihren welken Händen über das verhärmte Antlitz. «Du Ärmste», stieß sie bebend hervor, «du Ärmste, dich sendet mir Gott!»

Die Wirtin sah befremdet zu. Wie tief ihr Groll gegen die Abtrünnige war, bei diesem Anblick empfand sie ein leises Brennen der Lider. Sie wandte sich zur Tür. «Macht's kurz, Muhm Miriam», sagte sie, «ich muß es nun meinem Mann sagen, und der wird's nicht leiden.» Und im Hinausgehen murmelte sie vor sich hin: «Wie mitleidig die Miriam ist! Ich wollt's auch sein, wenn ich mich nicht vor Gott fürchten würde!»

Dies Mitleid aber brach so ungestüm hervor, daß es selbst diesen unsäglichen, erstarrten Jammer zu rühren, zu lösen vermochte. «Ich weiß», stammelte Judith, «ich weiß, Miriam, Ihr habt mich immer liebgehabt ...»

«Sehr lieb!» murmelte die Greisin. «Du warst ja so schön und gut, oh, so gut! Als ich damals erfuhr, sie hätten dich im Garten mit dem Grafen gesehen, da gab es mir einen Stich da innen, und das Herz tat mir weh, fast so weh wie an jenem Tage, da mir mein armer Mann sagte: ‹O Weib, wäre doch dein Schoß lieber verschlossen geblieben! Unsere Lea hält es mit dem Wassilj!› In meiner Herzensangst lief ich zu dir hin und erzählte dir die Geschichte meines Kindes, um dich zu warnen; so schwer es mir fiel, ich tat es dir zuliebe! Ach, es war umsonst! Wie hab ich dir nachgetrauert, beten durft' ich ja nicht für dich – sie sagen ja, daß es eine Sünde ist, für eine Abtrünnige ... Du bist doch Christin?» unterbrach sie sich.

Judith schüttelte den Kopf.

«Oh», jubelte die Greisin auf, «dann kann noch vieles gut werden. Nicht wahr, du wolltest dich nicht taufen lassen, und darum verstieß dich der Graf?»

«Nein! Ich bin Jüdin, aber die Schuld der Abtrünnigkeit lastet dennoch auf mir. Ach, und wieviel andere noch! Ich bin ein unseliges Geschöpf, verdammt in diesem und im künftigen Leben!»

«Im künftigen nicht, Judith!» sagte Miriam fast feierlich. «Wer so alt geworden ist wie ich, und wem die Menschen so viel Bitteres zugefügt haben in Seinem Namen, der erkennt, daß Er wohl barmherziger sein muß als die Menschen! Und wie hast du gebüßt! – Ich frage nicht danach, auf dem Gesicht steht's dir ja geschrieben ...»

Vor der Tür ward halblautes Streiten hörbar. «Sie muß hinaus!» wetterte eine Männerstimme. «Sie hat auch kein Erbarmen mit ihrem Vater gehabt.» Es war der Wirt.

Dazwischen klang begütigend die Stimme seines Weibes.

«Komm», drängte Miriam, «ich wohn nur einige Häuser weit, das Stüblein ist geheizt, da kannst du übernachten.»

Judith hüllte das Kind wieder sorglich ein. «Ich dank Euch», sagte sie, «aber durch mich sollt Ihr nicht ins Unglück kommen, Miriam. Ihr seid auf die Guttaten der Leute angewiesen, sie würden Euch zürnen!»

«Mögen sie!» rief die Greisin. Hochaufgerichtet stand sie da, und wie ein Leuchten lag es auf ihrem welken Antlitz. «Und wenn ich deshalb Hungers sterben müßte, ich würde doch die Stunde segnen, wo dein Fuß meine Stube betreten hat. Denn dich sendet mir Gott! Er hat erhört, was mein Herz Tag und Nacht, seit mein armes Kind gestorben, zu ihm emporgestammelt hat. Da rang ich die Hände und rief: ‹O könnt' ich meine Feigheit und Härte gutmachen! Was nützt der Toten mein Wehklagen, und was fängst du mit meiner Reue an, barmherziger Gott, der du willst, daß auch wir Menschen barmherzig sind!› Er aber wußte was mit meiner Reue anfangen, der Lebenden kann ich bezahlen, was ich der Toten schuldig geblieben bin … Komm», schloß sie fast flehend, «komm zu mir …»

«Ich kann nicht …», erwiderte Judith, «ich muß zu Rafael …»

«Nein, nein!» rief die Greisin abwehrend. «Spare dir diesen Schmerz …», fügte sie dann zaghaft hinzu. «Du hast ja vorhin mit angehört …»

«Ich muß!» Sie suchte sich zu erheben, aber die Kräfte versagten ihr. «Ich muß!» wiederholte sie, und nun gelang es. Aber nur schwankend stand sie da, so stark rüttelten sie die Fieberschauer, und als ihr Miriam das Kind aus den Armen nahm, mußte sie es dulden.

Die Tür ward aufgerissen, der Wirt trat ein. «Wenn Ihr nicht gleich ...» Er hielt inne, als er die beiden zum Gehen gerüstet sah, und der Anblick der Wankenden machte ihn vollends stumm. «Zwölf Kreuzer», murmelte er nur noch, als sie ihn nach ihrer Schuldigkeit fragte, und strich die Kupferstücke, die sie ihm aufzählte, verlegen ein.

«Überleg's!» bat die Miriam noch einmal, als sie dem Wagen zuschritten. «Wenn du Rafael aufsuchen willst, so tu's morgen, nachdem du dich ausgeruht hast!»

«Es muß heute sein!» erwiderte Judith. «Mein Fieber wird immer stärker, der Arzt in Tluste meinte, daß ich schwerkrank werde; morgen bin ich vielleicht ohne Besinnung und muß so dahinsterben ... Wir fahren», wandte sie sich an den Kutscher, der mürrisch neben seinen Pferden stand, «zum großen Haus gegenüber dem Kloster ...»

«Ich weiß schon», erwiderte der Mann finster. «Da ich bezahlt bin, muß ich's tun. Aber hätt ich in Tarnopol gewußt, wer Ihr seid ...»

Er beendete den Satz nicht und hieb grimmig auf die Pferde ein, daß sie mit einem Ruck aus dem Torweg fuhren. Draußen, im Kotmeer der Straße, ging es wieder Schritt für Schritt. Stumm saß Judith da, das Kind an sich gepreßt, nur zuweilen schlugen ihre Zähne im Fieberfrost hörbar aneinander; dann begann Miriam immer wieder zu flehen, den schweren Gang erst morgen zu tun. «Du bist ja halbtot!» schrie sie verzweifelt auf.

«Es muß sein», erwiderte die Unglückliche. «Aber meine Gedanken beginnen sich zu verwirren ... und eine Seele muß es erfahren, solang ich reden kann. Der Frevler soll seiner Strafe nicht entrinnen. Hört, Miriam, wie der Graf an mir getan hat ...» Sie erzählte es in kurzen, wirren Worten; Miriam verstand es nicht recht, nur soviel war ihr klar, daß das arme Geschöpf furchtbar getäuscht worden.

«Du armes Kind», schluchzte sie und schlug ihre Arme um die Bebende. Und als der Wagen vor dem Hause hielt, bat sie: «Laß mich mit Rafael sprechen, ihn vorbereiten!»

Auch davon wollte Judith nichts wissen. Aber als sie dem Wagen entstieg und nun vor dem Hause stand, wo sie die glücklichen, schönen, behüteten Tage ihres Lebens verbracht, dem Hause, an welches sie mit verzehrender Sehnsucht zurückgedacht, seit sie in die Fremde gegangen, schien sie ihre Kraft zu verlassen, sie wankte und wäre wohl trotz Miriams Hilfe zu Boden gesunken, wenn sich nicht ein Stärkerer mitleidig genaht hätte. Es war der Kutscher eines Wagens, der vor dem Hause hielt. «Bist du aus Lehm?» rief der Ruthene zornig dem Fuhrmann Judiths nach, als dieser auf dem Bocke blieb und nun davonfuhr, ohne sich weiter um die beiden Frauen zu bekümmern. Der Jude wandte sich um. «An der ist Gotteslohn zu holen», rief er höhnisch, «ich gönne ihn dir!» Und er verschwand im Nebel.

Noch einmal raffte Judith ihre Kraft zusammen und trat, von Miriam gefolgt, ihr Kind auf dem Arm, in den Flur und dann, ohne anzupochen, in die Tür von ihres Vaters Arbeitszimmer. Der Raum war dämmerig erleuchtet; beim Schein einer Kerze schrieb Rafael am Pult an einem Briefe. Als er die Tür gehen hörte, wandte er sich um, ein halblauter Schrei entfuhr seinen Lippen, dann starrte er, totenbleich, wie von Entsetzen und Abscheu gelähmt, die Unselige an, als wäre ein Gespenst vor ihm emporgestiegen.

«Hinweg!» murmelte er endlich. «Hinweg!» wiederholte er lauter und wies mit zitternder Hand nach der Türe.

«Rafael», schluchzte sie und sank, wo sie stand, hart an der Türe, in die Knie. Die Miriam aber stürzte vor und faßte den Saum seines Talars und rief verzweiflungsvoll: «Erbarme dich! Sie ist ja heimgekommen zu sterben!»

Er machte sich los und wich zurück, der Türe zu, die ins nächste Gemach führte. Er war unheimlich anzuschauen, wie er so dastand, die erblaßten Lippen halb geöffnet, das wachsbleiche Antlitz verzerrt, mit der Rechten nach der Türklinke tastend, die Linke ins wirre, schwarze Haar vergraben, ein Bild so wilden Grolls und Entsetzens, daß die Greisin bebend vor ihm zurückwich. So verflossen einige Sekunden; auch Judith regte sich nicht. Erst als plötzlich das Kind zu weinen begann, schien ihm bei diesem Laut die Besinnung zurückzukehren.

«Schafft sie fort!» rief er der Miriam zu, heiser, fast unverständlich rangen sich ihm die Worte aus der gepreßten Kehle. «Ihr Erbteil liegt beim Bürgermeister! Hier hat sie nichts zu suchen.»

«Erbarmen!» rief Miriam. «Ihr seid unter einem Herzen gelegen! Denke, daß ihr zwischen deinem Vater, deiner Mutter das Grab gebettet ist!»

«Leider!» schrie er wie rasend auf. «Die Vatermörderin verdient es nicht!»

Dumpf ächzte Judith auf, ihr Haupt schlug zu Boden. Das Kind entglitt ihrem Arm und begann laut zu wimmern. Miriam stürzte auf das Knäblein zu und hob es auf. «Rafael», rief sie und hielt es empor, «erbarme dich des unschuldigen Kindes!» Aber er hörte sie nicht mehr, er hatte das Zimmer verlassen, Miriam war mit der Ohnmächtigen allein.

«Hilfe», schrie die Greisin, «Vater im Himmel, erbarme dich!» Ihr Ruf wurde gehört, die Tür zum Flur öffnete sich, ein alter Herr mit derbem, braunem Antlitz, Haar und Schnurrbart silberweiß, trat ein.

Es war Doktor Reiser.

«Schweigt!» herrschte er die Greisin an, die bei seinem Anblick vor Freude noch lauter zu schreien begann als vorhin aus Verzweiflung, und beugte sich über die Ohnmächtige nieder. Dann richtete er sich tieferschüttert empor; er brauchte nicht zu fragen, wer sie sei und was sich hier begeben. Eilig stürzte er zur Tür, rief den Kutscher seines Wagens, der vor dem Haustor hielt – der Arzt hatte eben einen Besuch beim Kommissär Groza im ersten Stock gemacht –, herbei und befahl, ihm seinen Arzneienkasten zu reichen. Dann mühte er sich, die Ohnmächtige durch Essenzen zum Leben zu bringen. Nur die Miriam und der Kutscher leisteten ihm dabei Hilfe; die alte Sarah, die sich einen Augenblick an der geöffneten Türe sehen ließ, lief furchtsam hinweg, als Miriam sie anrief.

Endlich schlug Judith wieder die Augen auf; der Arzt erkannte sofort, daß ihr die Besinnung nicht wiedergekehrt sei. «Mein Grab!» schrie sie wild auf und suchte sich den Händen ihrer Pfleger zu entringen. «Ich will mein Grab!» Erst als der Anfall sich wieder gelegt, konnte sie der Arzt in seinen Wagen bringen. «Zu mir!» bat Miriam. «Ich hab ein gutes Bett, und meine Stube ist warm!» Auch Doktor Reiser wußte kein anderes Asyl; weder im Juden- noch im Christenspital war ja die Aufnahme zu erhoffen! Auch lag das Häuschen, in welchem Miriam ihre Stube hatte, nur wenige Schritte von seinem Hause entfernt. So befahl er denn seinem Kutscher, auf kürzestem Wege, am Schlosse vorbei, nach Roskowka zu fahren.

«Fluch über ihn!» rief die Greisin, als sie an den erleuchteten Fenstern des Schlosses vorbeifuhren. «Da zecht er wohl oben mit seinen Freunden! Was kümmert ihn sein Opfer und sein Kind?»

Der Arzt erwiderte nichts, wahrscheinlich dachte er ähnliches. Aber die beiden irrten; war eine Vergeltung für sein Tun groß genug, so hatte sie den Grafen Baranowski in diesem Augenblicke erreicht. Da ging er, von allen Furien der Reue, der Furcht gepeinigt, in seinem Arbeitszimmer auf und nieder und las immer wieder den Brief aus Riva, welchen er eben vorgefunden. Die Hania berichtete über die Ereignisse der letzten Zeit, das Verschwinden ihrer Herrin; wie sie schon die Nachbarn aufgeboten, die Leiche im See zu suchen, als ihnen ein Kutscher aus Mori den Abschiedsgruß der Herrin und dem alten Jan auch noch die besondere Versicherung gebracht, daß er sein Geld gewiß zurückerhalten werde. «Aber es ist nicht darum, sondern er bangt um die Gnädige und das liebe Bübchen und ich auch, und wir bitten den Herrn Grafen, uns heimkommen zu lassen.»

Zu spät! – Der Fels war im Rollen, es ließ sich nichts mehr gutmachen, nichts verbergen; als seine Todfeindin kam sie heim, ihn der Schmach preiszugeben. Wie seiner Sinne nicht mächtig, durchmaß er das Zimmer, Stunde um Stunde, bis ihn die wankenden Füße nicht mehr trugen, und die bleichen Lippen wiederholten immer wieder, bald laut, bald leise die beiden Worte: «Zu spät! ... Zu spät!»

## *Elftes Kapitel*

Noch an demselben Abend hatten die Nachbarn Rafaels die Neuigkeit erfahren; am nächsten Morgen ging sie von Mund zu Mund und weckte ungemessenes

Staunen und Grauen. Gott hatte den Frevel an seinem heiligen Namen gerächt, die Frevlerin in den Staub geschmettert; als Todkranke, als Bettlerin war Judith Trachtenberg heimgekehrt, und die Leute, die sie gesehen, meinten, daß sie wohl sterben werde – die Rechnung war ausgeglichen: hier war kein Anlaß mehr zu Mitleid oder Verfolgung. Aber eben weil hier Gott selbst gerichtet, darum lobten sie Rafael, daß er ihm nicht in den rächenden Arm gefallen, und tadelten Miriam, weil sie dies gewagt. «Sie bringt sich um ihr künftig Heil», urteilten die Milderen und die Besseren, «zu der Verantwortung, die sie um ihres eigenen entarteten Kindes willen treffen muß, fügt sie diese neue Schuld!» Anders die Rohen und Strengen, welche, von Neugier getrieben, seit dem frühen Morgen das Häuschen in Roskowka umlagert hielten, um durch das Fenster oder beim Öffnen der Türe Gottes Opfer zu sehen. Als die Greisin aus dem Stübchen trat und sie beschwor, zu gehen oder doch die Stimmen zu dämpfen, damit die Kranke nicht beunruhigt werde, wichen nur wenige zurück, die meisten drängten drohend heran. «Schäme dich», riefen sie ihr zu, «du bringst Schmach über die Gemeinde!»

Aber das arme, schwache Weiblein, das sonst im Bewußtsein seines Unglücks, seiner Dürftigkeit demütig dahingeschlichen und sich vor dem Geringsten gebeugt, damit er ihm die Sünde seiner Tochter vergebe, wich nicht. Stolz aufgerichtet stand Miriam da, und auf dem welken Antlitz lag jener Glanz wie am Abend zuvor, da sie erkannt, wozu Gott ihre Reue brauchen könne. «Schämt euch!» rief sie. «Ihr Törichten, was wißt ihr von Ihm und was vor Ihm eine Schmach ist! Zurück, sag ich!» Und es mußte wohl etwas in diesem Antlitz, diesen Worten sein, was selbst die Rohen traf, denn sie gaben Raum.

Freilich nur eine Sekunde lang, dann rief einer: «Hat sich noch kein Christ gefunden, der dich heiraten will?» – und der Hohn löste den Zauber.

Aber da kam der Miriam Hilfe. Einer der Vorsteher der Gemeinde, der greise Simon Tragmann, ging vorbei und trat schützend vor die Greisin. «Geht!» rief er gebieterisch. «Wo Gott gesprochen, haben die Menschen zu schweigen! Geht – ich fordere es im Namen eures toten Wohltäters. War's sein Wille, daß die Sünderin an seiner Seite ruhe, so will er auch, daß sie im Frieden sterbe.»

Darauf verließen sie das Häuschen und ballten sich auf der Straße zusammen und sprachen nur noch halblaut miteinander. Die Neugier hielt sie fest – kaum wußten sie selbst, worauf sie warteten, aber das Unerhörte mußte doch auch irgendwelche Folgen haben.

Zunächst freilich harrten sie vergebens. Nur der alte Arzt, der bereits im Morgengrauen dagewesen, trat ins Häuschen. Aber während er noch drinnen verweilte, kam ein Wagen gefahren, in welchem das Oberhaupt der Stadt saß, der Herr Bürgermeister. Als er die Ansammlung sah, widerstand er schwer der Versuchung, eine Rede zu halten, dann aber besann er sich, daß er ja gekommen, nach seinem Mündel zu sehen, und ging in die Krankenstube. Dort händigte er der Miriam einen größeren Betrag für die Pflege ein und erkundigte sich bei Doktor Reiser nach dem Stande der Krankheit. Aber dieser vermied jede bestimmte Antwort: Judith liege an einem heftigen Nervenfieber, ob sie davonkommen werde, wisse er nicht. Der Herr Bürgermeister fühlte sich dadurch veranlaßt, seinem lebhaften Mitgefühl in beredten Worten Ausdruck zu geben, und da er, wenn er erst den Klang der eigenen Stimme vernommen, sich nicht so bald wieder von dem Genuß ihres Wohllauts trennen konnte, so richtete er nun auch an Miriam eine Lobrede über ihre Barmherzigkeit. Aber die alte Frau unterbrach ihn kurz mit der Bitte, die Kranke nicht zu erregen, und noch energischer verfuhr der Arzt: Er nahm den Demosthenes unter den Arm und führte ihn hinaus.

Dort aber, vor der Türe, ward ihnen ein Anblick, der auch die Gaffer für ihr Ausharren belohnte: Vom Schlosse her kam im Galopp eine Equipage herangebraust und hielt vor dem Häuschen. Graf Agenor sprang heraus und eilte, bleich, zitternd vor Erregung, auf die beiden Männer zu. «Wie steht's?» stieß er angstvoll hervor und faßte die Hand des Arztes.

Doktor Reiser gab zögernd Bescheid; allzu freundlich war dabei sein Antlitz nicht.

«Ich muß zu ihr!» rief Agenor. «Sie soll gleich ins Schloß gebracht werden, sie und mein Knabe. Ich lasse sie keinen Augenblick länger hier ...»

«Hm – hm!» Der Arzt räusperte sich langgedehnt. «Das wäre doch erst zu überlegen! Ihr Anblick dürfte auf die Kranke nicht eben beruhigend ...»

Er konnte nicht vollenden; die Miriam war in den Flur gestürzt und vor den Grafen getreten.

«Hinweg!» rief sie gellend. «Hinweg!» wiederholte sie leiser, aber mit herbster Entschiedenheit. «Die Judith und ihr Kind bleiben hier ...»

«Frau», sagte der Graf bittend, «ich bin Ihnen für Ihre Barmherzigkeit sehr dankbar, aber im Schloß kann sie ja bessere Luft und Pflege haben ...»

«Ihren Dank brauch ich nicht», erwiderte Miriam, nun fast flüsternd, sie tat sich offenbar den größten Zwang an. «Es kann ja auch nicht jeder so barmherzig sein wie Sie ... Die Judith bleibt bei mir, sag ich, und das Würmchen auch! Niemand kann sie besser pflegen als ich, und die Luft – es ist keine gute Luft in Ihrem Schloß, Herr Graf, sie richtet zugrunde ...»

«Ich fordere mein Recht», erwiderte Agenor. «Meine Familie ...»

«Still!» Die Greisin trat noch näher an ihn heran, kaum vernehmbar fielen die Worte von ihren Lippen. «Ihr Weib, wollen Sie sagen? Zwingen Sie mich, davon zu sprechen ...»

Er wich zurück und verstummte. «Herr Doktor», wandte er sich flehend an den Arzt. Aber dieser schüttelte den Kopf. «Nichts zu machen, Herr Graf», sagte er. «Kommen Sie, meine Herren. Die alte Frau da ist drinnen nötig.»

... Einige Stunden später ging das Gerücht durchs Städtchen, die Judith sei gestorben. Hunderte strömten nach Roskowka, sich Gewißheit zu holen; die Nachricht war falsch. Vielleicht war sie nur deshalb entstanden und tauchte auch in den nächsten Tagen immer wieder auf, weil es die Leute für undenkbar hielten, daß die Unglückliche genesen könne: Gott hatte sie ja verurteilt, und das Grab harrte schon – so war alles in Richtigkeit. Als sie nun aber leben blieb und der Arzt jedem, der ihn fragte, von Tag zu Tag bessere Nachricht gab, wurden die Leute unruhig, Juden wie Christen – wenn sie leben blieb, so stimmte die Rechnung nicht mehr; wie sollte man dann über sie urteilen, wie sich zu ihr stellen? Dennoch gab es im Städtchen wohl nur einen Menschen, der ihr aus ganzem Herzen den Tod wünschte; das war Herr Ludwig von Wroblewski. Ihre Genesung bedrohte seine Sicherheit; von dem Grafen hatte er nichts zu fürchten, aber genas sie und reichte die Klage bei Groza ein, dann war es mit seinem schönen, behaglichen Leben für immer vorbei, dann nahm ihn ein engerer Wohnraum auf als das Schloß, und daß wohl gleichzeitig mit ihm auch den Grafen das Verderben ereilte, konnte ihm nur geringen Trost gewähren. Je günstiger die Nachrichten aus der Krankenstube klangen, desto schlafloser wurden seine Nächte, und als er – drei Wochen waren seit Judiths Heimkehr vergangen – die Kunde erhielt, daß sie bereits außer Bett sei, ließ er Agenor um eine Unterredung bitten. Denn der Graf litt ihn zwar in seinem Hause und hatte bisher selbst die frechsten Wünsche nicht zu weigern gewagt, aber ihr unfreundliches Gespräch im Januar, unmittelbar nach des Grafen Heimkehr, war zugleich das einzige geblieben; Agenor wich ihm aus; statt seiner verhandelte, wenn es sein mußte, der Anwalt mit dem Exkommissär – weil er selbst zu feige ist, dachte dieser, mein Verlangen nach einer Unterredung wird er nun ebendarum gleichfalls nicht abzuschlagen wagen. Er irrte, Agenor lehnte ab. Nun mußte Wroblewski zur Feder greifen; in lebhaften Farben schilderte sein Brief die Gerüchte über die Scheinehe, die schon früher in adeligen Kreisen im Umlauf gewesen und nun, seit Judiths Heimkehr, jedem Menschen auf zehn Meilen in der Runde bekannt seien. Niemand zweifle an ihrer Wahrheit, es sei nur rätselhaft, daß sich Groza bisher nicht darum gekümmert – wie aber, wenn nun Judith spräche? Ihm selbst, schloß er, drohe ja auch dann keine Gefahr, nur seine Freundestreue bestimme ihn zu dieser Warnung. Aber auch dieser bewegliche Brief blieb ohne Antwort, und als sich Wroblewski nun an den Anwalt wendete, erwiderte dieser: der Graf glaube von der Mutter seines Kindes nichts befürchten zu müssen; spräche Judith doch, so werde dies zunächst Herrn von Wroblewski unangenehm sein, da sich aus den Aussagen des Ignaz Trudka ergeben werde, daß ihm der Hauptanteil an jenen unerquicklichen Vorfällen gebühre; besagter Trudka habe sich ihm zu diesem Zwecke vor einigen Wochen zur Verfügung gestellt. Es war eine schlimme Stunde für den Exkommissär, als er diese Antwort las; da ihm kein Mahnbrief mehr aus Mohilew zugekommen, so hatte er auch nichts geschickt und das Geld für sich verwendet – nun tauchte dieser Mensch wieder auf! ... Pah! dachte er dann, wenn dem Grafen nicht bange ist, was sollt' ich mich sorgen? Er hat seine Ehre zu verlieren, ich wahrhaftig nicht! Aber ganz leicht wollt' es ihm doch nicht wieder zumut werden.

Vielleicht überschätzte er die Stellung des Grafen, indem er so dachte, vielleicht hatte auch dieser nach der Ansicht der Leute seine Ehre nicht mehr zu verlieren. Judiths Heimkehr hatte jene Gerüchte tatsächlich belebt und verschärft; ob es seine Standesgenossen unwürdig fanden, daß er einer Jüdin wegen überhaupt so viele Umstände gemacht, oder ob sie seine Mittel tadelten – in seiner Verurteilung fanden sich alle zusammen. Aber diese Mißachtung, die ihm in den ersten Wochen seiner Heimkehr das bitterste Weh bereitet, schien ihm nun gering angesichts des schwereren Leids, welches über seine Seele gekommen: der zehrenden Reue, der bohrenden Angst vor den Gerichten. Alles Gute und Schlimme seines Wesens wirkte vereint zusammen, ihm diese Qual zu verschärfen; seine Liebe für die Unglückliche, die brennende Sehnsucht, sein Fehl zu büßen und die Selbstachtung zurückzugewinnen, aber nicht minder jener falsche, äußerliche Begriff, der ihm einst jede Sünde geringer hatte erscheinen lassen als die Verheiratung mit der Jüdin. «Sie darf nicht sterben!» rief er in fast sinnloser Angst dem alten Arzte zu, den er in diesen Schmerzenstagen täglich besuchte. «Und sie darf mich nicht anklagen!» fügte er im nächsten Atemzuge mit derselben Leidenschaftlichkeit hinzu; vielleicht war ihm selbst nicht klar, wovor ihm mehr bangte, was ihn schmerzlicher getroffen hätte. Doktor Reiser, der ihm anfangs hart genug begegnete, empfand allmählich Mitleid mit dem gequälten Manne, und als ihn dieser beschwor, zwischen ihm und Judith zu vermitteln, ihm zu ermöglichen, jenen Vorsatz auszuführen, den er schon vor ihrer Heimkehr gefaßt, versprach er, einen Versuch zu wagen.

Aber so vorsichtig er ihn unternahm, schon bei seiner ersten Andeutung röteten sich die bleichen Wangen der Genesenden, und abwehrend streckte sie die Hand gegen ihn aus. «Sprechen Sie's nicht aus», rief sie, «noch wär ich nicht stark genug, es anzuhören! Kehrt mir die Kraft zurück, dann will ich seiner gedenken ...»

«Um ihn zu verderben», sagte der alte Mann traurig.

«Um meine Pflicht gegen mich und mein Kind und meinen Bruder zu tun!» erwiderte sie. «Oh, Sie wissen nicht, wie sehr er an mir gefrevelt hat! Sogar mein Erbe wollt' er mir rauben!»

«Dies doch wohl nicht!» wandte der Arzt ein.

«Ich meine mein Grab», rief sie wild ausbrechend, «mein Bestes, was mir geblieben ist – ach, es ist ja mehr, als ich noch je zu hoffen gewagt habe ... Sie sehen mich so seltsam an, Herr Doktor, aber mein Kopf ist klar, ich sehe jetzt alles, wie es war, auch seine Feigheit, seine Schlechtigkeit! Oh, wie groß sie waren, wie groß!»

«Lassen wir das Gespräch», bat Doktor Reiser und faßte ihre Hand. «Ich sehe, Sie hassen ihn, und da habe ich nichts mehr zu sagen!»

«Ja, ich hass' ihn», sagte sie dumpf, «aber ich tu ihm nicht unrecht. Daß er mich betrogen und in seine Arme gerissen hat – das kann ich noch verstehen, ich könnt's sogar vergeben. Wie hätt er wissen sollen, daß auch die Jüdin ein menschlich Wesen ist und ein Herz im Leibe hat und Ehre? Auch weiß ich ja wohl, wie sehr ihn jener

Schurke anstachelte und ihm die Wege ebnete und alles glattstrich, auch das Gewissen. Und dann – in seiner Art hat er mich ja wirklich geliebt ... Aber noch mehr kann ich verstehen: sogar den häßlichen Betrug, die Scheintrauung, zu der ihn der Schurke gleichfalls bewog ... Ein Baranowski! Es schien ihm der einzige Ausweg. Und dann, er raubte, er stahl mir meine Ehre vor den Menschen, aber er nahm nicht, ohne zu geben, was er geben konnte: die Versorgung, seinen Schutz, seine Treue. Ein anderes jedoch stahl und raubte er mir, ohne es zu ersetzen, und das war wahrlich ein noch heiligeres Gut! Er stahl mir meinen Glauben und gab mir dafür – einige Tropfen Wasser aus der Hand eines Gauners. Und dieses Verbrechen konnte ihm selbst nicht so nötig erscheinen wie jenes erste. Er befürchtete, ich könnte sonst Verdacht schöpfen. Aber kann ihn dies entschuldigen? Darf ein Mensch dem anderen sein Heiligstes rauben, nur um darüber beruhigt zu sein, daß sein Frevel unentdeckt bleiben wird? Und er hätte sich ja die Ruhe so leicht auf andere Weise schaffen können, er wußte ja, wie blind ich ihm glaubte – die dümmste Ausrede, warum diesmal die Taufe nicht nötig sei, und der Frevel wäre überflüssig gewesen. Aber daran dachte er nicht einmal! Eine Jüdin – hat die überhaupt ein Gemüt, was braucht die einen Glauben? Und als ich ihm sagte, daß ich ihn brauchte, als er sah, daß kalte Dämmerung um mich war und ich im Schmachten nach Licht und Wärme fast verging, da war ihm dies recht unbequem, es erinnerte ihn ja an seinen Frevel, aber dies war auch die einzige Empfindung, die er dabei hatte!»

«Und wenn er anders empfand, was hätte er tun sollen? Hätte er Sie etwa nachträglich taufen lassen oder ohne diese Formalität zu seinem Glauben bekehren sollen? Wäre dies der geringere Frevel gewesen?»

«Nach meiner Empfindung sicherlich!» erwiderte sie fest. «Wäre ich nun Katholikin, ich empfände dies jetzt gewiß als ein furchtbares Unglück, jedoch *seine* Schuld wäre in meinen Augen geringer. Aber nun hören Sie ferner! Als ich erfuhr, daß mein Vater tot sei, und mich als seine Mörderin fühlte, als sich meine Seele in Schmerzen wand, wie sie der Allerbarmer wenigen Menschen auferlegt haben mag, und ich den Mann, den ich liebte, beschwor: Ich will meinem Vater in unserer Weise nachtrauern und beten, damit ich nicht wahnsinnig werde, erbarme dich und sag mir die Wahrheit! – da log er! Haben Sie auch dafür eine Entschuldigung bereit?»

«Nein», erwiderte der alte Herr, «keine Entschuldigung, aber eine Sühne. Wozu Graf Agenor nun bereit ist, wissen Sie ja wohl schon durch Ihre Pflegerin. Er hatte kaum von Ihrer Heimkehr erfahren, als er hierher eilte, um sein Weib, sein Kind vor aller Welt Augen in sein Schloß zu führen ... Wie blaß Sie werden! – Blieb Ihnen dies verschwiegen?»

Aus ihren Wangen war alles Blut gewichen, das Haupt sank auf die Stuhllehne zurück, die blassen Lippen öffneten sich. «Es ist nichts», murmelte sie, als er besorgt ihre Hand ergriff. Sie atmete mühsam. «Die Miriam erzählte es mir, aber ich deutete es anders ...»

«Und nun», fragte er, «wo Sie die richtige Deutung wissen? Der Graf will Sie in derselben Stunde, wo Sie Christin werden, zu seinem Weibe machen. So lautet mein Auftrag an Sie!»

Sie lag noch immer schweratmend da, die Augen schlossen sich, um den Mund zuckte es wie von verhaltenen Tränen.

Er erhob sich. «Es kommt Ihnen unerwartet», sagte er. «Ich will mir die Antwort morgen holen ...»

Sie schwieg. Er blickte ihr ins Antlitz und sah, wie es

immer ruhiger, immer starrer wurde; die Lider blieben gesenkt, zwei jähe Tränen brachen zwischen ihnen hervor und rollten die Wangen herab, aber die Brauen zogen sich immer finsterer zusammen. Und so, mit geschlossenen Augen, gab sie durch ein leises Schütteln des Hauptes die Antwort.

«Wie soll ich dies verstehen?» murmelte er bestürzt. «Sie lehnen ab?»

«Wie könnt' ich anders? ... Es ist, als wollt' er die Toten lebendig machen ... Wie ich so dachte, welches Glück es gewesen wäre, wenn er sich damals freiwillig dazu hätte entschließen können, da kamen mir die Tränen ... Nun aber, wo er's aus Furcht vor dem Groza tun will ...»

«Sprechen Sie mit ihm, und Sie werden erkennen, wie aufrichtig seine Reue ist ... Und denken Sie auch an das Kind! Sie können dann nicht bei Ihrem Nein bleiben. Soll Ihr Knabe als Erbe der Baranowski durchs Leben gehen oder als ...» Er brach ab. «Verzeihen Sie, aber auch das will erwogen sein! ...»

In der Tat, das schien sie vergessen zu haben, unwillkürlich wandte sich ihr Blick nach der Ecke des Stübchens, wo die Wiege des Kindes stand. Wieder zuckte es um den Mund, und die Augen füllten sich mit Tränen.

«Ich will Sie nicht quälen», sagte der Arzt und griff nach dem Hut. «Befragen Sie Ihr Gewissen und fassen Sie Ihren Entschluß. Ich komme morgen wieder.» Er verließ das Zimmer.

«Ich glaube, Sie haben morgen ihr Jawort», sagte er dem Grafen, als er ihm die Unterredung berichtete. «Und da Sie beide jung sind, so kann noch alles gut werden.»

Agenor blickte düster vor sich nieder. «Wenn Sie sich nur nicht täuschen», sagte er gepreßt, «wenn nur ihr Haß gegen mich nicht größer ist als die Liebe zu ihrem Kinde!»

«Das glaub ich nicht», meinte der Arzt. «Sie ist ja eine Jüdin – was täte eine Jüdin nicht für ihr Kind! Allerdings setze auch ich darauf alle meine Hoffnung. Denn was etwa eine geringere Natur dazu bestimmen könnte: die Klugheit, der persönliche Vorteil, der Drang, vor der Welt beneidet dazustehen, hat über sie keinerlei Macht – daran denkt sie nicht einmal!»

Er war sehr befremdet, als die Miriam am nächsten Morgen bei ihm erschien: Judith lasse bitten, heute noch nicht zu kommen; da ihr ja nun das Ausgehen gestattet sei, so wolle sie ihres Vaters Grab besuchen.

«Das wird sie sehr erregen!» sagte er. «Sagen Sie ihr, ich ließe sie dringend bitten, noch einige Tage zu warten.»

Aber die alte Frau schüttelte den Kopf. «Davon wird sie nichts hören wollen», meinte sie, «und schaden wird's ihr auch nicht. Eher schadet es ihr, wenn sie sich noch länger vergeblich danach sehnt. Seit sie wieder zur Besinnung gekommen ist, hat sie ja keinen anderen Gedanken als das Grab; wär's nach ihrem Willen gegangen, ich hätte sie längst auf einen Wagen geladen und hingeführt. Heut aber würde sie sich auch nicht abhalten lassen, sie hat ja die ganze Nacht vor Sehnsucht kein Auge geschlossen. Ich glaube», schloß die Greisin so ruhigen Tones, als spräche sie von dem Besuch bei einem Lebenden, «ich glaube, sie hat mit ihrem Vater zu sprechen.»

Mit bangem Vorgefühl betrat der Arzt am nächsten Tage das Stübchen, und es wuchs, als er in Judiths Züge blickte; sie trugen wieder jenen Ausdruck düsterer Ruhe, der seit den Tagen der Genesung in ihnen heimisch geworden. So blickt nicht drein, wer sich versöhnen will, dachte er, und in der Tat sagte sie, kaum daß er

Platz genommen: «Ich kann's nicht tun, Herr Doktor, ich muß nein sagen!»

«Und Ihr Knabe – haben Sie das recht erwogen?»

«Auch dies», erwiderte sie. «Für ihn wär es besser, das ist wahr. Es ist ja kein Glück, ein Jude zu sein, und zudem gebe ich ihm ja noch eine andere, schlimmere Erbschaft mit, die sonst ein jüdisch Kind selten durchs Leben schleppen muß: die Schmach seiner Geburt. Aber was immer eine Mutter tun darf, damit ihr Kind es besser habe, eine Verbrecherin darf sie deshalb nicht werden. Und wenn ich mich heute taufen ließe, so wäre dies ein Verbrechen gegen Gott!»

Er blickte sie befremdet an. «Das hab ich nicht erwartet!» sagte er. «Sie wollten es ja schon einmal tun, und es lag nicht an Ihnen, daß es nicht geschah!»

«Damals!» entgegnete sie. «Was wußt' ich damals von Gott? Was kann überhaupt ein glücklicher, schuldloser Mensch von ihm wissen – und nun gar ich, die so sehr glücklich war! Natürlich glaubte ich an ihn, und obwohl ich eigentlich lieber eine Christin gewesen wäre, so war ich doch auch mit meinem Glauben leidlich zufrieden und betete, wenn ich zu dem vielen, was ich hatte, noch etwas wünschte. Kurz, ein Gewand war mir damals mein Glaube – warum hätte ich's nicht mit einem anderen, bequemeren vertauschen sollen, besonders da es der Geliebte wünschte? Leicht fiel es mir doch nicht, aber nur deshalb, weil mich dieser Wechsel von den Meinen schied. Aber nun reichten sie mir kein neues Gewand, und ich wurde unglücklich und wurde schuldig, und da erkannte ich, was der Glaube ist: kein Gewand, sondern die Seele selbst, und die wechselt man nicht … Ich weiß, was Sie sagen wollen», fuhr sie ungeduldig fort, als er sprechen wollte, «ich hab's oft genug gehört: Wir haben alle nur einen Vater im Himmel! Ich habe selbst daran geglaubt, auch als ich schon im tiefsten Elend war, und es war mir ein Trost, zu hoffen: vielleicht kommt eine Zeit, wo alle Menschen so denken. Aber nun, wenn ich mein eigenes Geschick bedenke und das der anderen um mich her, nun kann ich nicht mehr daran glauben! Wie, wir sollten um unseres Glaubens willen so viel gelitten haben, und es war eigentlich überflüssig? Es ist Ihm gleichgültig, wenn wir Juden bleiben oder nicht? Warum läßt Er uns dann als Juden geboren werden? Nein, Er muß wissen, was Er damit will, nicht zwecklos fließt unser Blut, unsere Träne – sonst wäre Er nicht der Allerbarmende, der Allgerechte! Nun denn, so will ich mich seinem Willen beugen und nicht neue Schuld auf mich laden – ich habe ihn ohnehin zu fürchten ...»

«Ihren Gott, den Judengott!» sagte der alte Mann traurig. «Ich begreife, daß Sie zu ihm zurückgekehrt sind; aber dennoch ist es wahr: der da oben ist kein Juden-, kein Christengott! ... Und Sie wissen wenig von unserem Glauben! Lernen Sie ihn erst kennen ...»

«Oh», rief sie wild, «ich habe an dem wenigen genug! ... Es ist eine Religion der Liebe, der Menschlichkeit! Sie gebietet, der reichen, hübschen Jüdin das Haus zu öffnen, wenn man ihrem Vater Geld schuldig ist und damit sich die jungen Herren unbefangener mit ihr unterhalten können als mit den christlichen Damen. Sie hat kein Gefühl des Fremdseins; es sind ja Menschen wie sie – jenen aber sind sie, ihr Vater, ihr Bruder, keine Menschen, sondern Juden; die Männer geboren, damit der Christ von ihrer Arbeit seinen Nutzen, die Frauen, damit er an ihrer Schönheit seinen Spaß habe. Und wenn die Jüdin ihr Herz an den Christen verliert und alles läßt, ihm zu folgen, weil sie ihn liebt, so gebietet ihm sein Glaube, zu denken, daß sie eine Jüdin ist. Und es ist eine Religion des Erbarmens!» Sie schluchzte krampfhaft auf und griff sich ins Haar und hielt ihm eine Strähne hin, durch deren rotes Gold ein breiter, grauer Streif lief. «Ich bin zweiundzwanzig Jahr alt, Herr Doktor! – soll ich mehr sagen?»

«Haben nicht auch», fragte er, «die Juden dazu beigetragen, daß dieser Streif breiter werde? Auch bei ihnen steht geschrieben: ‹Liebe deinen Nächsten wie dich selbst!› – es ist sogar ein Hauptgebot ihres Glaubens, wie des unseren. Handeln Ihre Leute danach? Denken Sie an den Empfang, der Ihnen hier bereitet worden ist!»

«Mir geschah, wie ich es verdient», erwiderte sie finster. «Was wußten, was wissen sie noch heute anderes von mir, als daß ich eine Ehrlose bin und meines Vaters Mörderin? Aber wenn Sie recht hätten, Herr Doktor, und es stünde für uns alle eigentlich dasselbe geschrieben und wir sündigten alle dagegen – nun, dann kann es vielleicht einmal Frieden und Frühling auf Erden werden, aber jetzt ist Kriegs- und Winterszeit. In der Winterszeit bleibt man daheim, in der Kriegszeit geht man nicht in des Feindes Lager. Und wenn Sie recht hätten, daß auch Ihr Altar vor Gott ein heiliger Ort ist, so darf ich ihn nicht entweihen! Sagen Sie selbst, was müßte ich dabei fühlen, wenn ich mein Haupt zum Taufbecken neigte, und woran müßte ich bei der Trauung denken? Es wäre ja nach all dem, was geschehen ist, vielleicht meine schlimmste Sünde. Und ich fürchte mich vor Gott! Ich muß daran denken, wie mein Vater darüber geurteilt hätte; auch um seinetwillen darf es nicht sein. Wie ich so gestern an seinem Grabe stand, ist mir dies klargeworden: Er war ein gottesfürchtiger Mann und hätte nicht dazu geraten, daß ein Mensch im Heiligsten lüge ...»

«Er war ein milder Mann», entgegnete der Arzt, «und

wußte wohl, wieviel Gott vergeben könne. Er selbst hat viel vergeben …»

«Die eigene Kränkung», sagte sie mit bebender Stimme, «nicht den Frevel gegen Gott. Er sagte sich: Mein Kind hat mir das Herz gebrochen; Gott wird es strafen, aber ich vergebe ihm, und hat es genug gelitten, so mag es an meiner Seite ruhen. Und ruft der Engel des Gerichts, so mag es an meiner und meines Weibes Hand vor den Richter treten! So hat er's gemeint, und dieses Erbe zu verlieren fiele mir schwer, aber für mein Kind brächte ich dies Opfer. Ein Verbrechen aber, wiederhol ich, kann ich auch für mein Kind nicht begehen.»

Er blickte in das bleiche, düstere, starre Antlitz und wagte kein Wort mehr. Stumm erhob er sich, drückte ihre Hand und wandte sich zum Gehen. Da hielt ihn ein leiser Ausruf zurück; er klang wie ein Seufzer. Er blickte sie fragend an. Sie stand vorgebeugt da, zitternd, das Antlitz von glühender Röte übergossen. «Noch eins», murmelte sie fast unverständlich. «Wenn er sich dazu entschließen könnte …» Sie verstummte.

«Wozu?» fragte er.

Aber da seufzte sie tief auf und ließ die Arme schlaff niedersinken. «Nein», sagte sie, «das wird er doch nicht tun wollen. Er kann es nicht … und es ist wohl auch nach unseren Gesetzen nicht möglich … Er würde mich wohl nur verhöhnen, daß ich daran zu denken gewagt habe … Verzeihen Sie, ich habe nichts mehr zu sagen …»

Er fragte noch einmal. «Nein … nichts», sagte sie, nun wieder fest und entschieden. Darauf verließ er sie.

Es blieb ihm nun noch die bittere Pflicht, dem Grafen die Antwort zu bringen. Aber Agenor nahm sie gefaßter auf, als er gefürchtet. Er wurde bei den ersten Worten sehr bleich und murmelte: «Ich habe es Ihnen vorhergesagt!» Dann verriet sich, während er der Erzählung lauschte, seine Unruhe nur durch das nervöse Spiel der Fingerspitzen auf der Tischplatte.

«Wie Gott will!» sagte er, nachdem der Arzt geschlossen. «Mindestens habe ich nun den Trost, das Meine getan zu haben. Und klagt sie mich an, so werden Sie mir Ihr Zeugnis nicht weigern, daß ich ihr alles gewähren wollte, was sie irgend fordern kann.»

«Ja – aber ungern!» erwiderte der alte Herr kurz. Die Äußerung des Grafen verstimmte ihn, doch nur einen Augenblick; dann sagte er sich, daß sie im Munde des schwachen Mannes, den nicht bloß die Reue, sondern auch die Furcht getrieben, durchaus begreiflich sei, und um sich seiner Aufgabe ganz zu entledigen, teilte er ihm nun auch ihre letzten Worte mit.

Sie übten eine tiefe Wirkung auf den Grafen. Mit geröteten Wangen schnellte er vom Sitz empor und streckte abwehrend die Hände vor. «Das kann nicht sein», rief er. «Lieber das Zuchthaus ... Wie kann sie mir derlei zumuten?»

«Sie tut es ja auch nicht», sagte der Arzt. «Sie hat mir nicht einmal gesagt, um was es sich handelt. Und ich will's auch nicht wissen.»

Kein übler Mensch, dachte er, als er die Schloßtreppe hinabschritt, zudem in trauriger Lage, aber wie schwach, wie schwach! Ich wette, seine Fassung hält nicht drei Tage vor, dann kommt er wieder zu mir und fleht mich an, noch einen Versuch zu machen.

Er irrte nur insofern, als Agenor noch am Abend desselben Tages kam. «Sprechen Sie mit Rafael», bat er. «Er ist der einzige Mensch, der Einfluß auf sie hat. Es kann ihm ja nicht gleichgültig sein, ob seine Schwester als Entehrte im Städtchen lebt oder als meine Gattin.»

Der Arzt schlug es rundweg ab. «Es wäre nutzlos», erklärte er, «ihm ist sie ja eine Tote!» Und dabei blieb er trotz aller Bitten und Beschwörungen.

Trotzdem sollte der wackere Mann am nächsten Morgen den Weg zu Rafael antreten; was der Graf nicht über ihn vermocht, gelang der Miriam Gold. Kurz nachdem Agenor gegangen, kam sie zaghaft geschlichen und erschöpfte sich in tausend Entschuldigungen, daß sie so spät zu stören wage. «Aber es muß sein», beteuerte sie. «In mir schreit mein Herz: Du mußt es dem Herrn Doktor sagen! Und so bin ich hier ...»

«Redet, Miriam», sagte er. «Aber zu einer Versöhnung mit dem Grafen kann ich keinen Versuch mehr machen.»

«Wer spricht davon?» erwiderte sie. «Lob und Dank dem Allmächtigen, daß es mißlungen ist! Während Sie drinnen bei ihr waren, habe ich gebetet: ‹Mein Herr und Gott, laß es nicht geschehen! Unser Herr Doktor ist sonst ein kluger Mann; verwirre ihm den Verstand, daß er diesmal Unsinn spricht und sie nicht überreden kann!› Und warum? Etwa damit sie nicht abtrünnig wird? Nein! Ich weiß ja mehr von ihm als die anderen Leut hier; mir sagt mein Herz: Er war barmherzig gegen meine Lea und würde es darum auch gegen die Judith sein. Oder weil die Ehe nicht glücklich wäre? Welches Leben wird sie sonst führen! Nein, es ist etwas anderes!» Ihre Stimme sank zum Flüstern herab. «Wir müssen vorsichtig sein, sonst gibt es ein Unglück! Ihre Seele, Herr Doktor, um die steht es schlecht. Die ist ein armes Vögelchen, das davonfliegen möcht, und da halten es noch einige Fäden fest. Sie muß für ihr Kind sorgen und sich vor den Leuten rechtfertigen und Gottes Willen erfüllen. Solang sie Schmach und Verfolgung zu dulden hat, bleibt sie, weil sie glaubt, daß es die Buße ist, die Er ihr auferlegt hat. Würde sie die Frau des Agenor, so wär sie gerechtfertigt, das Kind versorgt, und auch die Verfolgung wär zu Ende. Dann sind die Fäden zerschnitten, und das arme Vögelchen flattert davon ...»

«Das hätte ich unter keinen Umständen befürchtet», erwiderte er. «Hat sie Ihnen derlei je angedeutet?»

«Nein, aber wenn man so mit jemand lebt und jeden Seufzer hört ... Nun, es ist Ihnen ja gottlob nicht gelungen! Aber ich möcht deshalb doch noch ein Fädchen haben, das sie festhält. Ihr Herz blutet über Rafaels Groll; welches Glück, wenn sie mit ihm versöhnt wäre! Freilich» – die Greisin fingerte in der Luft umher, als wäre da das Gespinst wirklich ausgespannt –, «freilich lockert sich dann das andere Fädchen da: die Verfolgung. Aber ganz zerreißt es deshalb nicht; ich kenn unsere Leut ... Und darum, weil Sie ein so gutes Herz haben, Herr Doktor, und weil es eine so arme Seele ist: Wollen Sie nicht mit Rafael sprechen?»

«Es wird nutzlos sein», mußte er auch ihr sagen, aber er versprach es. Und als er Rafael gegenüberstand, schwand ihm vollends alle Hoffnung; das war das Antlitz, die Gebärde eines finsteren, gramvollen Mannes, nicht eines dreiundzwanzigjährigen Jünglings. Kaum daß der Arzt den Zweck seines Besuches angedeutet, erhob er sich von seinem Sitz.

«Herr Doktor», sagte er ruhigen, kalten Tones, «dieser Name wird in meinem Hause nicht genannt. Ich darf es auch dann nicht gestatten, wenn mein Besucher dadurch eine Gewissenspflicht erfüllen will. Vor mehreren Tagen waren die Vorsteher der Gemeinde bei mir und forderten mich auf, zu bewirken, daß der Knabe endlich in den Bund Israels aufgenommen werde. Ich mußte ihnen erwidern, daß mir in dieser Frage nach meiner Empfindung kein Recht, aber auch keine Pflicht zustünde. Und da handelte es sich gewiß um eine heilige Sache.»

«Keine heiligere, als die mich herführt», erwiderte der Arzt. «Haben Sie die Vorsteher gehört, so darf ich die gleiche Gunst erhoffen.» Und er begann von Judith zu sprechen; schlicht und kurz, wie es seine Art war, aber er selbst hatte dabei die Empfindung, daß kein Herz so hart sein könne, diesen Jammer ungerührt zu vernehmen. Auch die Werbung des Grafen verschwieg er nicht und warum Judith sie abgelehnt.

Rafael hatte ohne ein Zeichen der Ungeduld, regungslos, mit abgewandtem Antlitz, zugehört. Und als er sich nun wieder dem Arzte zukehrte, da wußte dieser, daß er vergeblich gesprochen; wer so blicken konnte, hatte das Erbarmen verlernt.

«Sie haben mir wenig Neues gesagt», sagte er. «Gewiß, ein hartes Schicksal; Sie nennen es unverdient, ich verdient; die Entscheidung liegt bei jenem, der es bestimmt. Ich meinerseits will es weder verschärfen noch lindern; mein ist die Rache, spricht der Herr, und sie ist mir eine Tote. Sie bleibt es auch nach dem, was Sie mir erzählt haben. Sie versichern, sie habe ihre Ehre nicht leichtfertig verschleudert, sondern sei um sie betrogen worden; dann mag sie den Betrüger verklagen, mir genügt es, daß sie, das behütete Kind des besten Vaters, eine Ehrlose ist, in dieser Stadt seit Jahrhunderten die einzige ihres Glaubens. Sie sagen, sie wolle nun nicht Christin werden, aber das ist, meine ich, kein Verdienst, sondern eine Pflicht. Und ihre Reue? Sie reißt meinen Vater nicht ins Leben zurück und wäscht nicht die Schmach von unserem Namen ...»

«Herr Trachtenberg, das ist eine seltene Härte ...»

«Vielleicht nicht so selten», erwiderte er, und nun zum ersten Male bebte seine Stimme, «wie einst meine Liebe zu ihr war!»

Als der Arzt das Haus verließ, fand er den Wagen

Agenors vor der Türe. Der Herr Graf sei beim Kommissär Groza, sagte ihm Fedko ... Sollte er sich selbst gestellt haben? dachte Doktor Reiser. Dann mußte er sich wieder der seltsamen Worte Miriams erinnern; er schenkte ihnen keinerlei Glauben, und doch bedrückten sie sein Gemüt. Das Fädchen hatte sich nicht knüpfen lassen, es war wohl für immer zerschnitten.

Als er am späten Nachmittag von der Rundfahrt bei seinen Kranken heimkam, berichtete ihm der Diener, daß sowohl der Graf Baranowski wie die alte Miriam nach ihm gefragt; diese habe darum gebeten, sie sofort wissen zu lassen, sobald der Herr Doktor heimkomme ...

«So meld es ihr», sagte der Arzt.

Der Ermüdete hatte kaum in seinem Lehnstuhl Platz genommen, als der Graf eintrat. Er sah übel aus; sein Blick war unstet.

«Verzeihen Sie», begann er, «aber es ließ mir keine Ruhe. Mein Fedko erzählte mir, daß Sie heute doch bei Rafael gewesen. Was hat er Ihnen gesagt?»

Der Arzt gab Bescheid.

«Dann habe ich auch», erwiderte Baranowski, «den Schritt, den ich heute getan, nicht zu bereuen. Ich dachte schon, er sei vielleicht übereilt gewesen.» Der Ton widersprach den Worten; er klang unsicher genug; nun seufzte er tief auf. «Ich war bei Groza. Dem Rate meines Anwalts folgend, habe ich ihm selbst alles gebeichtet.»

«Wie nahm er's auf?»

«Schlimmer, als ich dachte. Er sprach freilich kein Wort aus, das mich verletzen konnte, aber er blickte mich finster an und vermied es, mir beim Abschied die Hand zu reichen. Auch betonte er scharf, daß er meinen nächsten Besuch in seinem Amtszimmer erwarte; ich bin für morgen elf Uhr vorgeladen ... Nun, wie Gott will! Jedenfalls war es also kein übereilter ...»

Da schnellte der alte Herr, der bisher auf die Straße hinausgestarrt, empor, faßte ihn an der Schulter und schob ihn ins Nebenzimmer. Er hatte gesehen, wie eben hinter dem Diener her die Judith dem Hause zuschritt, ihr Kind auf dem Arm. «Sie dürfen horchen!» flüsterte er noch Agenor zu, lehnte die Türe an und ging ihr entgegen.

Ihre Wangen waren gerötet, die Augen glänzten vor Erregung. «Sie sind ja mein einziger Freund», begann sie. «Sie werden mir nicht zürnen, wenn ich Sie um Rat frage. Mittags brachte mir ein Gerichtsbote dies Papier.»

Er entfaltete den Bogen. «Herr Kommissär Groza lädt Sie für morgen elf Uhr als Zeugin vor – das werden Sie wohl früher gelesen haben. In welcher Sache? Das ahnen Sie wohl auch! Ich kann Ihnen übrigens zufällig mitteilen, daß es sich wirklich um den Grafen handelt. Er hat sich dem Gerichte selbst gestellt ...»

«Ah», rief sie, «... um seine Strafe zu mildern!»

«Und wenn auch deshalb, ist's ihm zu verübeln? Er hat seine Reue wahrlich deutlich genug erwiesen, Sie bleiben unversöhnlich – nun, so hat er die Erfüllung Ihrer Drohungen nicht erst abgewartet. Sie werden ihm morgen vor dem Richter begegnen – er ist für dieselbe Stunde als Angeklagter vorgeladen ...»

«Nein, nein!» rief sie. «Ich will ihn nicht sehen!»

Er blickte sie an; wie sie so dastand, das edel geschnittene Antlitz von leichter Röte überflutet, den schlanken Leib hoch aufgerichtet, umfloß sie ein Abglanz ihrer einstigen Schönheit. Aber wie hatte sich der Schmerz in diese Züge eingemeißelt, wie erschütternd war der Gegensatz des ergrauten Haares zu dem jugendlichen Oval des Gesichts, das es umschmiegte. Der Arzt hatte Mühe, die angeschlagene Tonart festzuhalten, aber es mußte ja sein.

«Warum wollen Sie ihn nicht sehen?» fragte er. «Ich finde es sehr praktisch von Groza, daß er Sie beide zusammen vorlädt; das verkürzt das Verfahren, und der Graf kommt rascher zu seiner Strafe. Auch brauchen Sie ja, wenn Sie morgen die Anklage aussprechen, die ihn dem Kerker überliefern soll, nicht seinen Knaben mitzunehmen ...»

«Herr Doktor», rief sie, «wenden nun auch Sie sich von mir? ... Ich kann ja nicht Christin werden ... Was soll ich tun?»

«Das wird er Ihnen selbst sagen», erwiderte der Arzt. In der geöffneten Türe stand Agenor. Sie schrie leise auf und wankte, als sie ihn erblickte: Er aber stand einige Sekunden wie gelähmt und starrte sie an.

«Judith!» schluchzte er dann auf und stürzte vor und zu ihren Füßen nieder. «Verzeih ... verzeih! ... Du sollst nicht Christin werden ... wir gehen nach Weimar und lassen uns dort trauen ... bei Gott dem Allmächtigen schwör ich's dir zu!»

Ihre Augen schlossen sich; der Arzt eilte heran, riß ihr das Kind aus dem Arm und ließ sie in einen Stuhl gleiten. «Es ist nur eine Ohnmacht», tröstete er.

## *Zwölftes Kapitel*

Es war vier Monate später, ein klarer, warmer Sonntag im September. Die Woche über hatte es gestürmt und geregnet, vielen zu heimlicher Freude; nun hatten sie einen Vorwand, sich bei Herrn Stiegle zu entschuldigen, warum sie weder Fähnchen noch sonstigen Schmuck an ihren Häusern aussteckten. Aber schon am

Freitag hatten sich die Wolken verzogen, und am Samstag stand die Sonne am Himmel und trocknete Straßen und Wände, daß die Christen eilends das Versäumte nachzuholen begannen; die Juden, die bis zum Einbruch der Dämmerung keine Hand regen durften, wurden erst tief in der Nacht mit der Arbeit fertig. Herr Stiegle hatte es befohlen und beigefügt, der Herr Graf werde keinen vergessen, dessen Haus ungeschmückt bleibe; sie gehorchten. Grimmiger jedoch, unter giftigeren Reden waren noch nie im Städtchen Reisigkränze gewunden, die Girlanden aus buntem Papier von Fenster zu Fenster gezogen worden, und dabei hofften sie noch immer auf einen tüchtigen Regenguß am Morgen. Aber die Sonne schien voll und warm wie im Juni. «Alles gelingt ihr», knirschten sie, «sie hat auch darin Glück.» Und sie zogen ihr Festgewand an und traten auf die Straße, um dem Einzug des Grafen Agenor Baranowski und seiner Gemahlin beizuwohnen, der Jüdin Judith Trachtenberg, welche ihm zwei Monate vorher von dem Bürgermeister zu Weimar angetraut worden.

Wer etwa als Fremder an dem Tage im Städtchen geweilt, wo es der neue Gebieter zuerst betreten – es waren nun fast auf die Woche zwei Jahre her –, hätte äußerlich kaum einen Unterschied gewahren können; auch die Triumphpforte fehlte nicht, und das Gedränge in den Straßen war sogar noch größer, weil Hunderte aus der Umgebung herbeigeeilt waren, das Wunder zu sehen. Als ein Ungeheures wäre es ja den Leuten dieser Landschaft schon erschienen, wenn das Gerücht in seiner ersten Fassung nicht getrogen, wenn der Edelmann aus uraltem Geschlecht, der Träger eines der edelsten Namen in Podolien, die getaufte Jüdin zu sich erhoben hätte. Und nun hatte der Christ die Jüdin geheiratet, ohne Priester und Altar, ohne die Anrufung Gottes – es gab ein Land auf Erden, wo dies gestattet war, Menschen, die sich zu solchem Frevel bereit fanden, ohne den rächenden Blitzstrahl des Himmels zu fürchten. Und dieser Blitz war ausgeblieben, und die Erde hatte an jenem Tage nicht gezittert! Aber so unfaßbar dies war, so sehr es alles ins Schwanken brachte, was in Herz und Hirn dieser Menschen feststand – es hatte sich fern von ihnen begeben, Hunderte von Meilen fern; fast wie eine Sage klang es ihnen ins Ohr; vielleicht war es dasselbe Land, von welchem einige erzählten, daß dort neben den weißen auch schwarze und gelbe Menschen lebten. Schwarze, ganz schwarze Menschen, aber zu sehen bekam man sie in Podolien nicht, und wer hinging, kam nicht wieder – der Graf und die Jüdin mochten nach den Gesetzen jenes Landes ein Ehepaar sein, aber dort mußten sie nun auch bleiben: dieselbe Luft wie jene Menschen, die an Gott glaubten, durften sie nicht trinken. Zum Wunder, zum unbegreiflichen und dennoch wirklichen Wunder war das Märchen erst geworden, als sich die Kunde verbreitete: «Sie kommen zurück! Der Kaiser hat es ihnen gestattet!» Nun konnte sie nichts mehr verblüffen, nicht einmal die Ansage des festlichen Einzugs. Warum nicht? Die beiden hatten eben alles Schamgefühl, alle Gottesfurcht verloren, sie wollten versuchen, wie weit die Langmut des Herrn und ihrer Mitmenschen reichte. Wer immer darüber sprach, urteilte so und fügte hinzu: «Wenn sie sich nur nicht verrechnen.» Auch wurde viel darüber geredet, ob es die Frömmigkeit gestatte, das Schauspiel anzusehen. «Würdet ihr», rief der würdige Dechant der Kreisstadt, «hingehen, um mit eigenen Augen zu schauen, wie ein Mensch eine Wölfin als sein Eheweib heimbringt? Dieser Frevel ist nicht der geringere!» Und seltsam, der frömmste Rabbi der Gegend gebrauchte dasselbe Bild!

Andere meinten, daß den Sündern nicht der Triumph zu gönnen sei, auch noch von dichten Scharen angestaunt zu werden, und wieder andere wollten nicht dabeisein, wenn etwa die Menge sich in gerechtem Zorn zu einer Rachetat aufraffe. Als aber die Sonne des Einzugstages aufging, strömten doch auf fünf Meilen in der Runde zu Wagen, zu Pferde und Fuß Hunderte und aber Hunderte nach dem Städtchen, Bürger, Bauern und Juden, nur der Adel und die Geistlichkeit hielten sich fern. Neben diesen freiwilligen Teilnehmern aber hatten sich andere eingefunden, welche das Machtgebot des Herrn Stiegle hierhergestellt: dreihundert Bauern und Knechte von den gräflichen Gütern und Meierhöfen, ältere, besonnene Männer, die das Spalier bilden sollten. «Ihr seid der Ordnung wegen da!» sagte er ihnen. «Unser Herr und seine Erwählte sollen würdig empfangen werden.» Er fügte nichts weiter bei, aber er wußte, daß sie ihn verstanden und ihre Pflicht tun würden, wenn es nötig sein sollte.

Ob es nötig sein würde, konnte niemand voraussehen, auch dieser nüchtern erwägende Mann nicht, welcher die Leute des Städtchens so genau kannte. Er mußte sich damit trösten, daß es wahrlich nicht seine Schuld war, wenn es zu peinlichen Auftritten kam. Als er vor Wochen durch eine Estafette des Grafen aus Wien die Mitteilung erhalten, Fürst Metternich habe das Kreisamt angewiesen, die Ehe stillschweigend als gültig, den inzwischen katholisch getauften Knaben als legitimiert anzuerkennen, und er wünsche daher einen feierlichen Empfang, hatte ihm der treue Schwabe seine Einrede entgegengeschickt und durch die allgemeine Stimmung begründet. Es war fruchtlos gewesen, eine neue Estafette hatte den Auftrag mit dem Beifügen wiederholt, die Gräfin wünsche es durchaus. «Die Gräfin!» – selbst

Herr Stiegle, der nur das Schuldenmachen und die Unordnung, aber keine Religion haßte, konnte bei diesem Titel eine Anwandlung grimmigen Hohns nicht unterdrücken, dann aber tat er seine Pflicht. Die Leute hatten bisher gehorcht; als er am Morgen die Ausschmückung der Häuser besah, konnte er zufrieden sein. Nur das Kloster der Dominikaner und das Haus des Rabbi wiesen kein Fähnchen, kein Reisigbündel auf; beim Prior hatte der Schwabe keinen Versuch gewagt, und der Rabbi hatte ihm erwidert: er fürchte Gott mehr als den Grafen. Auch Herr Groza hatte seine Wohnung ungeschmückt gelassen, die Fenster waren geschlossen, die Vorhänge hinabgelassen. «Ich bin», erklärte er dem Verwalter, «im Frühling nicht zum Richter geworden, weil kein Kläger zur Stelle war und ich das Geständnis des Grafen als private Mitteilung betrachten konnte. Den Mann zu feiern bin ich nicht gewillt.» Dies alles fand Herr Stiegle noch begreiflich, daß aber auch der Bruder der «Gräfin» kein Fähnchen ausgesteckt, fand er unverzeihlich: Judith hatte in letzter Zeit wiederholt Briefe mit Rafael getauscht, das wußte er, zur Versöhnung war es also trotzdem nicht gekommen. Was wollte, was konnte der düstere, rachsüchtige Mensch noch fordern?

Dann aber nahmen Herrn Stiegle, während er so durch die Gassen schritt und das Bauernspalier zog, ernstere Sorgen in Anspruch. Auf diese braven Leute war Verlaß, und zu einer Gewalttat war die Menge, die hinter ihnen drängte, zu feig, aber wenn es zu Schmährufen, einem Skandal kam? Wohin er blickte, traf er auf finstere oder höhnische Gesichter. «Herr Iwanicki», sprach er den kleinen, verwachsenen Schustermeister an, von dem er wußte, wie groß dessen Einfluß auf seinesgleichen sei, «ich rechne auf Ihre Einsicht!»

«Gewiß, gewiß!» erwiderte der Volksführer. «Wenn

wir nur wüßten, was wir rufen sollen. Wie heißt ‹Hoch› auf Jüdisch?»

Und als Herr Stiegle, zum Triumphbogen gelangt, an Simon Tragmann, den Vorsteher der Juden, die gleiche Mahnung richtete, erwiderte dieser demütig: «Wir sind zur Stelle, wie Sie befohlen, aber wenn unsere Leute die Entrüstung übermannen sollte – könnten wir dafür?»

«Die Entrüstung?» rief Herr Stiegle. «Es ist ja ein Triumph für euch, wie ihr ihn noch nie erlebt!»

Der alte Simon schüttelte das Haupt. «Was gegen Gott geht, kann uns nicht erfreuen. Gott will, daß ein jüdisch Mädchen einen Juden heirate und daß ihre Kinder Juden werden!» Der einzige Mensch, der ein wahrhaft vergnügtes Gesicht machte, war der Demosthenes des Städtchens, der Herr Bürgermeister: Er hatte sich eine wunderschöne Rede einstudiert, in welcher er sowohl die Geschichte der beiden Konfessionen als auch die Macht der Liebe eingehend erörtern wollte. Und gerade ihn mußte Herr Stiegle mißvergnügt machen, indem er ihm erklärte, der Herr Graf wünsche nur eine möglichst kurze Begrüßung. Dann ordnete er das Banderium berittener Bauern ab, die Herrschaft einzuholen, stellte sich neben den Triumphbogen hin und horchte bangen Herzens den Rufen, die aus der Menge drangen.

Daran fehlte es nicht, schon zum Zeitvertreib. Der witzige Schuster und seine Freunde fanden immer neue jüdische Übersetzungen für ihre Hochrufe und gaben sie zum besten; daneben unterhielten sie sich auch damit, den Judenfrauen, die da und dort in der Menge standen, Heiratsanträge zu machen; der Kaiser habe es ja gestattet. Die Weiber kreischten auf und blieben die Antwort nicht schuldig, ihre Männer mischten sich ein, hüben und drüben ballten sich die Fäuste, aber es kam doch höchstens zu Püffen, nicht zu einer blutigen Schlägerei. Denn wo eine solche drohte, da kehrten sich die Bauern um und geboten mit erhobenem Handbeil Ruhe; wie stumpf sie auch dreinblickten, so wußte doch jeder von ihnen, wozu er dastand und was seines Herrn Ehre gebot. Auch fand sich zuweilen ein Vernünftiger, der begütigend rief: «Was wollen wir uns die Leiber wund schlagen? Ginge es nach unser aller Willen, der Frevel wäre nicht geschehen!» Das wirkte überall, und es war schwer zu entscheiden, ob die Christen oder die Juden eifriger beistimmten. Nur vor dem Trachtenbergschen Hause wollte der Friede zwischen Kaftan und Tuchjacke nicht zustande kommen. «Wir mußten die Fähnchen ausstecken», riefen die Christen, «und der Jude hat es nicht getan!»

«Er hat recht gehabt», verteidigten ihn seine Glaubensbrüder, «ihn trifft der Schimpf am schwersten!»

«Für uns ist's ein Schimpf», war die Antwort, «für euch eine Ehre» – und schon hoben sich die Stöcke, bis endlich ein Spaßvogel rief: «Hier hat ja auch der Wroblewski gewohnt – er lebe hoch!» Donnerndes Gelächter lohnte den guten Einfall; sie wußten ja alle, daß der tödlich gehaßte Mann seit dem Frühling, wo ihn der Anwalt des Grafen aus dem Schlosse gejagt, bei einem übel berufenen Gutspächter der Umgebung eine Zufluchtsstätte gefunden und von der Schande seines Weibes lebe …

Nur zwei Menschen im Städtchen freuten sich des Einzugs und empfanden ihn in tiefster Seele als eine segensreiche Fügung des Gottes, an den sie glaubten, aber auch zwischen ihren Empfindungen gähnte eine tiefe, unüberbrückbare Kluft. Draußen im ärmlichen Stübchen zu Roskowka saß die Miriam Gold in ihrem Lehnstuhl seit langen Stunden wie harrend da; schon im Morgengrauen hatte sie ihre Pflegerin geweckt und ihr befohlen, die Stube zu schmücken, so gut es ginge, und ihr das Sabbatkleid anzulegen. Die Dienerin, ein Mädchen des Ghetto, welches um des guten Lohnes willen bei der seltsamen Alten aushielt – denn seit Judith reichlich für Miriam sorgte, war die Bettlerin von einst zur Wohltäterin für andere geworden –, hatte ihr gehorcht, weil sie wohl wußte, daß kein Widerspruch nützen würde; es geht eben, dachte sie, auch mit ihrem Verstand zu Ende, wie mit ihren Kräften. Denn die Greisin, welche einst die Not und die Mißachtung gebeugten Nackens, aber mit scheinbar unverwüstlicher Ausdauer durchs Leben geschleppt und von jenem Tage ab, da ihr Gott verkündigt, «wozu ihre Reue gut sei», für Judith und das Knäblein gesorgt, gearbeitet und gewacht, als ob ihr die Kraft der Jugend zurückgekehrt wäre, war nun, da Judith sich mit dem Grafen versöhnt, zusammengebrochen und verfiel sichtlich, von Woche zu Woche mehr. Aber sie klagte nicht, im Gegenteil, ein stolzes Lächeln lag um ihre welken Lippen, wenn sie sagte: «Er weiß, was Er tut! Nun hab ich ja nichts mehr auf Erden zu verrichten!» Als sich die Kunde von der Hochzeit zu Weimar verbreitete und alle Leute des Ghetto sich an Rufen des Staunens und der Verwünschung kaum genugtun konnten, hob die Greisin ihr Haupt noch höher: «Ich hab's ja gewußt», sagte sie ihrer Dienerin, «aber daß Er es mich auch noch erleben läßt, hätt ich nicht gehofft! Und wie wird sich mein Kind freuen, wenn es davon hört – drüben wird man es ja auch wissen!» Das Mädchen plauderte es weiter, und es gab Eiferer genug, die sich nun nach dem Stübchen in der Vorstadt aufmachten, der Sünderin Vorwürfe zu machen; aber als sie vor ihr Lager traten, wurden sie still; mit der siechen Greisin, die kaum noch Tage unter ihnen zu weilen hatte, mochten sie nicht streiten. Sie irrten, Miriam lebte fort; auch der

Arzt, der zuweilen aus freien Stücken nach ihr sah – sie ließ ihn niemals holen –, staunte darüber. Sie war hocherfreut, wenn er bei ihr eintrat, aber den Wein, den er ihr zur Stärkung verordnete, ließ sie ungetrunken. «Vorläufig läßt Er mich wohl nicht sterben!» sagte sie ihm. «Ich hoffe, Er gönnt mir in seiner Barmherzigkeit auch noch zu dieser größten Freude die Frist.» Der Arzt fragte, was sie meine. «Sie werden es auch bald hören», wehrte sie mit seltsamem Lächeln ab. «Sobald dies eintrifft, geh ich zum letztenmal zur Schul (Synagoge).» Er drang nicht weiter in sie und erzählte ihr nur noch, daß ihn Judith brieflich gebeten, zuweilen nach ihrer «Wohltäterin» zu sehen. «Unsinn!» rief die Greisin. «Sie hat mich gerettet! Und was ich von dem Vögelchen geredet hab, das wegfliegen will, auch das, Herr Doktor, war Unsinn. Das wird die Judith jetzt mir und Ihm nicht antun! Jetzt muß sie ja erkennen, daß Er sie auserwählt hat, den armen, blinden Menschen Seinen Willen zu offenbaren! Und diese Erkenntnis ist ein Faden, der nicht zerreißt.»

Der Arzt vernahm es bewegt; wie viele große Geister, dachte er, mögen sich zu einer solchen Höhe der Menschlichkeit erhoben haben, wie sie dies einfältige Judenweib durch ihr eigenes Leid erreicht! Wenige Tage später sollte er erfahren, worauf Miriam noch geharrt; als die Kunde von des Kaisers Entschließung und dem festlichen Einzug ins Städtchen kam, ließ ihn die Greisin zum erstenmal seit ihrem Hinsiechen zu sich entbieten. «Verzeihen Sie, Herr Doktor», sagte sie, «aber mit einem Menschen wenigstens will ich meine Freude teilen, wie groß und gut Er ist!» Und am Sabbat, der darauf folgte, legte sie ihr bestes Gewand an und schleppte sich, auf den Arm der Pflegerin gestützt, zur «Schul». Oft genug glaubte sie am Wege niedersinken zu müssen, immer wieder raffte sie sich auf, bis sie vor dem Eingang des

Gotteshauses stand. Erstaunt sahen sie die Leute heranwanken; sie hatte sich seit langen Jahren nur noch schüchtern und heimlich in eine Ecke der «Weiberschul» geschlichen, nachdem der Gottesdienst bereits begonnen. «Gebt Raum!» rief sie gebieterisch, da sich ihr einige entgegenstellten. «Gebt Raum für die Mutter der Lea!» Und so frevelhaft die Leute dies Wort bedünkte, sie wichen zurück vor dem seltsamen Glanz dieser Augen in dem todesblassen, unheimlich abgezehrten Antlitz. «Sie ist wahnsinnig», meinten die einen, «eine Sterbende» die anderen und ließen sie gewähren. Wie eine Siegerin trat die Greisin unter die Betenden, wie eine Siegerin kehrte sie heim. «Das war mein letzter Ausgang», sagte sie ihrer Pflegerin, «und auch dies Gewand werd ich nur noch einmal tragen!» Dieser Tag war heute erschienen, und obwohl es noch sehr früh am Morgen war, drängte sie doch die Dienerin zur Eile, bis alles nach ihren Wünschen geordnet war. Dann ließ sie noch die Fenster weit auftun, damit sie es deutlich hören könne, wenn die Böllerschüsse den Einzug verkündeten, schlug das Psalmenbüchlein auf und schickte die Dienerin weg.

«Muhm Miriam», fragte diese, «soll ich nicht draußen bleiben? Wenn Ihr etwas braucht ...»

«Du Törin», erwiderte die Greisin lächelnd, «heut? Was sollt' ich heut noch brauchen?»

Noch ein anderer Mensch im Städtchen harrte mit Ungeduld der Stunde des Einzugs entgegen, auch er dankte dem Herrn, daß er ihn dies hatte erleben lassen, aber es war ein anderer Gott, zu dem sich seine Gedanken wandten, der Gott der Rache, welcher dem Frevler vergilt, was er verübt, und des Übermütigen Haupt in den Staub schmettert. Während Rafael in seiner Stube erregt auf und nieder ging, das bleiche Antlitz stolz erhoben, da war nur eine Empfindung in ihm klar und mächtig und deckte die anderen: Die Schmach, die der übermütige Christ im Gefühl seiner Macht dem Judenhause angetan, war gesühnt und sollte heute bis auf den letzten Rest getilgt sein; der Graf hatte die Jüdin zu seinem Weibe machen müssen und führte sie nun, ohne daß sie ihren Glauben abgeschworen, festlich in das Schloß seiner Väter. Was er dabei empfand, war seine Sache, litt er, so war es verdiente Strafe – Preis und Dank dem Herrn, der es so gefügt! Und wenn Agenor, wie ihm Judith zuletzt aus Wien geschrieben, auch noch zu einer Genugtuung bereit war, die selbst Rafael nicht einzufordern gewagt, wenn er sich darein gefügt, beim Einzug an diesem Hause anzuhalten, mit der Entführten vor ihren Bruder zu treten und gleichsam nachträglich seine Einwilligung zu dem Ehebunde zu erbitten, so mochte dies immerhin im Leben des Grafen die bitterste Stunde sein, gerecht war auch dies, und Judith hatte auch damit nur gefordert, was ihr und den Ihrigen zukam … Ja, Gott hatte es gut gewendet – und je gellender draußen die Stimmen des Pöbels erklangen, desto stolzer und trotziger hob sich des Jünglings Haupt; er stampfte wild auf. «Und wenn sie mich», knirschte er, «gleich darauf erschlügen, mein letzter Hauch wäre ein Dank, daß ich vorher die Sühne erlebt!» … Wirr und streitend wurden seine Gedanken nur, wenn er Judiths gedachte. Was sie empfinden mochte, wenn sie des Mannes Nacken, dessen Ehre nun die ihrige war, so tief beugte, wie sich ihr Leben gestalten sollte nach all dem, was geschehen, und in einer Luft, die vom Haß aller gegen die eine durchtränkt war – an all dies dachte er kaum, und wenn seine Gedanken daran streiften, wenn ihm eine Ahnung ihres heutigen Elends und des drohenden Unheils kam, so half ihm jene Empfindung darüber hinweg, welche in den beiden furchtbaren Jahren, die hinter ihm lagen, seine Stütze gewesen: auch ihr ward, was sie sich selbst bereitet, der Gott da droben führte genaue Rechnung ... Aber sie war ja seine Schwester, das Wesen, welches er mehr geliebt als sich selbst – es gab Augenblicke, da sich alles, was noch an Groll und Bitternis in seinem Herzen war, löste und in heiße, zittrige Zärtlichkeit wandelte: Was hatte dies gute, schöne, des reinsten Glückes würdige Mädchen gelitten! Und wenn sie gefrevelt, so war es aus einem edlen Triebe geschehen, den andere mißbraucht und in den Staub gezogen – und wie hatte sie gebüßt! Die Stunde, da sie als Reuige heimgekehrt und vor ihn hingesunken, tauchte vor ihm auf – o Gott, wie verhärmt sie gewesen, von einem Jammer belastet, den kein Menschenwort zu künden vermochte ... Er konnte auch jetzt nicht bereuen, wie er ihr damals begegnet – und nun, da alle Schmach gesühnt war? Ihm war's, als müßte er die Arme ausbreiten und ihr entgegeneilen, und wie eine unverzeihliche Härte erschien es ihm, daß er auch vor ihrer Abreise nach Weimar jedes Wiedersehen vermieden. Er hatte es getan, weil er damals noch nicht recht daran glauben konnte, daß ihr das Werk der Sühne gelingen könne, vor allem aber: weil er des Vaters Tod nicht vergessen konnte. Hatte sie auch dies gebüßt, gab es für solchen Frevel eine Sühne? ... Mit finster brütendem Antlitz stand er da, die Fäuste ballten sich – konnte er darüber hinweg, und wie sollte er sie empfangen?

Ein neues Gejohle, noch gellender als das frühere, ließ ihn emporfahren, es waren jene Hochrufe auf Wroblewski. Aber unmittelbar darauf tönte aus weiter Ferne der dumpfe Knall eines Mörsers, und nun lösten sie auch auf dem Marktplatz den ersten Böller: Die Herrschaft hatte die Gemarkung des Städtchens erreicht, wo das Banderium ihrer harrte. Noch eine halbe Stunde, und der Zug war im Orte.

Es sollte noch kürzer währen. Als die beiden Wagen der Herrschaft – ein offener Landauer, in welchem der Graf und seine Gattin saßen, und eine geschlossene Kutsche mit Hania, Jan und einer Wärterin mit dem katholisch getauften Knaben Ludwig auf dem Arm – an der Gemarkung, den «drei Linden», eintrafen, konnte der Führer des Banderiums nur eben das übliche «Urrah» ausbringen, Salz und Brot überreichen; dann gab der Graf, ohne dem greisen Bauer die Zeit zur Begrüßung zu gönnen, dem geschlossenen Wagen den Befehl, sofort auf dem Landwege zum Schlosse zu fahren, und rief dann dem Fedko zu: «Mach rasch!» In scharfem Trab fuhr der Landauer auf der Heerstraße dahin, die Bauern mußten ihre Gäule in Galopp setzen, um nicht zurückzubleiben. In wilder Hast, von einer Staubwolke eingehüllt, wie von Verfolgern gejagt, eilte der Zug dem Städtchen zu.

Von Minute zu Minute wurden die Wangen des Grafen bleicher, das Zucken im Antlitz stärker; er vermied es aufzublicken und deckte zuweilen die Augen mit der Hand. Seit Monaten, seit Wochen hatte er vor dieser Stunde gezittert; sie dünkte ihm die peinlichste, die ihm das Leben noch bringen konnte. Muß es sein? hatte er sich all die Tage gefragt, und nun vollends erfüllte ihn nur die eine Empfindung: Empörung über die Härte des Weibes, das seinen Nacken nun auch unter das schwerste Joch gezwungen, und über seine Schwäche, die dies geduldet. Was hatte er in den letzten Monaten ertragen müssen – nach seiner Überzeugung völlig unverdient, denn wenn seine Schuld groß gewesen, so war die Sühne unerhört: Er hatte ihren Willen erfüllt, hatte sich mit der Jüdin in Weimar trauen lassen, was konnte, was durfte sie mehr von ihm verlangen? Sie tat es doch; bezüglich des Knaben zwar fügte sie sich seinem Willen, wortlos, ohne jeglichen Kampf, als hätte sie es selbst nicht anders gewünscht, aber als er ihr nun mitteilte, daß sie mindestens für zwei Jahre der Heimat fernbleiben müßten, bis sich die Leute an das Unerhörte gewöhnt, bat und beschwor sie ihn, nach Wien zu gehen, die Anerkennung der Ehe zu bewirken. Er widerstrebte lange, und es übte auch nur geringen Eindruck auf ihn, als sie ihm zurief: «Mir hängt die ganze Seele an diesem einen; willfahre mir darin, und ich will es dir reichlich lohnen!» Wodurch? dachte er. Durch Liebe und Treue? Darauf hatte er sich nun vor Gott und den Menschen das gute Recht erworben, durch ein schwereres Opfer, als es je ein Mann seines Standes gebracht – sollte sie ihm nicht treu anhangen, um derentwillen ihm seine nächsten Freunde untreu geworden, sie ihn nicht lieben, um derentwillen er so viel Haß auf sich geladen? Aber allmählich wurde sein Widerstand schwächer; sein ganzes Wesen war ja nicht dazu angetan, selbst einem geringeren Einfluß standzuhalten, geschweige denn dem dieses eisernen Willens; er gab schließlich nach, weil er dachte, sie werde in Wien bald selbst einsehen, daß sie Unmögliches begehre. «Gelingt es dir nicht», schlug er ihr vor, «dann gehen wir auf zwei Jahre nach Italien» – und sie willigte in den Pakt. Vom Mißerfolg fest überzeugt und darum doppelt ärgerlich, daß Judith seinen Namen nutzlos in der Leute Mund bringe, sah er in Wien ihren Versuchen zu; daß das Metternichsche Regiment, welches allen den Fuß auf den Nacken setzte und sich nur vor der Kirche beugte, das Unerhörte niemals bewilligen werde, war ja klar; wen immer sie darüber sprach, sagte ihr mit mühsam erzwungenem Ernste, das Ziel sei unerreichbar. Sie aber ward nicht müde, immer neue Verbindungen anzuknüpfen, immer neue Mittel zu versuchen, und als alles nutzlos war, wandte sie sich an – die Kirche selbst. Ein junger Prälat aus verarmtem, hochadligem Geschlecht war der erste, der sich gewinnen ließ, bald wimmelte es in ihrer Hotelwohnung beim «Wilden Mann» in der Kärntnerstraße von Soutanen und Kutten, und eines Vormittags – sechs Wochen waren sie nun in Wien, und nur der Bankier, wo ihr Erbteil hinterlegt war, wußte, wie kostspielig jetzt schon dieser Aufenthalt für sie war – trat sie vor ihn hin: «Wünsch mir Glück, Agenor, ich gehe zu Metternich!» Er blickte sie an; wie sie so vor ihm stand, im dunklen, wallenden Gewande, das halbergraute Haar vom schwarzen Schleier umhüllt, das scharfgeschnittene Antlitz bleich und unbewegt und nur um die Lippen ein Zucken der Erregung, flößte sie ihm eine Empfindung ein, die seltsam aus Bewunderung und Grauen gemischt war; von Liebe – er hatte es schon vorher zuweilen dunkel empfunden, aber nie war es ihm so klargeworden wie in diesem Augenblicke –, von Liebe war nichts mehr in dieser Empfindung ... «Du hast die Gewißheit, daß er dich empfängt?» fragte er zögernd. Sie zeigte ihm die Audienzkarte. «Aber hast du es auch recht bedacht?» fuhr er zaghaft fort. Darauf gab sie keine Antwort mehr, sondern reichte ihm zum Abschied die Hand. Als sie nach zwei Stunden wieder vor ihn trat, las er von ihrem Antlitz ab, daß sie gesiegt; wortlos schnellte er empor und starrte sie an. Aber von ihren Lippen kam kein Wort des Triumphes. «Wir werden die Papiere noch diese Woche erhalten», sagte sie kurz, und als er sie mit Fragen bestürmte, wie sie es erreicht, erwiderte sie: «Durch die Wahrheit! Damit kommt man bei klugen Menschen immer am weitesten, und er ist so klug! – Er hat sofort begriffen», fuhr sie mit bitterem Lächeln fort, «daß ich weder Österreich noch die Kirche, ja nicht einmal die Ghettomauern umstürzen will. Er hat es auch nicht der Jüdin gewährt, sondern mir, nachdem er erfahren, was ich erlebt und wie es um meine Seele steht. Nur eins habe ich ihm verhehlt ...»

«Was?» forschte er.

Sie schüttelte den Kopf. «Du sollst es erfahren, wohl schon bald, heute noch nicht ... Ich hätte ihm auch dies eine gesagt», fuhr sie wie im Selbstgespräch fort, «wenn es etwa nötig gewesen wäre. Aber es war nicht nötig, weil er besser ist, als die Leute glauben, weil er zu klug ist, als daß er ganz schlecht sein könnte ...» Er horchte ihren Worten, ohne sich viel dabei zu denken, und wurde erst wieder ganz Ohr, als sie fortfuhr: «Sobald wir die Papiere haben, reisen wir natürlich heim!» Er widersprach lebhaft, und als sie auch nun verhieß: «Ich will es dir lohnen!», ward er ungeduldig und sagte ihr, was er darüber denke. Sie hörte ihn ruhig an. «Du verstehst mich nicht», erwiderte sie dann mit seltsamem Lächeln, «ich will dir wirklich den höchsten Lohn gewähren, der dir von mir werden kann.» Aber dies wirkte weit weniger auf ihn als ihr Versprechen, daß sie sich mit einer Woche Aufenthaltes im Städtchen begnügen wolle. «Über das Künftige sollst du dann selbst entscheiden», schwor sie ihm zu. Vollends willfährig für ihre Wünsche aber machte ihn eine Mahnung, welche ihm ein hoher Beamter, ein Vertrauter des allmächtigen Ministers, kurz vor der Abreise nach Galizien überbrachte. «Der Fürst», sagte er ihm, «hat von der Unterredung mit Ihrer Gemahlin den tiefsten Eindruck empfangen; er meinte, es sei jammerschade, daß aus einem so herrlichen Geschöpf nichts geworden als eine tief unglückliche Frau. Und ich, meinte er, würde an Stelle des Grafen immer daran denken, wie unglücklich sie ist!»

So hatte Judith alles durchgesetzt, auch diesen Einzug

mit all der Schmach, die er für einen Baranowski bedeutete, mit all dem Unheil, das er wohl im Gefolge hatte …

Der Graf richtete sich auf. «Rascher, rascher!» rief er dem Kutscher zu. «Und auch durchs Städtchen fährst du so rasch als möglich!»

Judith hatte bisher still und stumm in der Wagenecke gelehnt; ein Kleid von schwerster schwarzer Seide umschloß die schmächtige Gestalt, ein prächtiger Spitzenschleier das Haar, und auf ihrer Stirn blitzte das Diadem, welches sich mit dem Majorat der Baranowski mit vererbte, aber das bleiche Antlitz war düster wie nur je, und daß sie jener Stunde entgegenging, die sie mit schier übermenschlicher Kraft herbeigeführt, verriet nur zuweilen ein schwerer Atemzug. Nun aber richtete sie sich auf; ihre Hand fiel auf den Arm des Gatten. «Agenor», sagte sie hart und scharf, «ein ehrlicher Mann hält sein Wort, auch wenn es ihm schwer wird!»

«Es ist ja nur zu deinem Besten!» erwiderte er. «Du weißt, was Stiegle …»

«Kein Wort mehr! … Wir fahren nun im Schritt!»

Er gab zögernd den Befehl. Das Banderium, das zurückgeblieben, sammelte sich wieder und umgab den Wagen. Langsam kamen sie dem Mauthaus näher; der blumengeschmückte Schranken schwebte empor. «Urrah!» riefen die Bauern, die im Spalier standen, «Urrah!» erwiderte das Banderium; die Böller dröhnten, die aufgestellte Musikkapelle blies einen Tusch; aber all dies ward übertönt von den wirren Rufen der Menge. Nur einzelnes konnte man daraus verstehen; es klang nicht freundlich. Drohend wandten sich einige der Bauern im Spalier um und hoben den Stock, das Handbeil gegen die Schreier hinter ihnen; enger scharte sich das Banderium um den Wagen. Der Graf war fahl geworden und in den Sitz zurückgesunken, Judith aber, bleich wie er, saß hoch aufgerichtet da und blickte ruhig zur Rechten, dann zur Linken auf die Tobenden hin. So passierten sie das Mauthaus.

Von diesem Hause aufwärts verbreiterte sich die Straße; die Menge, die hinter dem Spalier Stellung genommen, war noch größer, daher hier die Gefahr noch dringender. Aber seltsam, als die Musik schwieg, die Bauern still wurden, da verhallten auch die Rufe der Menge. Hatten sie nur jene Huldigungen zum Widerspruch gereizt? Bannte sie der Blick, der düstere, gebieterische Blick der blassen, geschmückten Frau? Hielten sie Ruhe, um sich nicht selbst im Genuß des unerhörten Schauspiels zu stören?

Es leben noch heute einige Menschen im Städtchen, welche damals, vor fast sechzig Jahren, als Knaben, als Jünglinge die Gräfin Judith Baranowska in das Städtchen haben einziehen sehen. Fragt man sie danach, so schütteln sie den Kopf: «Wie sie aussah, läßt sich nicht beschreiben, und was in uns vorging, wenn uns ihr Blick traf. Wie eine Sterbende sah sie drein und dabei wie eine Königin. Wer sie sah, konnte kein schlimmes Wort mehr rufen. Und als die Bauern die Mützen zogen, da taten wir es auch, und als sie wieder ‹Urrah!› riefen, störten wir sie nicht. Wir standen zwischen dem Mauthaus und der Triumphpforte. Vor ihrem Vaterhaus, wo das Merkwürdigste geschah, waren wir leider nicht dabei.»

Dies allein muß des näheren berichtet werden. An der Triumphpforte vollzog sich alles in Ruhe. Selbst ein Mann wie der Bürgermeister fühlte, daß sich diese Stunde nicht zu einer schönen Rede schickte – es stand zu viel auf dem Spiel, vielleicht, wenn irgendein Zufall, ein Witzwort, ein erhobener Bauernstock den seltsamen Bann löste, der die erregte Menge im Zaume hielt, das

Leben einiger Menschen. Er machte es kurz, der Graf stieß hastig einige Dankworte hervor.

Dann wandte er sich an Judith. «Ich beschwöre dich», murmelte er, «halten wir nicht an deines Bruders Hause. Es ist das sichere Verderben!»

«Es muß sein!» erwiderte sie, und als er zögerte, gab sie dem Fedko selbst den Befehl.

Und in der Tat, es schien das Verderben. Als die Menge, die sich bisher lautlos verhalten, das Ziel der Fahrt erriet, brach plötzlich ein Schrei der Wut, des Hohns aus hundert Kehlen – wild, gellend, überlaut, wie in einem einzigen Atemzug hervorgestoßen. «Schimpf und Schande!» – «Zum Judenhaus, dann zur Synagoge!» – «Nieder mit ihr!» – «Nieder! ... Nieder!» Im nächsten Augenblick riefen es tausend und drängten tobend heran; das Spalier ward durchbrochen; die Bauern hoben ihre Handbeile; das Handgemenge begann. Der Wagen hielt; sein einziger Schutz waren jetzt nur mehr wenige Berittene, die auch nun noch an seiner Seite geblieben. In dem Grafen regte sich der Kavalier; er riß eine Pistole aus dem Gürtel seines pelzbesetzten Rockes, des Kontusch, und schwang sich mit gespanntem Hahn auf das Trittbrett.

Da begab sich etwas Unerwartetes. Aufrecht war Judith bisher dagesessen, immer starr in die Menge blikkend. Nun richtete sie sich plötzlich zu ihrer vollen Höhe empor, daß das Diadem auf ihrer Stirne im Sonnenschein aufleuchtete. «Fort!» rief sie den Berittenen zu, so gebieterisch, daß sie gehorchten und ihre Pferde beiseite drängten. «Fort!» herrschte sie Agenor an und wies ihn vom Tritt hinweg.

Die Menge stutzte, die Kämpfenden hielten inne, es wurde plötzlich still.

«Was wollt ihr?» klang in diese Stille die laute, ruhige,

metallene Stimme der blassen Frau. «Mich töten? Hier bin ich! Niemand soll mich beschützen, ich verbiete es! Es soll um meinetwillen kein Blut fließen. Ich habe schon Blutschuld auf mir … Ich harre!»

Niemand regte sich, kein Ruf ertönte. Und in diese Stille hinein rief eine Stimme – wer es gewesen, ist nie erkundet worden: «Sie hat Gotteswerk vor! Sie will sühnen, was sie getan! Und der Graf will's für sein Teil tun! Gotteswerk stört man nicht!»

Wieder ein Murmeln, ein Drängen – die Menge gab Raum. Der Graf schwang sich in den Wagen, Fedko lenkte die Pferde dem Hause Rafaels zu; auch hier wichen die Leute. Unter tiefer Stille traten Judith und der Graf ins Haus, und als sie nach wenigen Minuten, von Rafael geleitet, wieder erschienen, klang abermals kein Laut, und alle sahen zu, wie der Graf Rafael die Hand schüttelte, wie Judith den Bruder umarmte. «Um vier Uhr – auf dem ‹guten Ort›!» flüsterte sie ihm zu.

Sie bestiegen den Wagen. Da begab sich wieder Unerwartetes. Rafael hatte mit tränenüberströmtem Antlitz noch einmal Judiths Hand ergriffen und gedrückt. Im nächsten Augenblick rief einer: «Sie hat viel gelitten, nun mag sie glücklich sein! Urrah!»

«Urrah! Urrah!» Hundertfach wiederholte sich der Ruf, bis es von aller Lippen klang: «Urrah! Glück und Segen!»

Unter diesen Rufen, unter fortwährendem Grüßen und Jubeln der Menge fuhren die beiden vom Städtchen ins Schloß. Nun aber saß Judith nicht mehr aufrecht wie früher; wie gebrochen lehnte sie in der Ecke, und die Tränen rollten über ihr Antlitz.

Im Schloß hatten sich die Pächter des Grafen versammelt. Auch Doktor Reiser erschien zur Begrüßung, Judith fragte sofort nach der alten Miriam. «Ich will zu ihr», sagte sie, «sobald ich die Tafel verlassen kann.»

«Tun Sie dies», sagte der alte Arzt bewegt, «denn morgen würden Sie sie nicht mehr finden. Vor zwei Stunden etwa mag sie gestorben sein. Eben, als ich hierher fahren wollte, kam ihre Dienerin jammernd zu mir. Ich war einen Augenblick in der Kammer. Verklärter hab ich noch keines Toten Antlitz gesehen.»

Man setzte sich zur Tafel; sie war genauso gerüstet wie bei jedem Hochzeitsmahl der Baranowski. Dieselben Speisen und Weine wurden gereicht, dieselben altertümlichen Prunkgefäße standen auf den Tischen. Nur die Stimmung war eine andere, und nach einer Stunde erhoben sich die Gäste.

Judith fuhr mit dem Arzte nach dem Häuschen zu Roskowka, von der alten Freundin Abschied zu nehmen. Sie hatten die Leiche noch nicht aufgebahrt, sie ruhte in ihrer Festtracht im Lehnstuhl. Keines Wortes mächtig, starrte Judith in dies Antlitz, auf dem der Ausdruck lichter, seliger Freude haftete.

«Wissen Sie, warum die Miriam so lächelte, als sie starb?» fragte Doktor Reiser. «Sie hörte die Böllerschüsse, die Ihren Einzug verkündeten!» Und er erzählte Judith von seinen letzten Gesprächen mit ihr. «Nun durfte sie sterben als Siegerin! Nun wußte sie auch, daß ihr Kind nicht verdammt sei und daß sie es drüben wiederfinden würde.»

Judith war zu Füßen der Leiche hingesunken und hatte die starre Hand geküßt.

«Sie haben recht!» sagte sie dann. «Wohl ihr, als Siegerin ist sie gestorben!»

«Und wohl Ihnen», fügte er hinzu, «die Sie als Siegerin leben dürfen!»

«Sprechen Sie nicht so», wehrte sie hastig ab, «als Sieger nach solchem Kampfe darf nur der Schuldlose leben. Der Schuldige überlebt seinen Sieg nicht ... Verzeihen

Sie, aber ich muß fort, mein Bruder erwartet mich auf dem ‹guten Ort›, am Grabe unseres Vaters.»

Kopfschüttelnd blickte ihr der Arzt nach, als sie davonfuhr. Was das für ein sonderbarer Ton war, dachte er. Doch machte er sich dann weiter keine Gedanken darüber.

Rafael hatte sich pünktlich am Grabe eingefunden. Wie früher vor aller Welt Augen, sanken die lange Entfremdeten hier an der heiligsten Stätte, die es auf Erden für sie gab, einander in die Arme und hielten sich innig umschlungen. Und nun erst hatte die Versöhnung für ihre Herzen die rechte Weihe erhalten.

«Hier also ist mein Platz!» sagte Judith und wies auf die freie Stelle zwischen den Gräbern der Eltern. «Nicht wahr, den darf mir niemand rauben? Ich bin ja eines Christen Weib, und da könnten die Frommen sagen ... Aber du wirst es nicht dulden! Nicht wahr, Rafael?»

«Wenn ich dich überlebe, so wirst du hier begraben. Aber darüber können wir nach dreißig Jahren sprechen ...»

«Du schwörst es mir, so wahr dir des Vaters Andenken heilig ist? Ich bitte dich darum! ... Du begreifst, wie bewegt ich gerade heute bin ...»

«Wenn es dich beruhigt: Ich schwöre es!»

«Und du läßt mir jene Grabschrift setzen, die ich mir selbst bestimme?»

«Wenn ich dich überlebe! ...»

Sie sprachen noch einiges über seine künftigen Pläne; dann umarmte sie ihn noch einmal und fuhr zum Schlosse zurück.

Der Graf saß mit Stiegle und einigen seiner Pächter in seiner Arbeitsstube beisammen. Sie ging in ihr Schlafzimmer und schrieb da zwei kurze Briefe, an Agenor und ihren Bruder. Darüber war schon die Dämmerung hereingebrochen. Dennoch ließ sie sich dann noch ihren Knaben bringen, der bereits in seinem Bettchen lag. «Ich habe ihn ja seit heute morgen, wo wir aus Tluste aufbrachen, noch gar nicht gesehen!» sagte sie der Wärterin und blieb dann mit dem Kinde allein, wohl eine Stunde. Als die Dienerin nun ungerufen das Zimmer betrat, war es schon ganz dunkel darin; sie konnte das Antlitz der Herrin, die tief über das Kind gebückt saß, nicht sehen. Aber an ihrer Stimme glaubte sie zu erkennen, daß sie weinte. «Auch für dich ist es besser … auch für dich …» Dies waren die Worte, die sie zu verstehen glaubte.

Die Herrin übergab ihr das Kind und sagte dann, sie wolle noch in den Garten, der Abend sei so mild, und der Mond werde bald aufgehen.

So tat sie auch. Sie schritt die Treppe hinab, in den Park, an der Stelle vorbei, wo Agenor vor zwei Jahren den ersten Kuß auf ihre Lippen gedrückt, und dann dem Teich zu. Auf dem Wege begegnete ihr der Kutscher Fedko, bot ihr den guten Abend und erhielt freundlichen Gegengruß. Er blickte ihr einen Augenblick nach, wie sie der Wasserfläche zuschritt, auf der eben der erste zitternde Schein des Mondes auftauchte. Wenn ich so daran denke, sagte sich der gute Mensch, wie ich sie damals in Borky an jenem Morgen dem Teich zustürzen sah … Wie ganz andere Gedanken mag sie heute haben, wo sie alles erreicht hat!

Er irrte.

Als Judith gegen neun Uhr noch nicht zurück war, ging der Graf, sie zu suchen. Als er sie nicht fand, wollte er besorgt die Diener aufbieten. Da fand Hania den Brief auf ihrem Tische, und nachdem er ihn gelesen, wußte er, wo er ihre Leiche finden konnte. Der Brief war kurz, aber liebevoll. Sie band ihm die Sorge für das Kind aufs Herz und bat ihn, sich nicht mit dem Vorwurf zu quälen, daß

er an ihrem Tode schuldig sei. Sie sterbe, um ihn nicht elend zu machen und selbst noch elender zu werden, sterbe, weil sie nach dem, was über sie gekommen, nicht Mut noch Kraft zum Leben habe, aber es sei keines einzelnen Menschen Schuld, auch nicht die seine.

Auch ihr Antlitz war nicht verzerrt, da sie die Leiche aus der stillen Flut hoben. Es war so ernst und unbewegt, wie es in der letzten Zeit immer gewesen.

Zwei Tage später ward sie von ihren Glaubensbrüdern auf dem «guten Ort» begraben, an dem Platz, der ihr als Erbteil gebührte. Als sie das Grab ausschaufelten, fanden sie noch die Reste eines mächtigen Strauches im Erdreich. Nur wenige wußten, daß es ein Rosenstrauch war und welche Bewandtnis es damit hatte.

Auf ihrem Grabstein steht die Inschrift:

JUDITH GRÄFIN BARANOWSKA,
die Tochter des Nathan ben Manasse
aus dem Stamme Israel.
Sie starb in der Dunkelheit,
aber es wird einst tagen.

## *Nachwort*

NICHT JENE LIEBESGESCHICHTEN der Weltliteratur gelten uns als die besten, die allein künstlerischen Genuß bereiten, zu romantischer Schwärmerei verführen oder sich in zeitlos-allgemeinmenschlichen Sentenzen erschöpfen, sondern jene, deren Fabel und Konflikte uns tief ergreifen, weil sie über das Private hinausgehen und historische Konkretheit gewinnen. Alle berühmten Liebespaare, von Tristan und Isolde oder Romeo und Julia über Schillers Ferdinand und Luise bis hin zu Aitmatows Djamila und Danijar, wären ohne das geistige und soziale Umfeld, in dem sich ihre Liebe so oder so entwickelt, und ohne das Ringen ihrer Autoren mit diesen gesellschaftlichen Bedingtheiten undenkbar. Ein vielfältiges Geflecht der Beziehungen zwischen den Liebenden, aber eben auch zwischen ihrer «kleinen» und der sie umgebenden «großen» Welt entscheidet über Glück und Schmerz, Erfüllung oder unaufhaltsames Scheitern.

Judith Trachtenberg und Agenor Baranowski zählen bisher zweifellos nicht zu den populären literarischen Liebespaaren. Wer den vorliegenden Text gelesen hat und um den Antisemitismus in der deutschen Geschichte weiß, bedarf kaum der Belehrung, warum. Dennoch ist die neuerliche Herausgabe dieser Erzählung heute nicht mehr vorrangig ein Akt der Wiedergutmachung an ihrem nach seinem Tode 1904 zu Unrecht vergessenen Autor. Mehrere DDR-Verlage haben sich vor allem in den letzten zwanzig Jahren um dessen Wiederentdeckung bemüht. Judith Trachtenberg und der Graf Agenor Baranowski gehören einfach in die eingangs erwähnte Ahnenreihe.

Überblickt man das umfangreiche Werk des Österreichers Karl Emil Franzos, so stößt man immer wieder auf konfliktgeladene Liebesgeschichten, die, im Spannungsfeld gravierender sozialer und nationaler Auseinandersetzungen angesiedelt, fast ausnahmslos tragisch enden. Das ist alles andere als zufällig.

Der im Revolutionsjahr 1848 geborene und im damals noch von Wien beherrschten Galizien aufgewachsene Franzos begriff sich zeitlebens als «Tendenzschriftsteller, der durch seine Arbeiten einen ethischen Zweck verfolgt». Er war der Sohn eines kleinen Landarztes, hatte sich nach dem allzu frühen Tod des Vaters den Abschluß des Gymnasiums und das Jurastudium erhungert, ohne jedoch als ungetaufter, noch dazu offen die Donaumonarchie kritisierender Jude Aussicht auf ein Richteramt zu haben. So zufällig wie er in dieser Zeit sein schriftstellerisches Talent entdeckte, als er sich 1868 die Verzweiflung über eine an Vorurteilen zerbrochene Jugendliebe zu einer Christin von der Seele schrieb, so selbstverständlich betrachtete er dieses Talent nie als esoterische Berufung. Im Schreiben erkannte er von Beginn an seinen ureigenen gesellschaftlichen Auftrag, im Kampf für die Menschenrechte der Erniedrigten und Armen in den entlegensten östlichen Regionen des Habsburger Vielvölkergefängnisses fand er das Thema seines Lebens.

Zu einer Zeit, da der um sich greifende innere Zerfall des österreichischen Staatsgebildes viele bürgerliche Literaten in politische Abstinenz und lebensfremden Ästhetizismus flüchten ließ, nahm Franzos unter dem

Eindruck bitteren eigenen Erlebens noch einmal die Tradition aufklärerischer Toleranzideen auf und verteidigte die demokratischen Ideale des Vormärz. Der geradezu sensationelle Erfolg seiner 1876 erschienenen «Kulturbilder aus Halbasien» und der Novellensammlung «Die Juden von Barnow», für die er zuvor lange Zeit keinen Verleger gefunden hatte, war zunächst gewiß auf das verständliche Interesse des Publikums für einen ungewöhnlich neuen, ja exotisch anmutenden Themenkreis zurückzuführen. Doch die bald weit darüber hinausgehende Anteilnahme der Leser beruhte auf dem leidenschaftlichen Engagement, mit dem Franzos kaum vorstellbare Mißstände und soziales Elend schilderte und sich so für ganze Volksgruppen zum öffentlichen Ankläger machte. Obwohl er stets nur an Vernunft und Staatsklugheit appellierte, durch Reformen das Unrecht zu überwinden forderte, nie also im engeren Sinne revolutionäre Positionen bezog, fürchtete die Obrigkeit, ein Funke des Aufbegehrens könnte überspringen. Die systemtreue Kritik fiel entsprechend scharf aus.

Eine Vielzahl Novellen und Erzählungen, daneben immer neue politisch-ethnographische Reisebilder und zeitkritische Tatsachenberichte, nicht zuletzt seine beiden bekenntnishaften Romane «Ein Kampf ums Recht» (1882) und «Der Pojaz» (1893) belegen eindringlich, daß Karl Emil Franzos allen Anfeindungen zum Trotz ein Leben lang seiner selbstgewählten Mission treu blieb. Dabei zeugt es von seiner jederzeit integren moralischen Haltung, seiner unbestechlichen Wahrheitsliebe, daß er zwar in seinen gesellschaftlichen Hoffnungen und politischen Einschätzungen mancher Illusion erlag, sich aber nie zur Verharmlosung der höchst komplexen Widersprüche und damit zu vordergründiger Schwarzweißmalerei verführen ließ. Sein kompromißloser

Kampf galt in erster Linie der doppelten Unterdrückung der armen ruthenischen und jüdischen Menschen seiner Heimat durch den hegemonialen Despotismus Habsburgs und die lokale Macht des polnischen Adels. Doch zugleich wandte er sich auch entschieden gegen die zusätzlichen Leiden, die seinen ohnehin schwergeprüften Glaubensbrüdern durch blinden religiösen Eifer und eine bis zum Exzeß getriebene dogmatische Abkapselung aus den Reihen der eigenen Orthodoxie erwuchsen. Er wollte helfen, jenen verhängnisvollen gordischen Knoten zu lösen, der sich da über Jahrhunderte aus unmenschlicher Diskriminierung, sozialer wie rechtlicher Knebelung und mörderischen Pogromen einerseits und der aus Notwehr geborenen Selbstisolation, Angst und fanatischen Verhärtung gegen alles Nichtjüdische andererseits verschlungen hatte.

Keine Sphäre menschlichen Lebens schien Franzos prädestinierter, den ganzen Widersinn dieser Zustände künstlerisch so zu erfassen, daß die Wirkung den Lesern unter die Haut gehen würde, als die Liebe. Darum griff er immer wieder zum Sujet der Liebes- und Ehegeschichte, und darum spielte er in immer neuen Varianten die tragische Kollision individuellen Glücksanspruchs mit menschenverachtenden Konventionen und übermächtigen sozialen wie nationalen Schranken durch. Er wurde nicht müde, das Recht der Frau auf freie Herzensentscheidung zu postulieren und die Liebe zum intimsten, doch zugleich weit über jedes Einzelschicksal hinausgreifenden Ausdruck humanen Protestes gegen die Inhumanität jeglicher Art zu erheben.

«Judith Trachtenberg» entstand 1880 in Berlin, wohin der Autor drei Jahre zuvor übergesiedelt war. Sie zählt damit zu den Werken aus der Spätphase seines Schaffens. Dennoch ist sie – eine für Franzos sehr typische

Erscheinung – mit allen früheren in seiner engeren Heimat spielenden belletristischen Arbeiten durch markante motivische Querbezüge, gewisse topographische Fixpunkte, die stets auf die Stätte seiner Kindheit, das galizische Czortkow alias Barnow, schließen lassen, und nicht zuletzt durch Parallelen in der Wahl seiner Figuren aufs engste verbunden. Auch seine Vorliebe für pointilistische Ausmalung des Milieus und der Atmosphäre seiner Geschichten, besonders wo sie die Darstellung national-religiösen Brauchtums einbezieht, findet sich in all diesen Arbeiten. Dazu die ihm eigene Art, in der er die Natur, die karge, zu jeder Jahreszeit herbe, schwermütig stimmende Heidelandschaft des Ostens, «mitspielen» läßt und dem Leser das elende Leben im Ghetto so noch eindringlicher nacherlebbar macht.

Zum anderen aber spiegelt sich die gewachsene Reife des inzwischen Zweiundvierzigjährigen gerade in dem, was die «Judith» von den ihr wesensverwandten frühen Novellen unterscheidet. In dieser Erzählung konzentrierte er sich auf die Darstellung langwieriger, differenzierter Entwicklungen und auf die psychologische Auslotung der Konflikte, auf ihre Austragung *in* den Menschen. Er bevorzugte nun ein anderes Kompositionsprinzip, gab der detaillierten Gestaltung unverwechselbarer Charaktere Vorrang gegenüber dramatisch geschürzten äußeren Aktionen.

Indem Franzos sowohl bei Judith Trachtenberg als auch bei Agenor Baranowski ein aufrichtiges Liebesgefühl voraussetzte, hielt er für den Verlauf ihrer Beziehung alle Möglichkeiten offen. Sie könnte gut ausgehen; doch wie sie tatsächlich verläuft, hängt weitgehend vom freien Willen jedes Partners, von seiner individuellen Fähigkeit und Charakterstärke ab, die gesellschaftlichen Widerstände zu überwinden oder ihnen zu erliegen.

Judith bekennt sich von dem Moment an, da sie sich ihrer beider Liebe bewußt wird, in naiver Gläubigkeit zu ihrem Gefühl. Dabei mag die durch ihre Erziehung bereits ungewollt verursachte Entfremdung von den jüdischen Altersgenossen im Ghetto ebenso mitschwingen wie ein Anflug befriedigter Eitelkeit, der aus dem für ihresgleichen ungewöhnlichen Umgang mit christlichen Bürgern erwachsen war. Vor allem aber ist ihre Entscheidung von einer Gesinnung getragen, die ihr Vater Nathaniel Trachtenberg in ihr weckte. Aufgezogen, nach Lessingschem Vorbild alle Menschen als «Kinder desselben Vaters» anzusehen und in ihren abweichenden Auffassungen zu tolerieren, stellt sie das Recht auf ihrer beider Liebe über die Weisungen einer konfessionell beschränkten Religiosität. Das Bekenntnis zu dieser Liebe als Äußerung freien Willens setzt eigentlich nur konsequent fort, was sie vom Vater erfahren hat. Doch war dieser nicht in der Lage, seine Ideale zu verwirklichen, ja nicht einmal sie nun bei ihr zu billigen, aus Angst vor den Gegenkräften in der galizischen Realität. So erklärt sich, warum sie ihr Glaubensübertritt weniger belastet als die dann unvermeidliche Trennung von Vater und Bruder, deren Fluch und Verfolgung, die vermeintlich daraus resultierende Heimatlosigkeit, an der sie sich schuldig fühlt. Ihre Liebe zu Baranowski und ihr ungeachtet aufkeimender Zweifel nahezu grenzenloses Vertrauen vergeben ihm selbst im Stadium tiefster Erniedrigung Verführung, Lüge, Betrug und sogar die Scheintrauung. Unverzeihlich bleibt für sie die Taufe, weil damit nicht nur wie durch die übrigen Verbrechen ihre Liebe verraten und ihre äußere, bürgerliche Ehre besudelt, sondern ihr menschliches Wesen im Innersten verletzt wurde. Wo sie sich in übergroßer Hoffnung auf einen gemeinsamen Gott der Menschlichkeit jenem Ziel nahe wähnte, da jeder, dem Nathan gleich, «seiner unbestochenen, von Vorurteilen freien Liebe» nacheifert, erhielt sie nicht einmal über Wissen und Gebet Zugang zu ihrem angeblichen neuen Glauben, sondern wurde mit «einigen Tropfen Wasser aus der Hand eines Gauners» abgespeist. Nach diesem leidvollen Erwachen findet sie folgerichtig zum Glauben ihrer Väter zurück, ohne freilich die Zuversicht zu verlieren, daß eines fernen Tages doch die «Kriegs- und Winterszeit» durch «Frieden und Frühling auf Erden» abgelöst sein wird.

Deutlicher als im Bewußtsein Judiths tritt im zwiespältigen Verhalten des Grafen zutage, daß der scheinbar unüberbrückbare Gegensatz zwischen den Konfessionen letztendlich eine – nur auf Grund der regionalen Bevölkerungsstruktur so in den Vordergrund rükkende – Erscheinungsform grundsätzlicherer sozialer Antagonismen ist.

Über Zustand und Zukunft der Feudalordnung gibt sich der gebildete, weitsichtige Baranowski keinerlei Selbsttäuschung hin. Obwohl er sich damit des unabwendbaren Untergangs seiner Adelskaste bereits bewußt ist und das im ersten Gespräch beim Kreiskommissär mit bemerkenswerter Offenheit eingesteht, klammert er sich andererseits an die ihm vererbte Überzeugung von der unverzichtbaren Führungsrolle der «reichen, reinblütigen, alten Geschlechter» in jedem Staat. So versteht er es als seine Standespflicht, gegen die grassierende Zersetzung seiner gottgewollten Welt so lange wie möglich anzukämpfen. Im ökonomisch rückständigen Galizien, wo sich die schleichende Kapitalisierung der Wirtschaft vorrangig über den Umweg des Geldverleihs, der Grundstücksspekulation und in der Verschuldung von Menschen seiner Herkunft offenbart, repräsentiert sich ihm das verhaßte bürgerliche Element in erster Linie in den Juden. Er weiß sehr wohl um die Schuld der Herrschenden, die jene einst von den meisten Erwerbszweigen ausgeschlossen und systematisch in diese Rolle getrieben haben; an seinen Vorbehalten kann das nichts ändern. Baranowskis Antisemitismus entspringt weder undurchschaubaren Ressentiments noch christlicher Frömmelei, sondern unverblümt eingestandenen Klasseninteressen.

Franzos charakterisierte den Grafen nicht nur als typischen polnischen Gutsherrn, der seine Bauern auspreßt und die Standesehre über alles setzt, sondern gleichermaßen als einen Mann, für den adlige Geburt noch Ritterlichkeit und eine makellose Lebensführung einschließt. Der geliebten Frau gegenüber hat er Skrupel, sich einfach zu nehmen, was ihm untertan, und Scham, ihrer hohen Meinung von seiner Vorurteilslosigkeit nicht gerecht zu werden. Da ihm jedoch die Kraft zu entsagen fehlt und erst recht die Bereitschaft, dem Stammbaum seines Geschlechts den Namen einer Unebenbürtigen, ja einer Jüdin einzufügen, verrät er seine Liebe und bringt mit der ersten Lüge, dem ersten Betrug eine Lawine ins Rollen. Was mit dem Versuch begann, sich durch kleine faule Kompromisse über eine klare Entscheidung zwischen feudalem Ehrenkodex und humaner Verantwortung hinwegzumogeln, verletzt immer mehr jegliche menschliche Würde und läßt ihn gegen staatliches wie kirchliches Recht verstoßen. Baranowski wird sich zunehmend seiner Erbärmlichkeit bewußt, er leidet unter seiner eigenen Schwäche wie unter dem Gemütszustand seiner Frau und nicht zuletzt unter der beschämenden Tatsache, sich mehr und mehr dem Intriganten Wroblewski ausgeliefert zu haben. Dabei vermag der Prozeß seiner Selbsterkenntnis, den der Leser miterlebt, neben Abscheu und Distanz auch Mitgefühl und

Hoffnung zu erwecken. Doch die private Hybris des Grafen ist viel zu sehr die allgemeine Hybris seiner Klasse, als daß er über selbstquälerische Gewissenskonflikte und zaghafte Anläufe, doch noch reinen Tisch zu machen, hinauskäme. Erst als ihn die Gerüchte über seine Vergehen bei seinesgleichen desavouiert haben, er also auch ohne Ehe seinen Namen in den Augen seiner Standesgenossen befleckt sieht, vollzieht er die Trauung, um so Weib und Kind zu rehabilitieren, für sich selbst aber Straffreiheit zu erwirken. Dennoch widerstreiten nach der unerwarteten Heimkehr Judiths auf dem Tiefpunkt seiner Verzweiflung noch einmal «Furien der Reue» und die «bohrende Angst vor den Gerichten», Sehnsucht nach Rückgewinnung seiner Selbstachtung und ihrer Liebe mit den alten falschen Ehrvorstellungen, kurz, «alles Gute und Schlimme seines Wesens».

Bis zum Ende hält Franzos seine Leser in Spannung. Ohne sich dabei billiger Effekte zu bedienen, läßt er sie einen bitteren Ausgang ahnen, um ihnen im nächsten Moment wieder einen Hoffnungsstrohhalm hinzuhalten, bevor sie neuerlich enttäuscht werden. Denken wir beispielsweise bloß an die dichte Aufeinanderfolge von Baranowskis Entschluß beim Anwalt, Judith zu heiraten, und der Begegnung zweier Kutschen im Gewittersturm auf der Heide – welch eine symbolträchtige Metapher –, beide Partner fahren unerkannt aneinander vorbei, wie sie zuvor aneinander vorbei geredet, gehofft und gewartet haben!

Mehrfach scheint der Autor zum Schluß anzusetzen und zwingt den aufmerksamen Leser dadurch doch nur, vorstellbare Varianten dafür auf ihre menschliche und historische Substanz, die Möglichkeiten einer Lösung zu durchdenken.

Judith nach der Heimkehr, von Rafael zurückgestoßen, auf der Schwelle des Vaterhauses an Erschöpfung sterben zu lassen, lag Franzos wohl nicht nur deshalb fern, weil er so die Heldin in seiner frühen Novelle «Der Shylock von Barnow» enden ließ, sondern weil dieser Ausgang, vorherige Verbrechen überdeckend, direkt die Juden belastet hätte. Ein Selbstmord Judiths als Reaktion auf die Unversöhnlichkeit des Bruders wäre ebenfalls so auslegbar und obendrein ein Eingeständnis der Kapitulation vor scheinbar unabänderlichen Verhältnissen gewesen. In beiden Fällen wäre Wroblewski Sieger geblieben. Selbst der mehrfach von Baranowski vorgeschlagene Doppelselbstmord, vor dessen gewaltsamen Folgen sich der Kreiskommissär besonders fürchtete, hätte Flucht bedeutet, keinen Konflikt aus der Welt geschafft, die Schuldzumessung eher verwischt.

Undenkbar aber auch ein verlogenes Happy-End nach der Rückkehr aus Weimar – Jubelchor: «Sie hat viel gelitten, nun mag sie glücklich sein! Urrah!» –, da der ihr zugefügte entwürdigende Vertrauensbruch ebenso irreparabel geworden war wie ihr eigenes Schuldgefühl und die am Ende seinem aristokratischen Selbstverständnis abverlangten Opfer untilgbar blieben.

Der Autor wählte schließlich einen durchaus realistischen Schluß, der die Trauer um einen glücklosen Versuch, erstarrte Konventionen und soziale Schranken zu durchbrechen, wie die dabei gewonnenen menschlichen Werte bewahrt.

Judith stirbt als moralisch Überlegene; ihr Freitod wird verklärt durch die Wiederherstellung ihrer Würde, vor allem aber durch den kaum für möglich erachteten außergewöhnlichen Vorgang ihrer rechtlichen und damit öffentlich anerkannten Emanzipation. Was in der Buchmitte lediglich als eine verheißungsvolle Zukunftsvision erscheint, ist plötzlich eine – wenn auch teuer erkaufte – Realität geworden. Sosehr sich Franzos bemühte, das damals gesellschaftlich Durchsetzbare nicht überzubewerten, so nachdrücklich er in verschiedenen Bemerkungen und Fakten hervorhob, daß es sich vorerst – und in Galizien wohl noch für längere Zeit – um einen Einzelfall handele, hat er dem Akt der zwischen Judith und Agenor geschlossenen Zivilehe durch einen kleinen Kunstgriff doch wohl bewußt auch symbolische Bedeutung verleihen wollen.

Einige wenige Texthinweise belegen, daß der Autor die Handlung der Erzählung auf die letzten Regierungsjahre des österreichischen Kaisers Franz I., also die beginnenden dreißiger Jahre des 19. Jahrhunderts datiert. Zu dieser Zeit aber hatte der bereits im England des 17. Jahrhunderts geborene und teilweise in die Praxis umgesetzte Gedanke einer toleranzfördernden, konfessionsunabhängigen Zivilehe nicht nur durch ein grundlegendes Gesetz des französischen Konvents von 1792 eine endgültige juridische Form bekommen, sie war über den Code Civil auch in linksrheinischen deutschen Gebieten eingeführt und nach der Besatzungszeit meist nicht wieder verboten worden. Von daher spielte sie später eine große Rolle in der achtundvierziger Bewegung und wurde Bestandteil der Frankfurter Grundrechte.

Es dürfte auszuschließen sein, der belesene, welterfahrene Franzos habe davon nichts gewußt und den Weimarer Gesetzeserlaß tatsächlich für den ersten dieser Art in Europa gehalten. Weit logischer erscheint mir die Deutung, daß Franzos hier einmal mehr seiner tiefen lebenslangen Verbundenheit mit den von der klassischen deutschen Literatur postulierten Humanitätsidealen Ausdruck verleihen wollte, indem er zumindest literarisch zusammenzog, was in seiner Vorstellungswelt geistig-ideologisch und praktisch-politisch zusammengehören müßte, sich in der ihn umgebenden Wirklichkeit aber nicht zusammenfand.

Der Endpunkt in der Entwicklung Graf Baranowskis, seine Selbstanzeige beim Kreiskommissär und sein freiwilliges Angebot der Ziviltrauung sprechen dafür, daß er eine wirkliche Katharsis durchlebte. Daß in ihm dennoch, vor allem nach dem erzwungenen Bittbesuch bei Rafael, etwas zerbrochen ist, beweist, daß dieser sittlichen und religiösen Läuterung nach wie vor eine gesellschaftliche Dimension fehlt. Franzos hat darauf verzichtet, diese Figur zum Kronzeugen seiner einst geäußerten utopischen Hoffnung zu erheben, daß die Mächtigen, wären sie nur selbst menschlicher, auch die überlebten Verhältnisse humanisieren könnten.

Und noch ein weiterer wesentlicher Unterschied zwischen diesem Spätwerk und den ihm thematisch nahen früheren Arbeiten muß angemerkt werden. Es haben sich die Proportionen der Kritik verschoben. Lange hatte Franzos die unheilige Allianz zwischen der einheimischen polnischen Aristokratie und dem Habsburger Staat mit aller Härte angeprangert, indem er an den Vertretern beider Seiten, den polnischen adligen Unholden wie den korrupten k.k. Duodeztyrannen, kaum ein gutes Haar ließ. Wenn er sich nun der Figur des Grafen Baranowski mit weit differenzierteren Mitteln nähert, ihr mehr Spielraum für eigene charakterliche Entwicklung zubilligt, so spricht das nicht nur für seine größere Künstlerschaft, sondern auch für eine gewachsene Einsicht in den realpolitischen Kontext. Und der zentrale Satz in Judiths Abschiedsbrief, ihr Los sei «keines einzelnen Menschen Schuld, auch nicht die seine», unterstreicht die stärker auf das gesamte System bezogene Kritik des späten Franzos.

Der Kreiskommissär Wroblewski wirkt gleichfalls farbiger, vielschichtiger angelegt als frühere Figuren seines Schlages, und hier dient dem Autor die Differenzierung dazu, seine Kritik an der Beamtenbürokratie in Galizien und damit letztlich am Habsburger Reich weiter zu verschärfen. Wie Wroblewski sich da, seine Chance witternd, vom kleinen subalternen Befehlsvollstrecker zum einige Zeit direkt von staatlichen Organen gedeckten Selbstherrscher in jenem Landstrich mausert, der nun sogar den Grafen in der Hand hat und auf dessen Schloß residiert, als sei es sein eigenes, das formt Franzos zu einem beklemmenden Konterfei. Und er gestaltet ein bezeichnendes Genrebild Habsburgischer Macht, wenn er zeigt, wie die Trachtenberg-Klage von den Gerichten verschleppt und Wroblewski geschickt jeglicher Verfolgung entzogen wird.

Dem Umfang und dem Gewicht nach deutlich zurückgedrängt hat Franzos in dieser Erzählung seine Kritik an der Erstarrung jüdischer Lebensgrundsätze im Ghetto und ihrer Mitschuld am sich vollziehenden Unheil. Im Unterschied zu vergleichbaren früheren Figuren ist der alte Nathaniel ein aufgeklärter Geist, der seinen Weg mit Bedacht zwischen maßvoller Anpassung an gegebene Bedingungen und lebenssichernder Gewitztheit im Geschäftsgebaren wählt. Als er von Judiths schicksalhafter Begegnung erfährt, zweifelt er nur kurz an seinen Idealen und Erziehungsprinzipien, dann gibt er ihr eine Antwort, die nicht von orthodoxer jüdischer Voreingenommenheit gegenüber dem Christen geprägt ist, sondern von seiner Lebenserfahrung, nach der es wegen der Standesunterschiede für sie kein ungetrübtes gemeinsames Glück geben kann. Und weil Nathaniel auch bei Baranowski menschliche Beweggründe nicht ausschließt, weil er vor allem nicht zu dem verhängnisvollen alten

Schaukelspiel von christlichem Pogrom und jüdischer Gegengewalt beitragen will, verhindert er die Absicht der heißblütigen Ghettojugend, seine Tochter aus dem geheimen Schlupfwinkel zurückzuholen. Nicht zuletzt unter dem Eindruck ihres Liebesbekenntnisses richtet er seine Anzeige nur gegen den verhaßten Kuppler, stimmt er erst sehr spät der symbolischen Begräbniszeremonie für die Abtrünnige zu, um im Frieden mit seiner Gemeinde zu sterben, und hält ihr mit seinem letzten Wunsch, alter Tradition widersprechend, einen Weg zur Rückkehr offen.

Auch Läuterung und Versöhnungsbereitschaft Rafaels am Ende der Geschichte stehen dafür, daß Franzos in einer Zeit, da um ihn herum im kaiserlichen Berlin der Antisemitismus immer wüster ins Kraut schoß, jedem selbstgerechten Versuch entgegensteuern wollte, die Schuldanteile beider Seiten gegeneinander aufzuwiegen oder auch nur für gleichwertig zu halten.

Um andererseits besonders seinen jüdischen Landsleuten bewußt zu machen, wieviel schwerer die sozialen Unterschiede zwischen unverdient Reichen und unverschuldet Armen wiegen als die zwischen den Religionen und Nationalitäten, gestaltete er in seinen späteren Werken immer häufiger Szenen, in denen sich die Unterdrückten ihres gemeinsamen Loses bewußt werden. In dieser Erzählung finden sich im Trauerzug für den alten Trachtenberg christliche ruthenische Bauern und jüdische Kleinbürger über anerzogene Vorurteile hinweg solidarisch zusammen. Und bei der Heimkehr des Paares aus Weimar können weder der Adel noch die – nicht von ungefähr durch gleichartige Machtstellung und gleich bornierte Verurteilung des «Frevels» verwandte – Geistlichkeit beider Seiten verhindern, daß das Volk beider Bekenntnisse teilnimmt, ja aufrichtig Anteil nimmt, ohne sich zu ernsthaften Ausschreitungen provozieren zu lassen.

Mit besonderer Liebe aber unterstrich Franzos sein Vertrauen auf die vorwärtsweisenden Kräfte seines Volks noch einmal in der bewegenden Geschichte der Miriam Gold. Was zunächst lange nur wie irgendeines von ungezählten ähnlichen Schicksalen durch die Erzählung wetterleuchtet, wird im Schlußteil zu einer relativ selbständigen Handlungsepisode, die der letzten Lebensphase Judiths kontrapunktisch beigeordnet ist und so deren moralischen Triumph potenziert, dem tragischen Ende einen zusätzlichen optimistischen Akzent verleiht. Künstlerisch meisterhaft verstand es der Autor, aus einer kleinen Randfigur plötzlich mit wenigen Strichen einen blutvollen Charakter zu formen. Ein schwacher, von allen verfemter Mensch – einer von jenen, die Franzos seit seiner Kindheit in der jüdischen Bevölkerung Galiziens am meisten liebte, für deren Emanzipation er bis zu seinem Tode stritt –, so ein Mensch wächst plötzlich über sich selbst hinaus, schöpft Hoffnung und Mut, um sich gegen seine Peiniger zu wehren und, den Philistern zuwiderhandelnd, seine verratene Würde zurückzugewinnen. Aus einem naiven Gespür für wahre Menschlichkeit und der ihr aus dem vermeintlichen Gottesurteil für Judith zuwachsenden Kraft findet Miriam zu gleicher aufgeklärter Glaubenshaltung wie zuvor Nathaniel Trachtenberg, aus der Demutgebeugten wird eine Aufrechte.

Diese Selbstverwirklichung der Miriam Gold hat Franzos untrennbar verbunden mit seinem humanistischen Credo für eine unorthodoxe, menschen- und völkerverbindende Religions- und Lebensauffassung, die den Aberwitz, im Namen dieses oder jenes barmherzigen Gottes unbarmherzig zu sein, ebenso bekämpft, wie sie eine vorurteilsfreie Partnerwahl über jede konventionelle Regel stellt.

Mit dem Weimar-Akt und dem Tode Miriam Golds in der Überzeugung, Judith werde Gottes Liebe gerade gegenüber all den armen und mit Blindheit geschlagenen Menschen verkündigen, hat Franzos ein weiteres Mal für sein ethisch-politisches Konzept plädiert, ohne andererseits einem harten, dem gesellschaftlichen Kräfteverhältnis jener Zeit und jenes Landes entsprechenden Schluß auszuweichen. Das stellt diese Erzählung in eine bemerkenswert ungebrochene schöpferische Linie, nach der zu urteilen (und es gibt kaum autobiographische Quellen) es für Karl Emil Franzos trotz ungezählter Anfeindungen, Zweifel und Enttäuschungen und ganz anders als bei vielen seiner literarischen Zeitgenossen keine ernsthafte Identitätskrise gegeben zu haben scheint. So ist die «Judith Trachtenberg», eine schmerzliche Liebesgeschichte zweier Menschen, zugleich eine Geschichte der Menschenliebe ihres Autors.

*Günter Creutzburg*

# *Anmerkungen*

18 *Thorarolle* – In der Synagoge aufgehängte Pergamentrolle mit der Niederschrift des Gesetzesbuches Thora (der jüdischen Bezeichnung für die 5 Bücher Moses), aus denen während des Gottesdienstes vorgelesen wird.
*Bauernbanderium* – Hier: Berittene Bauern, die ihren Gutsherrn zu begleiten und zu beschützen hatten.
19 *Konfederatka* – Eine mit Pelz verbrämte hohe polnische Nationalmütze mit viereckigem Boden und meist mit einer Quaste.
50 *Piast(en)* – Älteste polnische Fürsten- und Königsdynastie.
60 *Britschka* – Offener, leichter Reisewagen.
83 *Wegmaut* – Wegzoll.
85 *Mautner* – Zöllner.
93 *Gubernium* – Verwaltung, Gouvernement.
101 *Paroxysmus* – Anfall.
*Kontusion* – Quetschung.
117 *Sporteln* – Hier: Nebeneinkünfte.
121 *Allodialgüter* – Abgabenfreier persönlicher Besitz.
153 *Estafette* – Reitender Eilbote.

Textgrundlage: Judith Trachtenberg, Erzählung von Karl Emil Franzos, J. G. Cotta'sche Buchhandlung Nachfolger, Stuttgart und Berlin 1930.